KB191037

바다 끝 카페에 무지개가 뜨면

Original Japanese title:

NIJI NO MISAKI NO KISSATEN

© 2012 Akio Morisawa
Original Japanese edition published by Gentosha Inc.
Korean translation rights arranged with Gentosha Inc.
through The English Agency (Japan) Ltd. and Danny Hong Agency

바다 끝
카페에
무지개가 뜨면___

모리사와 아키오 지음
이수미 옮김

: 일러두기 :

- 본문 속 각주는 옮긴이 주입니다.
- 본문에서 언급된 도서는 《 》, 노래 제목은 〈 〉로 표기했습니다.
- 이 책에서 등장인물을 부르는 표현은 가까운 사이거나 귀엽게 여겨지는 인물의 이름이나
  애칭 뒤에 '~짱'을 붙이는 일본의 호칭 문화를 반영하여 표기했습니다.

목차

1장 어메이징 그레이스 7

2장 걸스 온 더 비치 59

3장 더 프레이어 125

4장 러브 미 텐더 169

5장 땡큐 포 더 뮤직 217

6장 바닷바람과 파도 소리 277

옮긴이의 말 304

1장

어메이징
그레이스

침실 창문이 쏴아— 하고 큰 소리를 냈다. 강한 바람에 날려 온 굵은 빗방울이 유리창을 두드린 것이다.

나는 그 소리에 잠에서 깼다. 깃털 이불의 온기 속에서 살짝 눈을 뜬다. 어느 봄날 새벽의 깊은 어둠이 커튼 틈으로 보인다. 오른손으로 머리맡을 더듬어 핸드폰을 찾아 시각을 확인한다. 화면 속 숫자가 오전 3시 34분을 가리키고 있다.

요즘 깊은 잠을 이루지 못하고 한밤중에 몇 번이나 깬다. 게다가 일단 눈을 뜨면 날이 샐 때까지 좀처럼 잠들지 않는다.

이제 겨우 마흔인데 꼭 할아버지 같네.

한편으론 잠을 깊이 자지 못하는 원인을 알고 있기에 가슴이 쓰리다.

핸드폰을 제자리에 돌려놓고 옆으로 누워, 곁에서 들려오는 평화롭고 사랑스러운 숨소리에 귀를 기울였다. 네 살배기 딸 노조미가 마치 새우처럼 웅크린 자세로 잠들어 있었다. 늘 그렇듯 이불은 모조리 걷어차 버린 채였다. 딸이 좋아하는 분홍색 토끼 캐릭터가 군데군데 그려진 잠옷도 말려 올라가 등이 쑥 드러나 있었다.

이불도 다 차버리고, 감기 걸리겠다.

잠옷을 내려 주고 이불도 조심스럽게 덮어 준 다음, 나도 다시 이불 속으로 기어들어 갔다. 그리고 작은 전구 불빛을 받아 노랗게 물든 다다미방 천장을 멍하니 바라보며, 문득 처치 곤란해진 이 한가한 시간을 어떻게 써야 할지 생각했다.

소설이라도 읽을까? 핸드폰 게임이나 할까? 아내가 남기고 간 요리책을 읽으며 머릿속으로라도 연습해 둘까? 아니면 차라리 벌떡 일어나 천천히 아침 식사 준비라도 할까?

또 바람이 휘몰아쳤는지 유리창이 쏴아― 하는 소리를 냈다.

어젯밤 일기예보에서 오늘 아침엔 사흘 만에 맑은 하늘을 볼 수 있다고 했는데.

생각해 보면 지난 사흘간 어두운 하늘 때문에 더욱 우울했다. 날카로운 은실 같은 차가운 비가 이 세상 구석구석에 드리운 아름다운 색채를 모두 씻어 버릴 듯한 느낌마저 들었다. 빗물에 젖어 희미하게 빛나는 잿빛 풍경 역시 지금의 내게는 무겁게 다가왔다. 가끔 나타나는 작은 깨달음조차 옅은 먹빛으로 덮여 버릴 것만 같았다.

하늘만 맑게 갠다면 이 우울한 기분도 걷힐 텐데.

한숨을 한 번 내쉰 후 한동안 누운 채로 가만히 있었다.

두근, 두근, 두근…….

갈비뼈 안쪽에서 심장이 뛰는 것을 느낀다. 심장은 세상 모든 것에 무관심한 듯, 한결같이 그저 묵묵히 뛰고 있다. 아무도 '움직이라'고 명령하지 않았는데.

나는, 그저, 살아 있다. 자동으로.

앞으로도 계속 나는 나의 의지와는 무관하게 이 심장에 의해 살아가겠지.

앞으로…….

앞으로 노조미와 나는 어떻게 될까?

불투명한 미래를 생각하니 늘 똑같았던 천장이 이상하리만치 높게 느껴지면서 문득 세상으로부터 소외된 듯한 기분이 들었다. 요즘 몇 번이나 이런 불길한 느낌에 시달렸는지 모른다.

또다시 쏴아― 하고 창문이 울었다.

밖에는 지금 폭풍처럼 거센 비바람이 몰아치는 모양이다.

올벚나무 꽃도 다 떨어진 이맘때의 거친 날씨도 '춘람春嵐'*이라 부르는 걸까? '녹우綠雨'**라고 하기엔 바람이 너무 센가?

✦ 봄날의 센 바람
✦✦ 늦봄에서 여름 사이에 풀과 나무가 푸를 때 내리는 비

아니, 그런 건 아무래도 좋다.

나는 "휴우" 하고 긴 숨을 한차례 내쉬고 몸을 옆으로 돌려 다시 한번 천진난만한 얼굴로 잠든 노조미의 얼굴을 바라보았다. 쌕쌕 일정한 리듬으로 편안한 숨소리를 내고 있다.

얼마 전까지만 해도 이 자그마한 방에 이불 세 개를 나란히 깔고 '내 천川' 자로 누워 셋이 함께 잠을 잤다. 그때는 셋이 누우면 꽉 차는 다다미방이 조금 비좁게 느껴졌었는데, 이불 하나 줄었다고 같은 방이 이렇게도 으스스할 만큼 넓어질 줄은 몰랐다.

아내 사에코가 사용하던 이불은 이미 벽장 깊숙이 넣어 버렸다. 앞으로 두 번 다시 노조미에게 셋이 나란히 누워 자는 행복을 맛보게 해줄 수 없으리라는 생각에 또 기분이 가라앉을 것 같았다.

잠든 딸의 앞머리를 부드럽게 쓸어 올렸다. 가늘고 부드러워 아이다운 머리카락이었다. 살짝 드러난 이마 모양이 세상을 떠난 사에코와 꼭 닮았다는 사실을 이제야 깨달았다.

한참 동안 일정한 리듬으로 딸의 머리카락을 쓰다듬었다.

미지근한 물방울이 양쪽 뺨을 주르르 타고 흘러내려 낡은 이불을 적셨지만 그냥 내버려두었다. 그저 입술을 꼭 다문 채, 자칫하면 목구멍에서 새어 나올 것 같은 오열을 억누르며 마음을 다잡았다. 사에코를 잃은 후 허락된 첫 눈물은 이상하리만치 멈추지 않고 끝없이 흘러내렸다.

결국 이불에서 나오기로 했다. 자고 싶어도 잠이 들지 않았고 목도 말랐기 때문이다.

세면대에서 물 한 컵을 마시고 한숨 돌린 다음 양치질과 세수를 했다. 그리고 강배전 원두를 부엌 구석에 놓인 커피밀로 쓱쓱 갈았다. 조금 거칠게 간 원두를 드립식 커피 메이커에 넣고 스위치를 눌렀다. 그리고 거실에 있는 TV를 켜고 소리를 낮췄다.

새벽녘에는 어떤 채널이든 비슷비슷한 홈쇼핑 프로그램만 나온다. 그래도 홀로 소리 없는 적막을 견디는 것보단 나았기에 TV를 켜둔 채 조심스럽게 리모컨을 테이블 위에 올렸다.

거기에는 '오사와 가쓰히코 님'이라 적힌 수수한 디자인의 봉투가 있었다. 장의사가 장례식에 대해 미리 협의하면서 준 것이다. 봉투 속 용지에는 장례식의 상세한 절차와 상주인 내가 해야 할 일들이 일람표로 알기 쉽게 설명되어 있다. 지난 며칠간 몇 번이나 되짚어 보았을까? 부모님이 아직 건강하게 살아 계신 나는 상주 노릇을 하는 게 처음이었기에 장례식을 치르는 동안 이 일람표가 든든한 길잡이가 되어 주었다.

급성골수성백혈병에 걸린 사에코가 병원에서 숨을 거둔 후 주변 상황이 내내 어지럽게 돌아가는 바람에 솔직히 아내의 죽음을 차분히 슬퍼할 여유가 없었다. 그보다 세상을 떠난 사에코와 그녀의 부모님을 위해서 장례식을 차질 없이 치러야 한다는 책임감을 강하게 느꼈다. 그리고 무엇보다 어린 나이에 엄마를 잃은 노조미의 마음을 어떻게 보듬어 줘야 할지 머릿속은 오로지 걱정으로 가득했다.

장례식 준비부터 마무리까지, 노조미는 단 한 순간도 내 곁을 떠나려 하지 않았다. 익숙하지 않은 상주 역할에 허둥거리는 나를 배려한 부모님들이 이따금 노조미의 손을 잡고 어딘가로 데려가곤 했지만, 노조미는 1분도 채 지나지 않아 다시 내 곁으로 돌아오곤 했다. 그리고 촉촉하게 젖은 새까만 눈동자로 나를 올려다보며 향 냄새가 밴 내 상복 자락을 꼭 움켜쥐었다. 나는 그런 노조미를 안아 올리고 볼을 비비며 스스로도 받아들이기 힘든 "괜찮아"라는 말을 반복했다. 어쩌면 나 자신에게 그 말을 들려주고 싶었는지도 모른다.

장례 기간 내내 한 번도 울지 못했던 나 대신 노조미가 몇 번이고 훌쩍였다. 네 살에 엄마를 잃은 가엾은 아이의 눈물은 조문객들의 눈물까지 이끌어 냈다. 덕분에 꺼이꺼이 우는 사람이 속출하는 따뜻한 장례식이 되었다는 생각도 든다.

가까스로 큰 실수 없이 장례를 마치고 어젯밤에서야 한숨 돌리며 답례를 보내야 할 사람 리스트에 빠진 곳이 없는지 확인했다. 이제 그 리스트를 우체통에 넣기만 하면 상주로서 해야 할 '일'은 일단 끝이다. 답례품은 미리 정해둔 가게에서 적당한 날에 발송해 주기로 했다.

그다음 상주가 해야 할 '일'은 사십구재이니 그때까지는 일단 모든 일이 마무리된 셈이다.

혹시 모르니 수수한 봉투 속에 들어 있는 일람표를 꺼내어 확인했다.

문제없었다. 당분간은 쉴 수 있다.

안도의 한숨을 내쉬는 동안, 거실에 향기로운 냄새가 감돌기 시작했다.

세트로 된 두 개의 컵에 커피를 따르고 한 잔은 블랙으로 만들어 테이블 위에 올렸다. 테이블 위에는 불단이 없는 우리 집을 위해 장의사가 마련해 준 금색 깔개가 있었고, 바로 그곳에 사에코의 영정과 유골, 위패가 놓였다.

해맑게 웃고 있는 사에코의 영정 위로 짙은 향기를 품은 수증기가 피어오른다. 사에코는 향 연기보다 이쪽을 더 좋아할 것 같은 느낌이 들었다.

우리는 술보다 커피를 즐기는 부부였다. 신선한 스페셜티 원두*를 구입해 개성에 맞게 갈아서 느긋하게 풍미를 즐기곤 했다. 사에코는 블랙을 좋아했고, 나는 우유와 설탕을 넣는 것을 좋아했다.

"보통 남자가 블랙이잖아."

사에코는 종종 그런 말을 하면서 한 손에 컵을 들고 장난스럽

✦ 스페셜티 커피 협회에서 시행하는 품질 평가에서 100점 만점에 80점 이상을 받은 높은 등급의 커피

게 미소 짓곤 했다.

강배전 특유의 쓴맛이 나는 커피를 한 모금 마시고는 멍하니 영정 사진을 바라보았다. 흑백 사진 속의 사에코는 맛있는 커피를 마셨을 때처럼 입가를 올린 채 눈은 가늘게 뜨고 있어 웬지 무척 행복해 보였다.

두 개가 세트인 이 컵은 도예가인 내가 직접 구웠다. 작가라고는 해도 작품을 팔아서 얻는 수입보다 도예 교실 강사로서 받는 돈이 더 많은, 겉만 그럴싸한 예술가다. 하지만 도예가 대부분이 부업을 해야만 생활이 가능한 세상에서 좋아하는 흙장난만 하고도 가족을 부양할 수 있으니 무척 감사한 일이다.

사에코는 이 컵에 이름을 지어 주었다.

그녀가 아직 임신 중이었을 때 치바현 소토보에 있는 수족관인 가모가와 씨월드에 간 적이 있다. 그때 범고래를 무척 좋아하는 그녀를 보고 며칠 후 하얀색과 검은색이 들어간 범고래 무늬 컵을 몰래 구웠다. 그리고 그녀의 생일에 선물했다. 그러자 사에코가 "와아, 판다 컵이다"라며 활짝 웃었다. 그 후로 그 컵은 '판다'라 부르게 되었다. "이거, 범고래라고 생각하고 만든 거야"라고 솔직하게 고백했지만, 사에코는 "아무리 봐도 판다인걸?" 하고 미소 지으며 커피밀로 커피콩을 갈기 시작했다.

그 이후로 둘이 커피를 마실 때는 늘 이 '판다'를 사용했다. 굽의 지름이 크고 묵직하여 안정감이 있는 데다 손잡이도 실용성을 생각하여 큼직하게 만들었다. 본체가 두툼해서 커피도 쉽게 식지 않고 입술을 데는 일도 없다. 그다지 고급스러운 디자인은 아닐지 몰라도 일용품으로서는 부족함이 없어 막 쓰기에 편리한 컵임은 분명했다.

그 '판다'에 다시 입술을 댄다.

커피 맛은 좋았다. 하지만 지금은 평소보다 설탕을 아주 조금만 더 넣고 싶은 기분이었다.

사에코, 천국에서도 커피 마실 수 있어?

영정을 바라보며 마음속으로 말을 걸었다.

새벽 4시가 지나자 TV 화면에 젊은 여자 아나운서 세 사람이 나란히 등장하여 쾌활한 웃음을 흩뿌렸다. 마침내 홈쇼핑이 끝나고 뉴스가 시작된 것이다.

중앙에 선 메인 캐스터가 첫인사로 "자, 오늘부터 기다리고 기다리던 골든 위크◆가 시작되었습니다"라고 말하며 자못 기쁜 듯 미소를 지었다. 그리고 어젯밤 이후로 이어지는 귀성 인파와 고속도로 교통 상황을 보도하기 시작했다.

올해 골든 위크는 꽤 길어서 대부분의 기업이 9일간의 연휴를 가졌다. 도예 교실도 연휴 중에는 휴강이고, 물론 노조미의

◆ 4월 말에서 5월 초에 걸친 일본의 황금 연휴

유치원도 휴원이다. 이벤트를 좋아하는 사에코가 살아 있다면 연휴 스케줄은 이미 꽉 찼을 것이다. 사에코에게는 돈은 별로 안 들면서 아이와 어른 모두 즐길 수 있는 아이디어가 하늘의 별만큼이나 많았다.

작년에는 새로 생긴 동식물원에 가서 노조미를 조랑말에 태우고, 공영 플라네타륨에서 하늘을 가득 채운 별을 감상했다. 또 근처 해변 공원의 플리 마켓에 가게를 내고, 그곳에서 내 작품을 판매하여 적은 돈이지만 용돈벌이를 한 적도 있다. 그때 번 돈으로 회전 초밥 집에 갔던 기억이 떠오른다. 노조미는 좋아하는 참치와 연어알을 배불리 먹고도 디저트로 푸딩과 멜론까지 모조리 먹어 치워 사에코와 나를 놀라게 했다. 그리고 셋이 손을 잡고 밤길을 한가롭게 거닐며 집으로 돌아왔다. 도중에 드라마 속의 행복한 가족처럼 사에코와 내가 노조미의 양쪽 손을 각각 잡고 들어 올리며 그네를 태워 주기도 했다. 아파트 근처의 어둑어둑한 골목에 들어서자, 노조미가 밤하늘에서 가장 밝게 빛나는 별을 찾아 "샛별, 찾았다!"라고 노래를 부르기에, 내가 "샛별은 가장 밝은 별이 아니라 금성의 다른 이름이야"라고 가르쳐 줬던 기억도 떠올랐다.

사에코가 없는 올해 연휴는 어떻게 해야 하나.

멍하니 생각하면서 부엌에 섰다. 우선 냉장고에서 우유와 달걀을 꺼냈다. 노조미가 좋아하는 음식 중 하나인 시나몬 프렌치토스트를 만들어 볼 생각이다.

->>>

애처로울 정도로 부실한 아침 식사를 테이블에 차려 놓고 거실에 드러누워 TV를 보고 있는데 복도에서 찰딱찰딱 맨발로 걷는 소리가 들렸다. 노조미가 일어난 게 분명했다.

"노조미, 잘 잤어?"

나는 몸을 일으키며 미소를 지었다.

"아빠, 안녕."

노조미는 거실 입구에 서서 잠이 덜 깬 듯한 목소리로 인사하고는 양 손등으로 눈을 비비며 실내를 천천히 둘러보았다. 무의식적으로 사에코를 찾는 것이다. 그 어리고 정직한 시선이 테이블 위의 영정 사진에 이르려던 순간, 나는 당황하여 급히 말을 걸었다.

"노조미, 이리 와."

말하면서 딸을 향해 양팔을 벌렸다. 내 얼굴에 어색한 미소가 떠올랐다는 것을 나 자신도 알 수 있었다.

그러나 노조미의 눈은 이미 영정 사진에 고정되어 있었다. 잠이 덜 깨어 우두커니 서 있던 얼굴에 현실의 빛이 서서히 퍼져 나간다.

다시 한번 노조미를 불렀다.

"이리 와. 자, 아빠 안아줘."

마침내 이쪽을 돌아본 노조미는 조금 빠른 걸음으로 다가와 책상다리로 앉아 있는 내 목에 양팔을 감으며 안겼다.

노조미를 힘껏 안고 자그마한 등을 톡톡 두드리며 노조미의 머리카락에 코를 묻었다.

"시나몬 프렌치토스트, 아빠가 만들었어. 메이플 시럽 듬뿍 뿌려서 같이 먹자."

노조미는 "응" 하고 작은 소리로 대답하고는 내 가슴에다 코를 비벼 댔다. 나는 묵묵히 등을 톡톡 두드려 주었다. 이윽고 노조미가 얼굴을 들더니 나보다 훨씬 그럴듯한 미소를 지으며 말한다.

"아빠, 밥 많이 먹으면 《미밋치》 그림책 읽어 줄 거야?"

"그래, 좋아. 그 대신 잘 먹으면 읽어 줄게. 우선 세수 먼저 하고 양치질도 할까?"

노조미는 "응" 하고 고개를 끄덕이며 세면대로 걸어갔다.

나는 그 뒷모습을 멍하니 바라보았다. 그러자 곧 세면대에서 불평 섞인 목소리가 튀어 나왔다.

"아빠, 빨리 와."

퍼뜩 생각난 나는 황급히 일어나며 대답했다.

"아, 그렇지. 미안, 미안."

그랬다. 노조미는 아직 세면대 수도꼭지에 손이 닿지 않는다. 나는 노조미의 몸을 안아 올려 수도꼭지 쪽으로 가까이 다가갔다.

"자, 이제 하세요."

"안 돼. 아직 소매를 안 걷었잖아."

노조미가 안긴 채 답답하다는 표정을 짓는다.

"아, 그렇구나. 미안."

"먼저 수건을 꺼내는 거야. 그리고 소매를 걷고, 물을 틀고, 따뜻한 물이 나오면 안아서, 세수를 시작하는 거라고."

사에코와 노조미는 매일 아침 이 순서로 세수를 한 모양이다.

"알겠어. 으음, 수건은 이건가?"

"웅. 그거. 그걸 세탁기 위에 두는 거야."

노조미는 설명을 하면서 스스로 잠옷 소매를 걷고 "물은 너무 뜨겁게 하지 마"라고 요청했다.

"넵, 알겠습니다."

나는 군인처럼 경례하며 익살맞은 표정을 지었다.

"아빠, 먼저 가스 스위치를 켜야 해. 안 그러면 뜨거운 물이 안 나와."

"그것도 알겠습니다!"

노조미가 나를 보고 살짝 미소 지었다.

나는 노조미를 안아 올려 수도꼭지에서 흘러나오는 따뜻한 물에 닿게 했다.

"공주님, 물 온도는 어떠신가요?"

"좀 더 미지근하면 좋겠어."

"이 정도?"

"응."

노조미는 서툰 손짓으로 물을 받아 세 번 얼굴을 씻었다.

"아빠, 빨리 수건."

노조미가 눈을 감은 채 손을 내민다.

"네, 여기 있습니다."

수건으로 얼굴을 싹싹 닦은 딸이 나를 올려다보며 묻는다.

"반짝반짝해졌어?"

사에코는 이때 뭐라고 대답했을까? 분명 센스 있는 한마디로 노조미를 웃게 만들었을 것이다.

나는 내 식으로 대답하기로 했다.

"응, 뽀뽀하고 싶을 만큼 반짝반짝하네."

나는 몸을 숙여 딸의 볼에 쪽 하고 뽀뽀해 주었다.

"와아아. 엄마는 뺨을 맞대기만 했는데."

노조미가 간지럽다는 듯 말한다.

"그랬구나. 하지만 아빠는 뽀뽀야."

"왜?"

"노조미가 너무 귀여우니까."

아마 앞으로는 이런 식으로 노조미와 나의 생활 패턴이 조금씩 생기리라.

"양치질은? 엄마처럼 해줄 수 있어?"

"물론이지. 그럼, 엄마가 어떻게 했는지 아빠한테 가르쳐 줄래?"

"응. 으음, 제일 먼저……."

사에코 방식도 최대한 남기고 싶었다. 노조미가 이 세상에 태어난 후로 4년 동안 엄마에게 받은 사랑의 기억이 조금이라도 더 많이 노조미의 가슴에 남을 수 있도록.

옷을 갈아입히고 코를 풀게 한 다음 "아야, 아야"라며 엄살 부리는 노조미의 머리카락을 빗겨 주고 나서야 겨우 식탁에 마주 보고 앉을 수 있었다. 사이좋게 한목소리로 "잘 먹겠습니다"라고 말한 것까진 좋았는데, 노조미의 포크가 공중에서 딱 멈춰 버렸다.

"응? 왜 그래?"

나는 두 잔째 커피를 '판다'에 따르면서 고개를 갸웃했다.

"아빠, 이거, 정말 프렌치토스트야?"

"응. 시나몬도 뿌렸고, 메이플 시럽도 듬뿍 올렸는데?"

"좀……." 노조미가 눈썹을 잔뜩 찡그리며 이쪽을 올려다본다. "색깔이 다르잖아."

"응?"

"색깔이 이렇게 진하지 않아. 엄마가 만들면."

"어? 그랬던가? 그래도 맛은 좋을 거야."

실패작은 내 접시에 올리고, 성공했다고 생각한 것만 노조미의 접시에 담았는데.

"아빠 건 더 진한 갈색이네."

"괜찮아. 이 정도면 오히려 더 고소하고 맛있다니까."

나는 내 접시에 놓인 프렌치토스트를 덥석 한입 물었다. 그런데 "봐, 맛있잖아"라고 말하기는 어려운 맛이었다.

"아, 어쩌나. 노조미 말대로 조금 쓴가? 그래도 시럽을 듬뿍 뿌리면 괜찮지 않을까?"

"흐음."

이번에는 노조미가 잘게 자른 조각을 입에 넣었다. 어떤 맛일지 두려워하며 조심스럽게 씹는 딸의 등 뒤에서 사진 속의 사에코가 웃고 있다. 왠지 "여보, 좀 잘해봐"라며 핀잔을 주는 듯했다.

"어때? 맛있어?"

노조미의 얼굴을 뚫어져라 응시했다.

"으응."

"역시 맛없나?"

"모서리 부분은 조금 쓰지만 가운데는 맛있는 것 같아."

맛있는 것 같아, 라니.

"그, 그렇구나. 아빠가 실패했네. 미안해."

"아냐. 엄마도 실패한 적 있어. 가운데는 맛있으니까 괜찮아."

지금 네 살짜리 딸에게 위로받고 있다.

"그래? 그럼 일단 아빠가 가장자리를 칼로 잘라 줄게. 가운데만 먹을래?"

"응."

애써 싱긋 미소 지어주는 딸의 다정함에 위로받으면서도 한숨을 살짝 흘리며 프렌치토스트 가장자리를 잘라 냈다. 노조미 앞에 그 접시를 내밀었을 때, 작은 입술에서 조심스러운 목소리가 흘러나왔다.

"아빠……. 내 것, 반 먹을래?"

"응?"

"아빠 건 새까맣게 탔잖아."

이토록 한심한 아빠의 모습을 액자 속 사에코가 웃으며 바라보고 있었다.

우리는 식사 후 설거지를 끝내고 거실 바닥에 엎드렸다. 그리고 약속대로 《미밋치》 그림책을 읽었다.

이 그림책의 주인공인 '미밋치'는 노조미의 잠옷에 그려진 회색 토끼였다. 이야기 속에서 '미밋치'는 가슴 설레는 사건이 생길 때마다 엄마 토끼에게 "엄마, 행복의 두근두근"이라고 말하며 자기 가슴을 가리킨다. 그러면 엄마 토끼는 그 기다란 귀를

'미밋치' 가슴에 대고 "정말이네. 미밋치의 두근두근이 그대로 전달되어 엄마도 같이 행복해졌어"라고 대답한다. 노조미는 종 종 이 그림책을 읽어 주는 사에코에게 자기 심장 소리를 들려줬 던 모양이다.

"자, 끝났습니다."

탁 하고 소리를 내며 책을 덮었다. 그리고 만족스러운 표정을 짓고 있는 딸에게 물어보았다.

"노조미, 오늘부터 9일 동안이나 유치원 쉬는데, 하고 싶은 거 있어?"

노조미는 "으응" 하고 고개를 갸웃거리며 한참 동안 팔짱을 끼고 있더니 "앗, 쉬하고 싶어"라고 말하며 화장실로 뛰어갔다.

거실로 돌아오더니 갑자기 창밖을 향해 "앗!" 하고 소리를 지 른다. 눈과 입을 동그랗게 뜬 것이 마치 보물이라도 발견한 듯 한 얼굴이다.

"아빠, 저기 봐, 정말 멋져!"

"응? 뭐가?"

느릿느릿 일어나 노조미가 가리키는 쪽으로 시선을 주었다. 그리고 무심코 숨을 삼켰다.

"오오. 굉장하구나, 이거 정말……."

무지개였다. 비는 어느새 멈췄고, 산뜻한 아침 해를 맞은 서 쪽 하늘에 멋진 일곱 색깔 아치가 걸려 있다.

"아침 무지개, 처음 본 것 같아."

그렇게 말하면서 노조미를 안은 채 창문을 열고 유리창 없이 선명한 무지개를 바라보았다.

창밖에서 비 갠 뒤의 상쾌한 아침 공기가 우르르 밀려들었다.

"와, 상쾌하다. 노조미, 우리 심호흡하자."

우리는 무지개를 바라보며 눈부시게 빛나는 공기를 가슴 가득 빨아들였다. 문득 노조미가 나를 보고 묻는다.

"아빠, 무지개는 뭘로 만들어졌어?"

"으음, 프리즘이라고 할까, 해님이 보내주는 빛이지……."

"해님이 보내주는 빛?"

"응. 일곱 색깔 빛."

"빛이 다리로 변해서, 저기 걸려 있는 거야?"

"그렇단다. 신기하지?"

다시 생각해 보니 정말로 신기했다. 태양 빛이란 원래 비춰진 물체의 색깔을 보이도록 만들어줄 뿐 정작 자신은 투명한 존재가 아닌가? 그런데 그 보이지 않는 투명한 빛이 일곱 개로 나뉘지는 순간 무지개가 되어 마치 물체로서 존재하는 듯 보이게 된다.

"저 무지개, 한번 만져 보고 싶다."

"무지개를?"

"응. 저 갈색 빌딩 너머로 가면 만져질 것 같은데? 아빠 차 타면 금방 갈 수 있지?"

"갈 수는 있지만, 우리가 도착했을 땐 무지개는 이미 사라지고 다른 곳에 가 있을 걸?"

"왜?"

"으응, 무지개는 원래 그런 거야."

"그럼 따라가서 잡자. 아빠 차, 빠르잖아."

노조미의 까만 눈이 넘치는 호기심으로 반짝반짝 빛났다. 노조미의 이런 표정을 보는 것은 왠지 무척 오랜만인 듯했다.

"아빠, 있잖아."

"응?"

"그거 있잖아, 행복의 두근두근."

노조미는 자기 가슴을 손가락으로 톡톡 가리켰다.

나는 눈을 가늘게 뜨고 웃으며 그 작은 가슴에 귀를 댔다.

두근 두근 두근……하며 작은 심장이 어른보다 꽤 빠른 리듬으로 열심히 뛰고 있었다.

노조미의 발랄한 생명의 음색.

생각해 보면 노조미의 심장 박동은 사에코가 지녔던 생명의 증거 그 자체다.

나는 얼굴을 들고 다시 한번 상쾌한 공기를 가슴 가득 빨아들였다.

"좋아. 지금부터 아빠랑 같이 무지개 찾기 모험을 떠나 볼까?"

노조미와 나는 차를 갓길에 세우고 비에 젖은 길에 내려섰다. 비 온 뒤 특유의 먼지 냄새가 났다. 아련한 추억의 냄새다.

우리는 맑게 갠 푸른 하늘을 바라보았다. 무지개 밑에 있던 갈색 건물이 눈앞에 우뚝 서 있다. 당연한 이야기지만, 거기에 무지개가 있을 리 없다.

"아아, 무지개가 도망가 버렸어."

노조미가 눈썹을 잔뜩 찡그렸다.

"응. 무지개는 달리기가 빠른가 봐. 그래도 따라가 볼 거지? 어느 쪽으로 갈까?"

노조미의 머리에 손을 살짝 올리고 물었다.

이제부터는 노조미가 가고 싶어 하는 방향으로 어디까지든 가 볼 생각이다. 오른쪽으로 가라고 하면 오른쪽으로 가고, 왼쪽으로 가라고 하면 왼쪽으로 갈 것이다. 도중에 놀이공원이 나오면 놀아도 좋고, 레스토랑이 나오면 밥을 먹어도 좋겠지. 바다든 강이든 산이든 재미있어 보이는 곳이 있으면 어디라도 들를 것이다. 아무튼 행선지는 노조미의 직감에 맡긴다. 지금부터 계획 없이 발길 닿는 대로 여행을 떠나 볼 작정이다.

"아빠는 어느 쪽인 것 같아?"

"글쎄. 오는 도중에 무지개가 없어졌으니, 적어도 이쪽은 아닌 것 같아."

"그렇구나. 그럼 저쪽일까?"

"좋아, 가 보자."

노조미가 손가락으로 가리킨 곳은 남쪽이었다. 나는 중고로
구입한 승합차를 국도쪽으로 몰아 남쪽을 향해 달렸다.

노조미는 조수석에 설치된 카시트에 쏙 들어가, 눈앞에 나타
났다가 스쳐 지나가는 신기한 풍경을 싫증도 내지 않고 바라보
았다.

뒷좌석에 실은 짐은 지극히 단출했다. 며칠 동안 갈아입을 옷
과 작년에 할인점에서 구입한 뒤로 한 번도 사용하지 않은 침낭
두 개뿐이다. 적당한 숙소를 찾지 못하면 차 안에서 밤을 지낼
작정이었다. 뒷좌석 시트를 젖혀서 평평하게 만들면 두 사람이
잘 만한 공간은 충분하다.

"아빠. 노래 틀어 줘."

"좋은 생각이네."

나는 카오디오에 들어 있던 CD를 그대로 재생했다.

곧 듣기 좋은 선율이 스피커에서 흘러나왔다.

트윈 기타의 산뜻한 전주.

사에코가 좋아했던 스핏츠スピッツ의 〈봄의 노래春の歌〉다. 밝은
미래를 떠올리게 하는 전주였지만, 내 심장 소리는 리듬을 잃고
흐트러졌다.

사에코가 이 차에서 마지막으로 들은 음악은 분명 이 곡이었을 것이다.

침을 꿀꺽 삼키고 가사에 가만히 귀를 기울였다.

그리고 곧 귀를 의심했다. 놀랍게도 가사 한 구절 한 구절이 그야말로 지금의 나를 위한 '응원가' 같았다. 특히 2절은 가슴이 먹먹해질 정도로 깊이 와닿았다.

혹시 사에코가 이 세상에 남겨질 나를 위해 이 CD를 넣어둔 게 아닐까?

그런 증명할 길 없는 생각을 믿고 싶어질 정도로 보컬의 새콤달콤한 목소리가 나를 격려하듯 가슴속으로 흘러 들어왔다.

"이거, 엄마가 좋아하는 노래지?"

앞 유리 너머 높고 푸른 하늘을 응시하며 노조미가 말했다. '좋아했던 노래'라고 과거형으로 말하지 않은 것에서 노조미의 심정이 느껴져 그만 울컥할 뻔했다.

"그렇지? 왠지 마음이 뻥 뚫리는 노래네."

앞을 보고 평정을 잃지 않도록 노력하며 대답했다.

"응. 이 노래, 노조미도 좋아해."

"아빠도 좋아해."

국도의 흐름은 원활했다. 〈봄의 노래〉가 흐르는 동안 나와 노조미는 아무 말도 하지 않았다. 차 안에 남은 사에코의 존재를 느끼고 있었다. 아마 노조미도 그 느낌을 계속 간직하고 싶었기 때문에 아무 이야기도 하지 않은 것이리라.

　신호등이 운 좋게도 연속해서 초록불로 바뀌었다. 브레이크를 밟지 않고 이대로 어디까지든 갈 수 있을 것만 같은 신비한 기분에 젖어 들었다.

　핸들을 잡은 채 노조미의 옆얼굴을 흘끗 보았다. 노조미는 여전히 머나먼 하늘을 바라보고 있었다. 입술 끝이 살짝 올라간 옆얼굴이 늠름해 보였다. 왠지 희망찬 미래로만 나아가겠다는 듯한 표정이다. 그 모습은 사에코와 많이 닮아 있었다.

　"엄마를 이 차로 데리러 갈 수 있으면 좋겠다."

　문득 노조미가 이쪽으로 돌아보며 말했다.

　"······그러게."

　또 신호등이 초록불로 바뀌었다. 나는 브레이크를 밟지 않고 달려간다.

　"엄마, 하늘나라에 갔지?"

　"하늘나라?"

　"응. 도치기 이모가 그랬어."

　사에코와 동갑으로 무척 친하게 지내던 사촌이다.

　"하늘나라. 응, 그렇겠다. 천국은 빛의 나라니까, 엄마는 틀림없이 하늘에 있다고 생각해."

　"비행기 타면 만나러 갈 수 있어?"

　이번엔 빨간불이구나.

브레이크에 발을 대려는데, 그 순간 또 초록불로 바뀌었다. 차는 보이지 않는 실로 당겨지듯 계속해서 앞으로 앞으로 나아간다.

"빛의 나라에는 비행기로도 갈 수 없어."

"그런가? 그럼, 빛의 무지개를 타고 올라가면?"

"무지개를 타고 올라가면?"

아이의 독특한 발상에 감탄하는 동안 마침내 빨간불에 걸려버렸다.

조수석을 보니 노조미가 절실한 눈빛으로 나를 보며 대답을 가만히 기다리고 있었다.

"응. 무지개를 탈 수 있다면, 어쩌면 갈 수 있을지도 모르겠다."

"정말?"

노조미는 밝은 한숨을 쉬듯 말하고 나서, 다시 사에코를 꼭 닮은 미소를 입가에 머금었다.

→»

해가 중천에 접어들 때쯤, 나와 노조미는 벌써 푸르른 전원 풍경 속을 달리고 있었다. 신록이 반짝반짝 빛나는 산줄기 위로 선명한 형광 블루빛 하늘이 펼쳐져 있다. 기온도 쑥쑥 올라갔다.

신호를 기다리며 논 안에서 천천히 오가는 이앙기를 구경하고 있는데 내 배에서 꼬르륵 소리가 났다. 노조미와 나는 얼굴을 마주 보며 웃는다.

"아빠, 배고파?"

"응. 벌써 점심시간이네."

"저기 편의점 있어."

"아, 정말이다. 들를까?"

"응."

야구도 할 수 있을 것 같은 널찍한 시골 편의점 주차장에 차를 세우고 내렸다. 노조미의 손을 잡고 가게 입구를 향해 걸었다.

편의점 자동문이 열리고 손님 세 명이 나온다. 젊은 부부와 노조미 또래로 보이는 여자아이였다. 여자아이를 가운데 둔 채 셋이 손을 잡고 너무나 행복해 보이는 얼굴로 대화를 나누며 걸어온다. 아빠의 한쪽 손에는 먹다 남은 소프트아이스크림이 있다. 입 주위에 하얀 크림이 잔뜩 묻은 여자아이가 먹던 것이겠지.

세 사람이 가벼운 발걸음으로 이쪽을 향해 걸어온다. 바로 그 순간, 엄마의 "하나, 둘, 셋!" 구호에 맞춰 중앙에 있는 여자아이의 몸이 공중에 붕 떴다. 양손을 들어 올려 그네를 태워 준 것이다. 여자아이의 천진난만한 웃음소리가 가슴에 꽂혔다.

견딜 수 없을 듯한 기분이 들어 노조미를 보았다. 노조미는 웃으며 걸어가는 세 가족의 모습을 묵묵히 바라보고 있었다. 하지만 그 가족과 엇갈리는 순간에는 입술을 꼭 다물고 씩씩한 눈빛으로 앞을 향해 걸었다. 잡고 있던 손에 실린 노조미의 작은 손가락 힘이 내 마음 깊은 곳까지 찌릿찌릿 전달되었다.

문득 논에서 봄바람이 기분 좋게 불어왔다. 부드러운 바람은 흙과 물 내음을 품고 있었다. 어깨까지 드리워진 노조미의 머리카락이 살랑살랑 나부낀다.

일단 노조미의 작은 손을 놓았다.

응? 하는 얼굴로 노조미가 이쪽을 올려다보며 걸음을 멈춘다.

"노조미, 하늘을 봐. 저기!"

그렇게 말하자마자 뒤에서 노조미의 겨드랑이 아래로 양손을 끼우고 쑥 들어 올려 목말을 태웠다.

"와아, 비행운이다."

푸른 하늘 한복판에 한 줄기 하얀 구름이 뻗어 있다. 비행운은 우리가 보고 있는 동안에도 자꾸자꾸 먼 곳으로 뻗어 나간다.

"비행기, 타 보고 싶다."

"응. 아빠도 오랜만에 타고 싶네."

"아빠는 몇 번 타 봤어?"

"글쎄, 몇 번일까?"

괌이 첫 번째였고, 그다음이 한국. 그리고 신혼여행으로 갔던 오스트레일리아였지.

머릿속으로 헤아려 보던 순간, 바로 뒤에서 꼬르륵 하는 소리가 크게 울렸다. 노조미의 배가 아우성을 친 것이다.

"아하하. 아빠보다 더 큰 소리가 났어."

노조미가 웃고, 나도 웃었다.

짧지만 아무것도 섞이지 않은 순수한 두 개의 웃음소리가 봄 하늘에 스며들듯 사라졌다.

편의점에서 삼각김밥과 빵, 녹차와 과자, 그리고 상자에 든 화장지를 샀다. 노조미는 그렇게 좋아하던 소프트아이스크림을 끝까지 안 먹겠다며 고집을 부렸다. 그런 식으로 사소한 일에 고집을 부리는 성격까지 사에코를 닮은 것 같아, 그만 쓴웃음을 짓고 말았다.

계산대의 점원은 50대로 보이는 여성이었다. 아이를 무척 좋아하는지 가게에 들어갈 때부터 마치 손녀를 보는 듯한 눈빛으로 얼굴에 웃음을 가득 담고 노조미를 바라보았다. 예상대로 계산할 때 말을 걸어왔다.

"좋겠네, 아빠랑 맛있는 것도 사고."

"네."

"도시락 가지고 어디 놀러 갈 거야?"

"무지개 찾으러 모험을 떠나요."

계산대의 여성이 "어머, 멋지다"라고 말하며 나를 보았다. 나는 애매한 웃음으로 대답을 대신했다.

가게에서 나오자 강한 햇살에 눈을 똑바로 뜨기 어려웠다. 아까보다 태양이 한층 더 강렬해진 듯하다. 가게 앞 담배 자판기 옆에 코카콜라 로고가 그려진 빨간 벤치가 있어서 거기 나란히 앉아 삼각김밥과 빵을 먹기로 했다.

논 사이로 불어오는 바람은 투명한 빛을 받아 반짝이며 눅눅하게 굳어 버린 내 마음을 살살 풀어 주었다.

두 마리의 배추흰나비가 서로 장난치며 눈앞을 훨훨 날아다닌다. 아스팔트가 갈라진 틈에서는 자그마한 민들레가 꽃을 피운 채 부드러운 바람에 살랑살랑 흔들리고 있다.

노조미는 양쪽 다리를 교대로 흔들며 햄샌드위치를 먹다가 문득 생각난 듯 어려운 질문을 던졌다.

"아빠, 무지개는 왜 일곱 색깔이야?"

대답이 궁해진 나는 조금 다른 각도로 이야기를 풀었다.

"어떤 나라에서는 여섯 색깔이라고 한대."

"어, 왜? 똑같은 무지갠데 다른 색깔로 보이는 거야?"

"뭐, 어떻게 보느냐에 따라 달라질 수도 있겠지."

아마 그게 맞을 것이다. 하얀색과 검은색으로 이루어진 똑같은 커피잔이 범고래로 보이기도 하고, 판다로 보이기도 하니까. 틀림없이 세상의 모든 물체는 어떻게 보고 어떻게 받아들이느냐에 따라 그 존재의 의의가 달라질 것이다.

그렇다면 노조미와 내가 이제부터 걸어갈 미래도 마음가짐 하나로 바뀔 수 있지 않을까?

"유치원에서 단풍나무 반 나쓰미 선생님이 그림 연극을 했는데, 그때 무지개는 일곱 색이라 그랬어."

노조미는 여전히 이해할 수 없다는 표정이다.

"그랬구나. 그럼 무지개를 찾아서 직접 세어 봐. 그렇게 하면 정말 몇 가지 색깔인지 알겠지?"

"응. 그럴게."

그제야 납득한 듯 노조미는 남은 샌드위치를 한꺼번에 입에 밀어 넣고 우물거리며 이쪽을 쳐다보았다.

그리고 조금 쑥스러운 듯 웃는다.

"이제 소프트아이스크림 먹고 싶어졌다."

고개를 넘어 꾸불꾸불한 산길을 다 내려왔을 때 갑자기 풍경이 확 트였다. 눈앞에 드넓은 남빛 바다가 펼쳐졌다. 환호성을 지르는 노조미의 얼굴에 순식간에 기쁨의 빛이 감돈다.

우리는 당장 해안가에 차를 세우고 아무도 없는 모래사장에서 맨발로 뛰어다니며 놀았다. 뛰다가 지치면, 파도에 씻겨 새하얗게 빛나는 조개껍데기를 주웠다. 바짝 마른 작은 불가사리를 발견한 순간, 문득 멋진 아이디어가 떠올랐다.

이 조개껍데기와 불가사리를 점토에 붙이고 형태를 만들어 노조미와 뛰어놀았던 이 바다를 작품으로 표현해 보면 어떨까.

한 시간쯤 지나 다시 차를 타고 노조미가 가리키는 해변 길로 달리기 시작했다.

달리고 또 달려도 노조미는 오로지 해변 길만 선택했다. 갈매기와 솔개, 길가에 널려 있는 건어물, 대나무 지게를 짊어진 할머니, 낚싯배의 실루엣, 그물 부표, 수심이나 해저 지형에 따라 어지럽게 변하는 바다 색깔, 하얀색의 아름다운 등대……. 해변 길에는 노조미의 호기심을 자극할 만한 광경이 잇따라 나타났다.

이윽고 제법 긴 오르막길에 접어들었을 때, 앞쪽으로 줄지어 선 빨간 미등이 보였다.

사고라도 난 것일까?

바로 앞에 컨테이너를 실은 대형 트럭이 서 있어 시야도 가로막혔다. 기다란 자동차 행렬은 걷는 것보다 더 느린 속도로 오르막길을 천천히 올라가다가 폭이 좁은 터널로 접어들었다.

미등을 켜고 스핏츠 CD를 틀었다. 상쾌하면서도 왠지 애절한 〈봄의 노래〉가 흐른다. 보컬은 '기나긴 터널을 빠져나왔을 때……'라고 노래했지만, 정체된 도로 위에 선 우리는 여전히 긴 터널을 빠져나가지 못하고 있었다.

15분 이상 걸려 가까스로 터널 출구 부근까지 왔을 때, 왼쪽

보도에 작은 간판이 세워져 있는 게 보였다.

맛있는 커피와 음악♪
'곶 카페'
여기서 좌회전

여기서 좌회전?

주변을 보니 가드레일과 방풍벽이 끊겨 있어 일단 좌회전은 가능할 것 같았다. 하지만 왼쪽에는 잡초가 수북한 황무지가 펼쳐져 있을 뿐이었다.

설마 이런 곳에 찻집이 있을까? 있었다 하더라도 몇 년 전에 벌써 망하지 않았을까?

히라가나와 가타카나를 읽을 수 있는 노조미가 그 간판을 보고 반응했다.

"저기 봐. 맛있는 커피라고 적혀 있어. 아빠, 커피 좋아하잖아."

"응, 좋아하긴 하지만."

"그럼 가 보자."

"음……."

가 봐도 아마 없을 거라고 말하려다가 그냥 삼켜 버렸다. 이 여행을 하는 동안에는 노조미가 말하는 대로 가겠다고 결심했다. 찻집은 망했더라도 바다는 볼 수 있을지 모른다. 그러면 바다에서 또 놀아도 좋겠다.

꼬리를 물고 조금씩이나마 앞으로 나아가 가까스로 간판 근처에 도착했다. 그곳에서 과감히 핸들을 왼쪽으로 꺾었다. 예상대로 포장되지 않은 흙길이었다. 그런데 뜻밖에도 바퀴 자국이 나 있었다. 그 위를 천천히 기듯이 나아가 보았다. 앞 유리 너머 먼 곳까지 시선을 뻗으니, 잡초밖에 보이지 않던 땅이 도중에 사라져 보이지 않았다.

아마도 낭떠러지가 아닐까?

차는 바퀴 자국을 따라 천천히 왼쪽으로 곡선을 그리며 나아갔다.

이윽고 저 멀리 오른편 아래쪽에 바다가 보인 순간, 노조미가 "앗" 하고 소리를 높였다.

있다. 정말로, 찻집이 있다!

주인이 손수 꾸민 듯한, 푸른색 페인트로 칠해진 운치 있는 작은 목조 건물이었다. 가는 통나무로 난간을 만든 테라스 앞에는 주차 공간도 충분했다.

그곳에 차를 세우고 흙 위에 내려섰다.

멀리 벼랑 아래에서 바다 냄새를 품은 바닷바람이 살랑살랑 불어왔다. 오후 햇살을 반짝반짝 되비치는 감색의 드넓은 바다가 눈부시다. 어쩌면 여긴 바다와 맞닿은 육지의 끝인지도 모르겠다.

바다 너머 아득히 먼 곳에 가로놓인 육지를 보던 순간, 나는 무심코 "앗" 하고 입을 딱 벌렸다.

"저것 봐, 노조미. 바다 저편에 후지산이 보여."

"어, 저게 후지산이야?"

"그래. 일본에서 제일 높은 산이야."

노조미가 "세모 모양 산이네"라고 말했을 때, 뒤에서 자박자박자박 하고 자갈밭을 걸어오는 소리가 들렸다. 돌아보니 발밑에 시바견으로 보이는 하얀 개가 서 있었다. 애교가 가득 넘치는 얼굴을 한 개가 동그랗게 말린 복슬복슬한 꼬리를 흔들며 우리를 보고 웃는다.

"와앗."

개를 보고 놀란 노조미가 내 허벅지에 매달렸다.

"괜찮아. 개가 이렇게 꼬리를 흔드는 건 기분이 좋다는 뜻이니까."

쭈그리고 앉아 개의 턱을 어루만져 주었다. 그와 동시에 무언가를 깨달았다. 하지만 그 사실을 먼저 말한 건 노조미였다.

"어, 이 개, 다리가 없어."

오른쪽 앞다리가 반밖에 없었다.

"그러네. 사고로 다쳤나?"

"불쌍해."

노조미는 무서워하면서도 개에게 다가가 등을 살짝 쓰다듬었다. 개는 기쁜 듯한 표정을 지으며 얌전히 그 자리에 서 있었다.

마침내 노조미가 개를 어루만질 수 있게 되었을 때, 개가 훌쩍 뒤로 돌아 찻집을 향해 자박자박 걷기 시작했다. 도중에 이쪽을 돌아보며 "멍" 하고 작은 소리로 짖는다.

"아빠, 저 개, 이쪽으로 오라는 것 같은데?"

"왠지 그런 것 같네."

시험 삼아 개를 따라가자 개는 조금 더 앞으로 걷다가 다시 돌아보고 "멍" 하고 짖는다.

"역시, 우리를 부르는 모양이야."

그리하여 우리는 한쪽 다리가 없는 하얀 개의 안내로 찻집 입구까지 걸어가 나무로 만든 문손잡이를 당겼다.

>>>

우리가 안으로 들어가자, 하얀 개는 임무를 완수했다는 듯이 가게 뒤쪽으로 사라졌다.

"어서 오세요."

희미한 빛이 드리운 실내에서 여성의 차분한 목소리가 들렸다. 돌아보니 불이 꺼진 낡은 장작 난로 옆에 중년 여성이 서 있었다. 키는 크지 않지만 날씬했고, 왠지 고상한 분위기가 풍겼다.

"아, 네⋯⋯."

의미 없는 말을 흘리면서 가게 안을 대충 둘러보았다. 예상대로 다른 손님은 없었다. 테이블이 두 개뿐인 아담한 가게였는데, 큼지막한 유리창 너머로 바다가 보여서인지 갑갑한 느낌은 들지 않았다.

　그보다 오히려 창밖으로 보이는 풍경이 훌륭한 그림 같았다. 찬란하게 빛나는 바다와 하늘과 초원, 그리고 저 너머의 후지산. 구도도 멋지게 잡혀 있었다. 나름 예술가인 내게 이곳은 마치 풍경화를 즐기기 위해 만들어진 가게처럼 느껴졌다.

　"저기, 이 자리에 앉아도 될까요?"

　후지산이 잘 보이는 쪽 테이블을 가리켰다.

　중년 여성이 방긋 웃으며 고개를 끄덕이자, 나는 창가 의자에 노조미를 앉히고 그 옆에 앉았다.

　"음악은 어떤 장르를 좋아하시는지요?"

　여성이 미소를 머금은 채 물었다. 나이에 맞는 주름진 그 표정이 왠지 친해지고 싶을 만큼 매력적인 분위기를 자아내고 있었다. 한참을 바라보고 싶어지는 미소였다.

　"아뇨, 음악은, 특별히……."

　"그럼, 이대로 잔잔한 재즈를 틀어 두겠습니다."

　"네."

　여성이 조용히 발길을 돌리자, 나는 다시 가게 안을 둘러보았다. 안쪽 벽에 마련되어 있는 목제 선반에는 CD와 LP가 빽빽이 꽂혀 있었다. 후지산과 바다가 보이는 창가에는 작고 하얀 꽃을 피운 다육 화분과 구부린 철판으로 만든 고양이 장식물이 놓여 있었다. 적갈색으로 빛나는 앤틱 나무 테이블에는 자그마한 정사각형 종이가 올려져 있었는데, 그곳에 메뉴가 붓글씨로 정성스럽게 적혀 있었다. 가공하지 않은 목재를 붙여 만든 천장과 벽, 바닥은 자세히 보면 여기저기 틈이 있어 비전문가의 솜씨라는 게 그대로 드러났다. 옥색으로 칠해진 나무 창틀에도 얼룩이 눈에 띈다. 하지만 신기하게도 만든 사람의 '흠'이 오히려 이 가게와 잘 어울렸다. 차가운 기계를 이용하여 합리적으로 만든 직선과 직각뿐인 건물과 달리 '흠'까지 포함한 인간의 수작업이 주는 온기가 가게 안을 가득 채우고 있었다. 이상할 정도로 마음이 푸근했다.

"주문하시겠어요?"

중년 여성이 노조미를 보고 온화한 미소를 지으며 테이블 위에 두 잔의 물을 내려놓았다.

"저기, 시그니처 커피랑 사과주스로 하겠습니다."

그렇게 대답한 순간…….

"아, 무지개!"

눈을 동그랗게 뜬 노조미가 창밖이 아니라 내 등 뒤의 벽을 손가락으로 가리키며 환호성을 질렀다.

"응?"

그 말에 이끌려 뒤를 돌아보고는 나도 모르게 입을 딱 벌리고 말았다.

"우와, 이건!"

'멋진 그림이구나'라고 말하려 했는지, '예쁘다'라고 말하려 했는지, 아니면 '깜짝 놀랐어'라고 말하려 했는지 스스로도 알 수 없었다.

아무튼 우리는 드디어 만났다. 무심코 숨을 삼키게 되는, 아름다운 무지개를.

"아빠."

노조미는 오늘 보였던 미소 중 최고로 해맑은 미소를 얼굴에 담았다.

"응. 드디어 찾았네."

노조미는 의자에서 쿵 하고 내려오더니, 주문을 받으러 온 중년 여성 뒤를 빙 돌아 내 옆에 섰다. 그리고 환히 웃으며 "아빠, 있잖아"라고 불렀다. 그리고 나를 바라보며 이렇게 말했다.

"행복의 두근두근, 여기 있어."

나는 어리둥절한 표정의 중년 여성에게 눈짓으로 "잠깐 실례하겠습니다"라고 전하고 의자에서 내려와 웅크리고 앉았다.

노조미의 가슴에 귀를 댄다.

두근 두근 두근…….

자그마한 심장이 깡충깡충 뛰며 경쾌한 음색을 연주하고 있었다.

"노조미의 두근두근이 전달되어 아빠도 행복해졌어."

나는 노조미의 볼을 양손으로 감싼 채 그림책과 같은 대사를 말했다.

그러자 이번에는 나와 노조미의 대화를 듣고 있던 중년 여성이 손에 든 쟁반을 테이블 위에 내려놓고 노조미 곁에서 가만히 몸을 웅크렸다.

"노조미 쨩, 아줌마한테도 행복의 두근두근, 들려줄래?"

"에?"라고 멍청한 소리를 낸 쪽은 나이고, 노조미는 몸을 돌려 "좋아요"라고 미소를 지으며 여성을 향해 가슴을 젖혔다.

"고마워."

중년 여성은 방긋 웃고는 "어디 어디?"라고 중얼거리며 노조미의 등을 살짝 안고 가슴에 귀를 댔다.

"어머, 이건 정말로 멋진 두근두근인데? 아줌마도 행복해졌어."

얼굴을 든 중년 여성은 눈이 보이지 않을 만큼 주름진 미소를 활짝 머금으며 노조미의 머리카락을 살짝 쓰다듬었다. 그러고 나서 여전히 웃음을 담은 얼굴로 나를 바라본다.

"보물이네요."

"네."

나는 조금 부끄러워하며 고개를 끄덕였다. 노조미는 그런 나와 중년 여성을 생긋생긋 웃으며 번갈아 보았다.

다시 한번 벽에 장식된 무지개 그림을 바라본다. 빛의 입자가 아로새겨진 듯, 아름다운 오렌지색으로 물든 저녁 하늘과 바다. 그곳에 성스러운 무지개가 걸려 있다. 무지개는 하늘과 바다보다도 한층 더 빛나고 있었다.

액자 속 세계는 그야말로 그림 같아서 현실과 동떨어진 광채를 내뿜었지만, 바다 저편에 그려진 반도의 형태나 후지산의 배치를 보면 이 가게 창밖에 펼쳐진 풍경을 스케치한 게 분명하다는 걸 알 수 있었다.

"하나, 두울, 셋……." 노조미는 그 그림을 바라보며 손꼽아 헤아리기 시작했다. "여섯, 일곱…… 여덟. 어?"

"어어?"

나는 말하면서 무심코 웃었다.

"아빠, 무지개, 여덟 색깔이야."

"정말. 그렇구나."

"그림이라서 그런가?"

노조미가 고개를 갸우뚱하니 중년 여성이 입을 열었다.

"저 그림 말이야, 진짜 무지개를 보면서 똑같이 그렸대. 그러니까 아마 진짜 무지개도 여덟 색깔이었을 거야."

"그렇구나. 그럼, 여덟 색깔 무지개가 정말로 있는 거네."

노조미는 중년 여성과 나를 번갈아 바라보았다.

"그런가 보네. 아빠와 노조미는 특별한 무지개를 본 거야."

"아줌마는 여태까지 한 번도 헤아려 본 적이 없거든. 오늘 색깔 하나를 선물 받은 기분이네."

"굉장하다, 저 무지개."

우리는 왠지 작은 비밀을 셋이 나눠 가진 듯한 근사한 기분에 젖어, 한동안 무지개 그림을 바라보며 웃음을 나누었다.

>>

여성의 이름은 가시와기 에쓰코라고 했다. 커피를 테이블에 내려놓으며 가게 명함을 한 장 건네주었는데, 거기에 그녀의 이름이 적혀 있었다.

에쓰코 씨가 만들어 준 커피는 뭐라 표현할 수 없을 정도로 부드러운 풍미가 느껴져, 한 모금 마시자마자 입에서 한숨이 새어 나올 정도였다. 게다가 컵까지 훌륭했다. 가장자리가 동그스름한 하트 모양으로, 안쪽에만 크림색 유약을 바른 짙은 갈색 컵이다.

"참 세련된 컵이네요."

무심코 도예가의 눈으로 컵을 바라보다가 내가 내뱉은 말에, 에쓰코 씨는 '그렇지요?'라고 말하듯 장난스러운 미소를 지어 보였다.

"노조미 쨩의 하트를 생각하고 고른 컵이에요. 이 컵으로 마시면 커피 맛도 행복해질 것 같아서.”

“감사합니다.”

조금 쑥쓰러워진 나는 커피를 한 모금 더 홀짝였다. 노조미는 빨대로 사과주스를 단숨에 반 정도 마셔 버렸다.

“한 가지 여쭤봐도 될까요?”

에쓰코 씨가 장작 난로 옆에 놓인 동그란 의자에 살며시 앉으며 말했다.

“예? 네.”

나는 컵을 접시 위에 내려놓았다.

“아까 무지개 그림을 보셨을 때, 드디어 찾았다고 말씀하셨는데…….”

“아아, 그건요.”

하지만 그다음 말을 이은 건 노조미였다.

“아빠랑 무지개 찾기 모험을 하고 있었거든요.”

“무지개 찾기?”

“네. 아침에 아파트에서 본 무지개가 어딘가로 가 버려서 한참 찾았어요.”

에쓰코 씨는 눈을 가늘게 뜨고 사랑스럽다는 듯 노조미를 응시했다.

“그랬구나. 그래서 찾은 것이 이 그림 속 무지개란 말이지?”

“예.”

내가 할 수 있는 건 이 한마디뿐이었다.

"그럼, 나랑 똑같은 여행을 했구나."

"네?"

"나도 무지개 찾기 모험을 하는 중이거든."

무슨 뜻일까?

고개를 갸우뚱하며 에쓰코 씨를 보고 있는데, 에쓰코 씨는 후후후 하고 의미심장한 웃음소리를 내더니 사과주스를 다 마신 노조미에게 말을 걸었다.

"노조미 짱. 아줌마가 만든 바나나 맛 아이스크림 먹을래?"

"네!"

"아줌마가 서비스로 줄게. 행복을 나눠준 노조미에게 선물해야지."

"아, 괜찮습니다."

"사양하지 말아요. 아직 메뉴에도 없고, 시험 삼아 만들어 본 거니까."

"감사합니다. 하지만……."

에쓰코 씨는 한 번 더 "괜찮아요"라고 말하고 주방으로 사라지더니, 곧 갈색 잎사귀 모양의 도기 접시에 아이스크림을 담아 노조미에게 "자, 맛있게 먹어요"라며 내밀었다.

"감사합니다."

숟가락으로 한입 먹고 "맛있다"라며 얼굴을 든 노조미는 "이

거, 엄마한테도 주고 싶다. 엄마도 단 거 정말 좋아하는데"라고
작은 목소리로 말하고는 창밖의 푸른 하늘을 바라보았다.

그 옆얼굴을 보는데 문득 입가에서 작은 한숨이 새어 나왔다.

노조미는 마음이 따뜻한 아이로 잘 자라주고 있어.

마음속으로는 그렇게 중얼거렸지만, 입에서는 다른 말이 튀
어나왔다.

"자, 얼른 안 먹으면 다 녹아 버린다."

"응."

노조미는 아이스크림을 다시 먹기 시작했다. 그리고 한 모금
한 모금 진지하게 좋아하는 맛을 음미했다.

"엄마는 집에 있나 봐요?"

흐뭇한 미소를 지으며 노조미를 바라보는 에쓰코 씨에게 "아
뇨"라고 작은 소리로 대답하며 고개를 저었다.

"며칠 전에 장례를 치렀습니다."

"아……."

이 가게에 들어와서 처음으로 에쓰코 씨의 굳은 얼굴을 보았
다. 웃지 않아도 다정한 얼굴이라고 멍하니 생각하면서 커피를
또 한 모금 마셨다. 그리고 절실한 마음으로 생각했다. 이 최고
로 맛있는 커피를 사에코도 마실 수 있다면 얼마나 좋을까.

"죄송해요."

목소리가 우울해진 에쓰코 씨에게 "아뇨, 아뇨"라고 말하며

나는 미소를 지어 보였다. 아마 어색한 웃음이었을 것이다. 부끄러워서 그랬는지 묻지도 않았는데 쓸데없는 말까지 꺼내고 말았다.

"악성 종양으로, 바로 며칠 전에…… 병명을 알고 난 후로는 거의 눈 깜짝할 사이에 진행되는 바람에……."

"그랬군요."

"네."

작게 한숨을 흘린 에쓰코 씨는 왠지 옛 시절을 떠올리는 듯한 표정으로 먼 곳을 바라보았다. 그리고 가만히 시선을 나에게 돌리더니 이렇게 말했다.

"두 사람이 무지개를 찾아 오늘 여기 온 것에 운명 같은 걸 느껴요."

운명?

"으음, 그건 어떤……."

질문하려는 순간, 에쓰코 씨가 의자에서 훌쩍 일어났다. 그리고 "잠깐만요"라고 말하더니 주방 쪽으로 사라졌다.

잠시 후, 그때까지 흐르던 잔잔한 재즈가 갑자기 멈추더니 가게 안이 소리 없이 고요해졌다. 열심히 아이스크림을 먹던 노조미도 변화를 깨닫고 얼굴을 들었다.

다음 순간 파이프오르간을 닮은 아름다운 음색이 값비싼 스피커에서 흘러나왔다.

노조미와 나는 서로 마주 보았다.

뭐라고 표현할 수 없을 정도로 자애가 넘치고, 투명하고, 엄숙하고 거룩한 음악이라고 생각한 순간, 내 양팔과 등에 찌르르 전율이 흘렀다.

노조미도 나도 그 곡에 가만히 빨려 들어갔다.

전주의 멜로디 라인을 따라가다 보니 문득 어딘가에서 들어본 적이 있는 곡 같았다. 방울을 굴리는 듯한 여성 보컬의 목소리가 섞이는 순간, 곡명이 내 뇌리를 스쳤다.

"〈어메이징 그레이스Amazing Grace〉라는 곡이에요." 동그란 의자 쪽에서 목소리가 들렸다. 어느샌가 에쓰코 씨가 돌아와 있었다. "켈틱 우먼Celtic Woman이라는 아일랜드 여성 그룹이 불렀지요."

"뭐랄까, 굉장히 고운……."

"따스한 온기에 감싸이는 듯하지요?"

"네."

"이 가게는요, 커피와 음악을 선사하는 곳이에요. 지금 당신에겐 틀림없이 이 곡이라는 생각이 들었죠."

에쓰코 씨의 얼굴에 조금 전의 장난스러운 미소가 되돌아왔다.

"왜, 이 곡을?"

"이 곡의 가사에 담긴 이야기를 아세요?"

옛날부터 영어에는 자신이 없었다. 나는 솔직하게 고개를 저었다.

"절망과 고통 속에서도 경이로운 사랑의 힘이 우리를 일으켜 세운다는 이야기를 담고 있죠."

"경이로운 사랑의 힘."

앵무새처럼 그대로 되뇌었다. 그리고 에쓰코 씨의 시선을 가만히 따라갔다. 에쓰코 씨는 노조미를 보고 있었고, 노조미는 그 무지개 그림을 뚫어지게 쳐다보고 있었다. 천국에 닿을지도 모르는, 빛의 다리.

'보물이네요.'

조금 전 에쓰코 씨의 대사가 가슴속에 되살아난다.

"인간은 살아가는 동안 여러 가지 소중한 것을 잃지만, 또 한편으로는 언제나 경이로운 사랑을 받고 있지요. 그 사실만 깨닫는다면, 그다음부턴 어떻게든 되게 마련이에요."

'실제로 나도 그랬으니까.'

에쓰코 씨는 끝까지 말하지 않았지만, 왠지 이런 말을 덧붙인 듯했다.

노조미를 보았다. 노조미도 나를 보고 있었다.

"아빠, 멋지다."

거룩한 음악에 감싸인 채 노조미는 다시 한번 그 무지개 그림을 올려다보았다. 나도 함께 같은 그림을 바라보았다. 무지개가 아까보다 반짝반짝 빛나 보이는 건 기분 탓일까?

행복이 듬뿍 담긴 한숨을 내쉰 뒤 이미 식어버린 커피를 다 마셨다. 하트 모양 컵을 테이블에 놓았을 때 문득 생각이 났다.

이 가게에 내가 구운 커피 컵을 선물하자. 오늘의 추억을 담은 컵을, 이 가게 손님들이 사용하게끔 하자.

내 안에서 정말로 오랜만에 창작 의욕이 샘솟았다. 흙을 만지고 싶어서 손가락 끝이 근질거릴 정도로.

이윽고 곡이 끝나고 다시 가게 안에 고요가 찾아왔다. 하지만 그건 쓸쓸한 고요가 아니었다. 음악의 여운이 아직 공기 속에 촉촉하게 녹아 있었다.

노조미에게 물었다.

"자, 어떻게 할까? 모험을 계속해 볼까?"

노조미는 나를 올려다보더니 만족스러운 얼굴로 고개를 저었다.

"아니. 이제 집에 갈래."

"그래? 그럼, 또 스핏츠 들으면서 집으로 돌아갈까?"

"응."

노조미는 고개를 끄덕인 다음에 눈을 위로 치켜떴다.

"아빠."

"응?"

"집에 가면 자기 전에 《미밋치》 그림책 읽어 줄래?"

나는 웃었다.

"물론."

"내일도?"

"응. 앞으로도 쭉 매일 밤 읽어 줄게."

그렇게 말하고 천천히 자리에서 일어났다.

그리고 사에코가 이 세상에 남긴 '경이로운 사랑의 힘' 그 자체를 안아 올린 뒤 힘껏 볼을 비볐다.

노조미가 간지러운 듯 웃는다.

"잘 먹었습니다."

에쓰코 씨에게 진심으로 그렇게 인사한 순간, 나는 이미 '기나긴 터널'을 빠져나왔다는 사실을 알았다.

2장

걸스
온 더 비치

여름을 더없이 사랑하는 내가 코발트블루빛 하늘 한가운데에서 버터색으로 이글거리는 태양을 올려다보며 '잔혹하다'라고 생각한 건 이번 여름이 처음이다. 정확하게 말하면 오늘은 장마철인데, 비가 잠깐 그쳤다고 태양이 마치 한여름인 양 강렬한 광선을 지상으로 좍좍 쏟아붓고 있다.

티셔츠 속에서 땀이 가슴부터 배까지 주르륵 타고 내려온다. 나는 되도록 몸을 앞으로 기울여 핸들에 최대한 체중을 실은 자세로 바이크를 밀었다.

이마에 맺히는 땀방울 때문에 앞머리가 자꾸만 철썩 달라붙는다. 턱 끝에서도 땀방울이 뚝뚝 떨어져, 애지중지 아끼는 빨간색 연료 탱크에 작은 웅덩이가 생겨 버렸다.

어느새 바짝 쫓아온 트럭이 경적을 불법으로 개조했는지 빠빠아앙! 시끄러운 소리를 내며 나를 추월했다. 시커먼 배기가스 때문에 숨이 막히고 목이 메었다.

"이 자식이, 눈에 뵈는 게 없어?"

혼자서 욕을 퍼부으며 짜증을 다 토해 냈다.

지금 온 힘을 다해 밀고 있는 바이크는 단기통 엔진이 탑재된 혼다의 빈티지 모델이다. 작년에 부지런히 아르바이트를 해 겨우 중고로 구입했다. 동그스름한 진홍색 탱크가 예뻐서 바라보고 있으면 나도 모르게 자꾸만 쓰다듬고 싶어진다. 연비도 좋고 차량 검사도 필요 없으니 가난한 대학생인 내겐 더할 나위 없다.

단, 원하는 대로 잘 움직여줄 때만.

취업이 생각처럼 잘 되지 않아 오늘 아침 스트레스라도 풀 겸 오랜만에 혼자서 바이크를 타고 훌쩍 집을 나섰다. 장마철에 비가 잠시 그치는 오늘 같은 날 이곳을 지나갈 때면, 바다도 산도 바람도 너무나 싱싱한 빛을 발하고 있어 그만 넋을 놓고 바라보게 된다. 오늘은 연료를 보충해야 한다는 사실을 깜빡 잊고 달리다가 결국 해안 국도의 긴 오르막길 직전에 어이없이 연료가 떨어지고 말았다.

원래는 연료가 바닥을 드러냈다 하더라도 연료 콕을 '리저브'로 돌리면 탱크에 조금 남아 있는 연료로 당분간은 달릴 수 있는데, 이날은 왜 그랬는지 처음부터 연료 콕을 '리저브'로 돌려놓는 바람에 한 방울도 남기지 않고 탕진해 버렸다.

앞을 봐도 뒤를 봐도 가게는커녕 인기척도 없다. 즉, 어떤 이의 도움도 받을 수 없는 상황이다. 바이크 경력 4년 차에 처음으로 큰 실수를 저지르고 말았다.

그런 이유로 나는 지금 이 묵직한 중형 바이크를 땀범벅이 된 몸으로 밀면서 처음으로 바이크의 무게를 실감하고 있다.

그리고 또 한 가지, 이 세상의 법칙을 깨달았다.

그게 뭐냐 하면…….

'위기는 또 다른 위기를 부른다.'

헉헉거리며 바이크를 미는 나에게 신은 더 큰 시련을 내리셨다. 시련이란, 그거다. 원숭이도 이해할 수 있도록 말하자면 바로 화장실이 급해진 것이다. 소변이라면 적당히 해결하면 되지만, 꼭 이럴 때 큰 쪽이 급하니 하늘에 대고 하소연이라도 하고 싶어진다.

중형 바이크를 밀면서 비탈길을 오르는 것은 참으로 어려운 작업이라 있는 힘껏 바이크를 밀지 않으면 앞으로 나아가지 않는다. 그런데 또 힘을 너무 주면 엉덩이가 위험할 것 같았다. 결국 나는 아슬아슬한 줄타기를 해야만 했다. 지금 폭포처럼 온몸을 타고 흘러내리는 땀의 반은 틀림없이 식은땀이다.

그렇다. 지금 이 순간, 이 지역에서 가장 변변치 못한 남자는 바로 나다. 아니, 내가 변을 제대로 조절하지 못해 변변치 못한 남자가 되어버린 것인지, 변 자체가 변변치 못한 것인지는 모르 겠지만……. 아무튼 나는 바이크의 연료 탱크처럼 입구를 꽉 잠 글 수만 있다면 좋겠다는 멍청한 생각을 진지하게 하면서, 여러 가지 의미로 온 힘을 다해 비탈길을 올라가고 있는, 가련한 남 자다.

간신히 오르막길 끝에 다다르자, 이번에는 대형 트럭이 지나 가기 힘들 정도로 좁고 어두운 데다 길기까지 한 터널로 들어가 야 했다. 터널 안은 배기가스로 가득하여 숨을 참지 않으면 안 될 정도였다. 나는 안전을 위해 시동을 걸고 미등을 켠 채, 되도 록 얕게 호흡하면서 속도를 높여 암흑 속을 나아갔다. 그런데 거 의 반 정도 왔을 때 등 뒤에서 굉음이 들렸다. 또 대형 트럭이다.

빠-빠-빠-빠-빠-빠-빠아앙!

트럭이 바짝 따라오는가 싶더니 거의 부딪힐 듯 내 바로 옆을 지나쳐 앞으로 달려간다.

이 자식, 일부러 그런 거야.

"이 똥싸개 같으니라고!"

고함을 지르고, 후회했다.

지금 이 순간 세상에서 가장 똥싸개에 가까운 건 나라는 사실 을 깨닫고 스스로가 한심해진 것이다.

겨우겨우 숨 막히는 터널에서 빠져나온 뒤에야 공기가 얼마나 감사한 것인지 깨달았다. 일단 멈춰 서서 손등으로 이마의 땀을 닦고 휴우 하고 작게 한숨을 내쉬었다. 그때, 서툰 솜씨지만 운치 있게 만들어진 간판이 시야에 들어왔다.

간판이라 해도 각목을 땅에 박아 세운 자그마한 하얀색 나무 토막에 불과했지만.

맛있는 커피와 음악♪
'곶 카페'
여기서 좌회전

이런 간판이 생뚱맞게 터널 출구에 있으면 아무도 모르고 지나치지 않을까? 만약 봤다 하더라도 갑자기 좌회전하긴 어려울 텐데…….

"아마 늦을 걸?"

핸들을 꺾는 것이 늦을 거라는 의미로 중얼거렸는데, 자칫하다간 내 배도 늦겠다는 생각이 들어서 황급히 간판 표시를 따라 바이크를 밀었다. 일단 저 카페에 가서 화장실을 써야 할 것 같았다. 볼일을 무사히 해결하면 목도 마르니 아이스커피라도 한 잔 벌컥벌컥 마시면 좋겠다.

작은 간판에 적힌 대로 국도에서 왼쪽으로 꺾으니 자갈길이 나왔다. '길'이라고는 해도 잡초가 무성한 황무지에 두 개의 바퀴 자국이 레일처럼 뻗어 있을 뿐이었다.

정말로 이런 곳에 카페가 있을까?

일말의 불안을 느끼면서도 비트적비트적 바이크를 밀었다.

만약 이 길 끝에 아무것도 없다면?

뭐, 그렇다 해도 나름 괜찮을지 모른다. 최종 수단인 '지구 화장실'을 사용할 수 있으니까.

조금 더 안쪽으로 들어가니 눈앞의 육지가 갑자기 사라지며 풍경이 확 트였다. 방금 전까지 긴 비탈길을 올랐는데 눈 아래로 바다가 펼쳐져 있었다. 아마도 내가 낭떠러지 위에 서 있는 모양이다.

눈 아래에 펼쳐진 바다는 너무나 잔잔하여 마치 감색 젤리처럼 끈적끈적해 보였다. 상공에는 솔개 몇 마리가 소리도 없이 천천히 선회하고 있다. 넓은 바다 너머로 눈길을 주니 건너편 육지 마을이 아련한 실루엣이 되어 둥실 떠 있는 것처럼 보였다. 바닷바람은 피부를 감싸는 면섬유처럼 부드러웠다. 그 바람이 땀에 젖은 목덜미를 간질인다.

바이크를 밀면서 바다 냄새를 깊이 들이마셨다.

바퀴 자국을 따라 왼쪽으로 곡선을 그리다 보니 이윽고 육지의 끝에 다다랐다. 바로 앞이 절벽이라 더 이상 나아갈 수도 없었다. 풀이 자라지 않은 공터에 바이크를 세우며 마음속으로 중얼거렸다.

정말로 있구나, 이런 곳에.

놀랍게도 제대로 된 길조차 없는 이곳에 조잡하나마 푸른색 페인트로 칠해진 오두막집이 서 있었다. 창문 위에 하얗게 풍화되기 시작한 나무 판자가 걸려 있고, 그 위에 검정색 글자로 '곳 카페'라 적혀 있다.

당장 가게 입구 쪽으로 걸어갔다.

그때, 오른쪽에서 시선이 느껴졌다.

그쪽을 돌아본 순간 수염이 덥수룩한 덩치 큰 남자와 눈이 마주쳤다. 카페 바로 오른쪽 옆에 아직 기초 공사 중인듯 기둥만 세워진 건물이 있었는데, 한 남자가 바로 그 기둥에 기대어 서 있었다. 짤막해진 담배를 입가에 물고 굵은 양팔을 엇갈려 팔짱을 낀 채 나를 가만히 쳐다보고 있다. 남자가 입은 하얀색 탱크 톱은 땀으로 흠뻑 젖어 상반신에 철썩 달라붙어 있었고, 그로 인해 울퉁불퉁한 근육이 부각되었다. 양쪽 어깨엔 무슨 모양인지 문신도 살짝 보인다. 빡빡머리에 네모난 턱. 햇볕에 그을린 얼굴과 팔……. 프로 레슬러 타입인데 이런 외모라면 아무래도 악역이다.

"아, 안녕하세요." 거북한 마음에 굳이 먼저 말을 걸었다. "화장실을 좀 쓰고 싶은데요……."

남자는 담배를 입에 문 채 "응" 한 마디만 내뱉고는 네모난 턱으로 카페 뒤쪽을 가리켰다.

"아아, 저쪽이군요. 감사합니다."

살짝 고개 숙여 인사하고 건물 뒤쪽으로 걸어갔다. 등 뒤로 덩치 큰 남자의 무서운 시선을 느끼면서…….

가게 뒤쪽의 경사면에는 소나무가 무성했다. 그 앞의 좁은 평지에 가게와 똑같은 푸른색으로 칠해진 작은 건물이 있었는데, 그곳이 바로 화장실이었다. 초보자의 솜씨가 그대로 느껴지는 조잡한 화장실이었지만 내부는 의외로 청결했다. 불투명 유리가 끼워진 창틀에 라벤더 드라이플라워까지 매달려 있어 산뜻한 향기가 감돌았다.

급히 팬티를 내리고 변기에 앉아 라벤더 향을 크게 빨아들이며 "휴우" 하고 한숨을 내쉬었다.

아슬아슬하게 세이프.

일단 한 가지 위기로부터 살아남았다.

해방의 여운에 젖은 채 천천히 화장실을 나왔다.

그 순간.

"우왓!"

깜짝 놀라 펄쩍 뛰어오를 뻔했다.

발밑에는 개가 한 마리 있었다.

시바견의 피가 섞인 듯한 하얀색 잡종으로, 빨간 목걸이를 목에 걸고 있었다. 얌전하게 앉아서 생긋 웃으며 이쪽을 올려다본다. 어쩐지 내가 화장실에서 나오기를 기다렸다는 표정이다.

"어이어이, 깜짝 놀랐잖아. 너, 이 집 개야?"

작은 소리로 말을 거니 개가 내 쪽으로 꼬리를 확 돌리고 자박자박 걷기 시작했다. 그런데 그 걸음걸이가 묘했다. 마치 깡충거리며 뛰는 것 같았다. 자세히 보니 오른쪽 앞다리가 없다. 인간으로 치면 무릎 아래가 없는 것과 마찬가지다.

하얀 개는 조금 걷다가 뒤돌아서 나를 쳐다보았다. 내가 뒤를 따라가니 안심했다는 듯 또 몇 걸음 나아간다. 이쪽으로 어서 오라고 말하는 것 같기도 하다. 그렇게 하얀 개는 나를 카페 입구까지 이끌어 주었다.

직접 페인트를 칠한 듯한 푸른색 문 앞에 서서 나무를 그대로 이어 붙인 매끈매끈한 손잡이를 잡고 앞쪽으로 천천히 당겨 본다. 딸랑 하고 문에 달인 방울이 달콤한 소리를 냈다. 그 순간 따끈한 커피 향기와 에어컨의 냉기가 나를 확 감쌌다.

"어서 오세요."

조금 쉰 듯한 여성의 목소리가 들렸다.

소리가 난 방향을 보니 주방 입구에 놓인 동그란 의자에 나이가 지긋한 여성이 앉아 있었다. 하얀색 단발머리를 엷은 갈색으로 염색한 데다 호리호리한 등을 마치 팽팽히 당겨진 활 시위처럼 꼿꼿이 펴고 있다. 대략 65세 정도일까? 새빨간 립스틱이 인상적이었다.

"마음에 드는 자리에 앉으세요."

나이가 지긋한 여성이 품위 있는 미소를 띠며 조용히 일어났다. 그리고 "고타로, 고마워"라고 내 발밑에 선 개에게 인사했다. 고타로라 불린 개는 여성의 말을 이해했다는 듯 뒤로 휙 돌아 스스로 문을 밀고 가게 밖으로 나가더니 전망 좋은 테라스 쪽으로 사라졌다.

나는 다시금 가게 안을 둘러보았다. '마음에 드는 자리'를 찾으라고 했지만, 작은 테이블이 두 개 놓여 있을 뿐이었다.

낡은 의자와 테이블도, 천장의 들보도, 창틀도, CD와 LP가 빽빽이 꽂힌 안쪽 선반도, 마루청도, 아무튼 어디를 보아도 손수 꾸민 티가 났다. 자세히 보니 기둥을 끼우는 부분에도 틈이 있었고, 바닥은 미묘하게 울퉁불퉁했으며, 벽에 못을 친 흔적도 그대로 노출되어 있었다. 아무리 좋게 봐주려 해도 전문가가 만든 건물로는 보이지 않았다. 하지만 그런 엉성함이 이 가게가 지닌 독특한 멋인 것 같아 볼수록 친근감이 느껴졌다.

여기저기 어수선하게 놓여 있는 오래된 외국 장식품이나 물건들 사이에도 통일감이라곤 전혀 없었다. 하나하나가 모두 개성이 있어서인지 처음 방문한 마을의 오래된 집에 들어갔을 때처럼 무어라 표현할 수 없는 설렘과 평온이 몰려왔다.

원목 벽에는 적갈색 괘종시계가 진자를 흔들며 걸려 있고, 여성이 앉아 있던 동그란 의자 옆에는 약간 녹이 슨 검은색 장작난로가 놓여 있다. 양철 굴뚝이 달린 걸 보니 겨울이 되면 실제로 사용하는 모양이었다.

물론, 손님은 나 혼자였다.

별 생각 없이 앞쪽 테이블에 앉았다.

"오늘은 날씨도 좋은데 후지산이 안 보이네요."

나이가 지긋한 여성은 전통 종이에 붓으로 직접 쓴 메뉴와 얼음물이 든 파란 유리잔을 내 앞에 내려놓고 나무틀로 꾸며진 창문 쪽으로 눈길을 주면서 그렇게 말했다.

그 시선을 따라 창문 쪽을 돌아보고는……. 그만 숨을 삼키고 말았다.

창밖 풍경은 마치 잘 그린 그림 같았다. 바다와 하늘의 푸른 색과 바로 앞의 풀밭, 건너편 육지의 실루엣이 창틀 속에 멋진 구도로 배치되어 있었다.

"평소엔 후지산도 보이나요?"

내가 물었다.

"날씨가 좋으면 또렷이 보여요. 오늘은 맑긴 해도 장마철이라 습도가 높아서 안 보일 거예요."

흐음, 그렇구나.

"후지산은 안 보여도 충분히 훌륭한 풍경입니다."

생각한 대로 말하자 나이가 지긋한 여성은 마치 자신이 칭찬받은 것처럼 "고마워요"라고 말하며 미소 지었다.

이분, 젊었을 때 꽤 미인이셨을 것 같다.

그런 생각을 하면서 얼음물을 단숨에 들이켜고 아이스커피를 주문했다.

"어떤 음악을 좋아하세요?"

"네?"

"우리 집은 손님이 한 분뿐일 땐 신청곡도 받거든요."

솔직히 음악은 잘 모른다. 내가 아는 건 가라오케에서 부르는 유행가 정도여서, 조금 당황하며 벽을 꽉 채운 CD와 LP를 바라보았다.

"으음……."

그런데 가수 이름이 모두 영어라 알아볼 수가 없다.

"학생인가요?"

"네."

"괜찮다면 내가 선곡해 볼게요."

"아, 네. 부탁드리겠습니다."

나이가 지긋한 여성이 가게 안쪽 주방으로 물러났다. 잠시 후 벽에 걸린 값비싼 스피커에서 은은한 음량으로 비치 보이즈Beach Boys의 음악이 흘러나왔다. 곡명은 〈서핑 사파리Surfin Safari〉. 이 정도라면 나도 알고 있다. 작년에 헤어진 서퍼 여자 친구가 즐겨 듣던 노래다.

잠시 후 아이스커피가 나왔다. 우유와 시럽을 조금씩 넣고 아무 생각 없이 빨대에 입을 댔다. 그러다 "엇?" 하며 나이가 지긋한 여성을 보고 말았다. 깜짝 놀랄 정도로 맛있었다.

여성은 발레리나처럼 등을 곧게 뻗은 자세로 동그란 의자에 앉아 창밖 풍경을 바라보고 있었다.

어쩌면 목이 너무 말라서 맛있게 느껴지는지도 몰라.

그렇게 생각하며 다시 한번 씁쓰레한 액체를 빨아올리고 냉정하게 맛을 보았다.

역시, 맛있다.

커피 자체의 '맛'은 굉장히 진하지만 혀와 목을 자극하는 '쓴맛을 지닌 입자'가 조금도 없어서 마치 주르르 미끄러지듯 식도를 따라 내려간다.

다시 한번 나이가 지긋한 여성을 쳐다보다가 이번엔 눈이 딱 마주쳤다. 그녀가 '뭐 필요한 것이라도?' 하고 묻는 듯 고개를 살짝 기울인다.

"아, 커피가 너무 맛있습니다."

여성은 눈을 가늘게 뜨고 웃었다. 웃으니 뭐라고 표현할 수 없을 만큼 친근한 얼굴이었다.

"이 나이가 되도록 무엇 하나 자랑할 만한 게 없는데, 그래도 커피를 맛있게 만드는 것만큼은 자신이 있어요."

사실은 따뜻한 커피가 더 맛있다고 하기에 시그니처 커피를 추가로 주문했다.

이것 역시 각별한 맛이었다.

"정말이네요. 굉장히 맛있습니다."

"다행이다. 고마워요."

컵도 무척 세련된 디자인이었다. 남빛 바탕에 별과 동그라미 모양의 하얀색 디자인 요소가 여기저기 박혀 있어 아름다운 밤하늘을 연상케 했다. 게다가 잡기 편하도록 큼지막하게 만든 손잡이는 무지개색 아치 모양이다.

"컵도 멋지네요. 밤하늘에 걸린 무지개, 하와이에서 볼 수 있다는 밤의 무지개 같기도 하고."

그러자 여성이 후후후 하고 웃는다.

"그 컵은요, 저도 무척 마음에 들어요. 꽤 오래 전인데, 여기 오셨던 손님이 직접 구워서 선물해 주신 작품이랍니다. 이 작품의 이름은 '바닷가'예요."

"어? 왜 '바닷가'인가요?"

"하얀 건 별이 아니라 불가사리와 조개껍데기예요. 남색 부분은 바다죠."

"아아, 그렇군요."

듣고 보니 그런 것 같기도 했지만, 그래도 역시 내 눈엔 밤하늘의 별로 보였다.

다시 이야기의 주제를 커피로 돌린다.

"어떻게 하면 이렇게 맛있는 커피를 만들 수 있나요?"

직설적으로 물었더니, 나이가 지긋한 여성은 조금 장난스럽게 웃다가 "영업 비밀인데, 그래도 알고 싶어요?"라고 반대로 질문을 던졌다.

"예. 알고 싶습니다."

"그럼, 가르쳐 줄게요." 여성이 눈을 가늘게 뜬 채 빨간 입술을 움직인다. "커피 한 잔을 타는 동안 내내 맛있어져라, 맛있어져라, 이렇게 속으로 염원해요. 그러면 신기하게도 커피가 맛있어진답니다."

"아하하하. 정말입니까?"

나는 놀림을 받고도 즐거운 기분이 되어 호탕하게 웃었다.

"어머, 우스운 말로 들릴지 몰라도 정말인걸요? 거짓말 같다면 맛없어져라, 맛없어져라, 이렇게 염원하면서 만든 커피도 마셔 볼래요?"

"아뇨, 그건, 사양하겠습니다."

나는 웃으며 고개를 저었다.

"사양하는 게 좋겠죠? 배탈이라도 나면 큰일이니까."

여성도 웃는다.

그리고 나는 내 인생의 세 배를 살아왔을 이분과 세상 이야기를 나누며 한때를 즐겼다.

여성의 이름은 가시와기 에쓰코, 나이는 영업 비밀이라고 했다.

나도 이름을 소개했다.

"이마이즈미 젠이라고 합니다. 친구들은 이마젠이라 불러요."

"어머, 이케멘✦인데, 이마젠이라니?"

어쩐지 이분은 말장난을 좋아하는 모양이었다. 물론 인사치레로 하는 말일 것이다.

놀랍게도 에쓰코 씨는 주방 안쪽에 있는 두 개의 작은 방과 그 위의 옥탑방을 주거용으로 사용하며 혼자 살고 있다고 했다.

이런 외진 곳에 혼자 살면 쓸쓸하지 않을까?

남의 일이지만 그래도 조금 걱정이 되었는데, 그 말을 입 밖에 꺼낼 용기가 없어서 그냥 삼켜 버렸다. 대신 겉치레가 아닌 진짜 찬사를 입에 담았다.

"창문 밖으로 바다가 보이다니, 정말 멋진 곳이에요."

에쓰코 씨가 살짝 고개를 끄덕인다.

"좋아요, 정말. 바다는 늘 다른 표정을 보여 주니 싫증이 나지도 않고요. 게다가 저 벼랑 아래에 종종 갯바위 낚시를 하러 오는 손님들이 있는데, 가끔 커다란 물고기를 낚아서 선물해 주시기도 해요."

"와아, 멋지군요. 어떤 물고기가 낚이나요?"

"감성돔이라든지, 쏨뱅이라든지 계절이나 조수에 따라 다양해요."

✦ 잘생긴 남자를 뜻하는 일본어

"사장님도 낚시를 하시나요?"

"나는 절벽을 못 내려가서, 주로 먹는 쪽 전문."

에쓰코 씨가 그렇게 말하고 웃었을 때 값비싼 스피커에서 〈걸즈 온 더 비치Girls On The Beach〉가 흘러나왔다. 나는 비치 보이즈의 곡들 중에선 이 곡을 가장 좋아한다.

"아, 이 곡⋯⋯."

"알아요?"

"네. 좋아하는 편이에요. 듣고 있으면 마음이 상쾌해진다고 할까, 왠지 긍정적인 생각을 하게 돼요. 헤어진 여자 친구가 가르쳐 준 곡이긴 하지만요."

에쓰코 씨는 차가운 물을 더 따라주면서 약간 장난스럽게 웃더니 톡톡 튀는 말을 덧붙였다.

"옛날부터 여름과 사랑, 〈걸즈 온 더 비치〉는 한 세트였죠."

"예? 정말, 그런가요?"

"그렇답니다. 어느 여름날 사랑 이야기의 배경 음악으로 딱 어울리지 않나요?"

에쓰코 씨의 나이를 생각했을 때 위화감이 느껴져도 이상하지 않은 발언인데, 왠지 이분이 이야기하면 어떤 내용이든 조금도 어색하지 않다.

아, 맞다. 위화감이라고 하니⋯⋯.

"아까 들어올 때 보니까 옆에 있는 공사 현장에 체격이 큰 남

자 분이 계시던데요. 저한테 화장실이 어디 있는지 가르쳐 주셨
는데…….”

“아아, 그 아이는요.” 에쓰코 씨는 뭔가 즐거운 사건이라도 있
었다는 듯한 얼굴로 이야기하기 시작했다. “우리 조카인데 이
름은 고지라고 해요. 문신도 있고 말투도 무뚝뚝해서 조금 무서
웠죠?”

고지라는 사람에게 들은 말이라곤 ‘응’ 한 글자밖에 없어서,
‘무서웠어요’라고 대답하는 것도 좀 아닌 것 같았다. 그래서 일
단 일본인답게 “에헤헤” 하고 애매하게 웃으며 얼버무렸다.

“저래 봬도 심성은 착한 아이예요.”

아이라고 했지만 연령은 42세로, 페인트칠을 업으로 삼고 있
다고 한다. 지금은 카페 옆에 자그마한 라이브 바를 혼자 짓고
있는 모양이었다.

나를 가게까지 안내해 준 고타로는 약 5년 전에 차에 치여 한
쪽 다리를 다친 상태로 길거리에 쓰러져 있었다고 한다. 에쓰코
씨가 발견해 동물병원에 데려갔고 그게 인연이 되어 계속 같이
살고 있었다. 손님이 오면 가게 입구까지 에스코트하는 ‘안내
견’으로서 인기도 많다고 한다. 고타로는 고지 씨가 테라스 위
에 만들어 준 개집에서 매일 황혼을 바라본다.

가게 이름은 그냥 단순하게 ‘곶 카페’라고 지었다고 한다.

“이 가게는요, 단골 손님들이 재미 삼아 조금씩 새롭게 꾸며

가고 있어요. 그래서 처음 만들었을 때 모습은 이제 거의 남아 있지 않아요."

"와아. 신비로운 가게네요."

"해마다 형태도 바뀌고 장소도 서서히 이동하고 있지요."

"왠지 가게 자체가 살아 있는 것 같네요."

"그렇지요? 여러분 덕분에 살아 있는지도 몰라요."

에쓰코 씨는 애정을 듬뿍 담은 눈으로 가게 안을 획 둘러보았다.

"저 그림도 단골 손님 작품인가요?"

나는 벽에 걸린 두 장의 아름다운 수채화를 가리켰다. 구도가 똑같으니 둘 다 카페 앞 절벽에서 바라본 해 질 녘 풍경이 틀림없었다. 그런데 두 그림의 느낌은 완전히 달랐다.

오른쪽 그림은 짙은 마멀레이드 색과 깊은 주홍색을 사용하여 하늘과 바다를 그렸고, 건너편 기슭과 후지산은 실루엣으로 은은하게 표현했다. 남성적인 터치로 매우 힘차게 그려진 그림이다. 액자 속에서 풍경이 뛰쳐나올 것 같은 느낌이 들 정도로 생생하여, 바라보고 있으면 활력이 생겨나는 듯했다.

반면에 왼쪽 그림은 반짝반짝 빛나는 느낌에다 터치가 무척 섬세했다. 저녁 하늘은 산뜻하고 투명했고, 바다도 신선한 블루와 오렌지색이었다. 건너편 기슭은 안개가 낀 듯 희미한 황록색이고, 후지산은 핑크빛으로 숭엄하게 빛난다. 무엇보다 오른쪽 그림과 결정적으로 다른 건, 바다 한가운데에서 너무나 아름다운 무지개가 하늘을 향해 뻗어 있다는 점이었다.

"오른쪽 그림은요, 우리 단골 손님 작품이에요. 화가 지망생이죠. 매주 월요일에 화구를 들고 찾아와서 테라스에 앉아 커피한 잔과 함께 풍경을 그린답니다. 무슨 관측 작업이라도 하는 것 같아서 보고 있으면 재미있어요."

"힘찬 그림이네요."

"그렇지요? 정작 그린 사람은 그런 타입이 아닌데."

나는 수염이 덥수룩하고 우락부락한 아저씨가 테라스에 앉아 붓을 도화지에다 박박 문지르는 모습을 상상했다.

"왼쪽에 무지개가 있는 그림은 누구 작품인가요?"

"이쪽은요." 그 순간 에쓰코 씨의 시선이 멀어졌다. "이쪽 그림은, 글쎄요……. 이 가게 주인이 그렸다고 할 수 있을까요."

에쓰코 씨는 무지개 그림에 시선을 고정한 채 의미심장한 말을 던졌다.

"어? 주인이라니……. 주인은 에쓰코 씨 아니신가요?"

"이 가게는, 뭐랄까, 살아 있으니까."

에쓰코 씨가 그렇게 말하고 아까처럼 장난기 가득한 웃음을 머금었을 때 창밖에 노란색 경자동차가 정차하는 것이 보였다.

"어머, 그러고 보니 오늘 월요일이네. 오른쪽 그림을 그린 손님이 왔어요."

차에서 내린 사람은 수염이 덥수룩한 우락부락 아저씨……
가 아니라, 의외로 젊고 몸집이 작은 여성이었다. 황록색 티셔
츠에 무릎까지 오는 청반바지, 하얀 운동화. 검은 머리를 뒤로
아무렇게나 묶고 황토색 뿔테 안경을 끼고 있다. 그녀가 뒷좌석
에서 짐을 꺼내려 하는데 고타로가 쫓아가 그녀의 엉덩이를 향
해 달려들었다. 그녀는 깜짝 놀란 듯 뒤돌아보더니 바로 웅크리
고 앉아 고타로의 목을 안고 쓰다듬었다.

푸르게 빛나는 하늘과 바다, 싱싱한 여름풀의 초록색, 젊은
화가 지망생과 하얀 개. 창틀 안은 그야말로 한 폭의 그림이었
다. 나는 그 모습을 꿈속의 무성영화라도 보듯이 멍하니 응시하
고 있었다.

"어머, 첫눈에 반했나 봐?"

갑자기 바로 옆에서 에쓰코 씨의 목소리가 들리는 바람에 얼
마나 화들짝 놀랐던지 엉덩이가 의자에서 붕 뜨고 말았다.

다음 날부터 비가 계속 내렸다. 장마전선이 일본 열도에 단단
히 매달렸는지 꼼짝할 기미가 보이지 않았다.

이류 혹은 삼류로 알려진 대학의 기말고사를 치르고 학생 시
절 마지막 여름방학을 맞았다. 대학의 여름방학은 길지만, 다이

어리는 이미 앞으로의 일정으로 빈틈이 없다. 취업을 위한 면접과 세미나로 빽빽했기 때문이다.

이미 희망하는 회사에 입사가 확정된 친구들은 장마까지 날려 버릴 듯한 기세로 술을 마구 마셔 댔다. 사이판에 놀러 가는가 하면, 동아리 합숙에, 여자 친구에, 헌팅에 아이처럼 아무 생각 없이 짖어 대며 찰나의 자유를 탐했다. 그러면서도 마치 세련된 어른처럼 점잔을 빼며 나오는 신중하게 거리를 두려 했다.

"이마겐은 건드리지 마, 취업 준비로 바쁜데 방해하면 안 되지."

그렇게 주변에서 조금씩 인기척이 사라지기 시작했다. 정신적으로 홀로 고립된 나는 마침내 작은 자학 속에서 달큰한 쾌락을 발견하고 그 속에 푹 빠져들었다. 다자이 오사무, 카뮈, 가이코 다케시 같은 오래되고 무거우면서도 지나치게 아름다운 순문학과 사랑에 빠졌지만 마음은 점점 더 우울해졌다.

사람들은 이런 식으로 우울증을 겪게 되는 걸까.

오늘도 그다지 꿈도 희망도 없어 보이는 작은 출판사에 면접을 보러 갔다.

면접관은 콧수염에 황갈색 뿔테 안경을 낀 수상쩍은 중년 남성와 화장기 없는 얼굴에 인상이 무척 강해 보이는 중년 여성 두 사람이었다. 게다가 면접실이 아니라 파티션으로 구분된 좁은 공간에서 자그마한 테이블을 사이에 두고 면접관과 마주 앉았다. 패밀리 레스토랑의 아르바이트생 면접과 큰 차이가 없어

보였다.

먼저 입을 연 사람은 무서운 눈빛의 여성 면접관이었다.

"왜 우리 회사에 지원했나요?"

나왔다. 지망 동기다. 이건 면접 매뉴얼이나 인터넷을 통해 충분히 공부하고 연습한 질문이다.

"네. 저는 귀사가 오랫동안 출간해 온 아동서《돋보기 시리즈》를 어릴 때부터 읽었고, 또 얼마 전에 출간된 일본의 댐 건설에 반대하는 내용의 명저《댐이라 쓰고 낭비라 읽는다》에 큰 감동을 받았습니다. 그리고 무엇보다 현대 일본의 정치와 관료의 이상적인 태도에 대해 평소에도……"

"아, 그만."

남성 면접관이 양손을 앞으로 내밀며 내가 모처럼 열심히 외워 온 대사를 중간에 잘랐다.

"예?"

"진부한 대답이네요."

"네에."

"좀 더 간단히 묻죠. 큰 출판사에도 지원했나요?"

두 면접관이 모두 나를 뚫어져라 응시했다.

"어, 으음, 구직난이 심각하니 저로서도 혹시 떨어질 걸 대비해야 해서 몇몇 회사에……"

"그러니까, 지원했단 말이죠?"라고 여성 면접관이 어이없다는 표정을 지었다. "큰 출판사는 천 명에 한 사람 붙을까 말까인데, 여기 떨어질 걸 대비해서 거기 지원했다는 게 말이 되나요?"

"……."

말꼬리를 붙들고 늘어진다.

어째서 면접관은 이토록 심술궂은 인간들뿐일까?

"죄, 죄송합니다. 그 외에도 출판사 몇 군데에 지원했습니다."

"역시. 그래서 붙은 데는 있나요?"

남성 면접관이 능글맞게 물었다.

"아뇨. 아직 아무 데도."

"그렇겠죠. 거짓말쟁이는 아무도 안 뽑을 테니."

거짓말쟁이? 나는 거짓말쟁이인가?

"그런데 왜 출판사에 오고 싶나요? 일은 힘들고, 야근도 많고, 그에 비해 월급은 짠데. 그래도 좋은가요?"

"예. 일을 하며 보람을 얻고 싶고, 또 무엇보다 저는 편집자로서 책 만드는 일을 꼭 하고 싶습니다."

"우리 회사에는 마케팅부도 있는데, 오히려 일손이 부족한 건 그쪽이죠. 편집자가 아니라도 괜찮은가요?"

싫었다. 하고 싶은 일은 편집이다. 마케팅 일은 싫지만, 더 싫은 건 일자리를 얻지 못하는 것이다. 나는 고개를 저었다.

"예. 마케팅 일을 하면서도 틀림없이 기쁨과 성취감을 얻을 수 있으리라 생각합니다."

"아, 또 거짓말."

남성 면접관이 황갈색 안경을 쑥 밀어 올렸다.

"네?"

"조금 전에는 책 만드는 일을 하고 싶다 그랬잖아요."

"하, 하지만, 그건, 거짓말이 아니고……. 출판사에는 여러 부서가 있어야만 한다는 걸 이해하고 있고, 으음, 서점 매대를 관리하는 것도 무척 중요한 일이고……."

횡설수설 갈피를 못 잡는 내 해명을 끝까지 듣지도 않고, 무서운 눈을 한 여성 면접관이 될 대로 되라는 듯 한숨 섞인 말을 내뱉었다.

"어휴, 그렇게 번지르르한 말만 하고 있으면 우리 같은 작은 출판사는 망하겠어요. 지금까지 아무 데도 합격하지 못했다는 건 무슨 문제가 있다는 뜻 아닐까요? 우선 스스로에게 거짓말을 하지 않는 것부터 시작해 보는 게 어떨까요?"

"……."

"잘 새겨 들어요. 솔직하기라도 하면 면접관에게 좀 더 매력적으로 비칠 테니. 나쁜 사람은 아닌 것 같은데, 열심히 노력해 봐요."

남성 면접관은 답답하다는 듯 일어나서 내 어깨를 툭 치며 "그럼, 이걸로 면접 종료. 합격 발표는 나중에"라고 말하고는 부리나케 어딘가로 사라져 버렸다.

"아, 저기……."

"오늘은 끝났으니 돌아가도 좋아요."

"아, 예. 감사합니다."

일단 면접 매뉴얼대로 예의 바르게 인사하고 출판사를 나왔다.

낡은 엘리베이터를 타고 내려와 잿빛의 오래된 빌딩을 벗어나니 우울하게도 뜨뜻미지근한 비가 내리고 있었다. 접이식 우산을 펼치고 간다의 뒷골목을 걷는 동안, 면접용으로 장만한 정장 바지가 축축하게 젖어 허벅지에 철썩 달라붙었다.

역 앞 대로를 건너려는데 마침 신호등이 빨간불로 바뀌었다. 옆에 선 샐러리맨 아저씨의 우산에서 물방울이 뚝뚝 떨어져 내 어깨를 적셨다.

"하아."

내 안의 가장 깊숙한 곳에서 울적한 하늘보다 더 축축한 한숨이 새어 나왔다.

'나쁜 사람은 아닌 것 같은데, 열심히 노력해 봐요.'

남성 면접관이 던진 대사는 아무리 생각해도 격려의 형태를 띤 불합격 통지였다.

거짓말쟁이? 나만 그런 건 아니잖아. 모두 면접에서는 어느 정도 거짓말을 하지 않나?

사람을 깔보는 듯했던 면접관의 시선을 떠올리고 무의식중에 쯧 하고 혀를 찼더니 비스듬히 앞에 서 있던 샐러리맨이 의

아한 눈빛으로 이쪽을 돌아보았다.

초록불로 바뀌기 직전에 눈앞을 지나간 택시가 고인 웅덩이를 밟아 물을 튀겼다. 나와 샐러리맨의 바지가 흠뻑 젖었다.

이제 나도 모르겠다. 될 대로 되라지.

그렇게 생각한 순간, 이번에는 앞에 서 있던 샐러리맨이 달려가는 택시를 노려보며 노골적으로 혀를 찼다.

그 모습을 보니 또 한숨이 나왔다.

혼자 사는 싸구려 아파트로 터벅터벅 걸었다. 거의 도착할 무렵이 되자 빗발이 더욱 강해져서 벌써 해 질 녘인가 싶을 정도로 캄캄했다.

우선 비에 젖은 양말을 벗어 세탁기에 집어넣고 양복은 그대로 옷걸이에 건다. 티셔츠와 반바지 차림으로 어지러운 책상 앞에 앉아 컴퓨터를 켜고 메일을 확인한다. 스팸 메일을 제외하면 도착한 메일은 두 건. 한 건은 취업 조언차 만남을 부탁했던 선배한테 온 것인데 '이번 주는 바쁘니 다음 주에 다시 연락하겠다'는 내용이었다. 다른 한 건은 지난주 2차 면접에 응시했던 제조업체 인사과에서 온 것이다. 여기 말고 다른 대기업은 모두 서류전형에서 떨어졌기 때문에, 2차까지 갔다는 것만으로도 썩 잘했다고 생각한다.

어차피 안 되겠지만, 그래도 혹시…….

약간의 기대를 품고 메일 본문을 읽었다. 잠시 후 한숨이 흘러나왔다.

메일 내용은 고작 석 줄. 매정하기 짝이 없는 틀에 박힌 문장. '이번에는 인연이 아닌 듯…….'

인연이라니, 지금 장난하는 거야? 다음 기회? 있을 리 없잖아!

"아아, 짜증 나!"

인터넷 창을 닫고 속마음을 내뱉고 나니 빗소리가 조금 전보다 더 커진 듯했다. 살짝 열린 창문을 통해 달콤한 치자꽃 향기가 솔솔 들어온다. 이제 곧 장마도 끝날 것이다.

가방에서 다이어리를 꺼내 일정표를 훑어보았다. 오늘 칸에는 방금 본 면접 일정과 처음 보는 무역회사 이름 아래 '채용 지원서 작성'이라는 글이 적혀 있었다. 느릿한 동작으로 그 무역회사의 홈페이지를 열고 '채용 정보' 탭을 클릭했다. 그리고 채용 지원서 페이지를 열었다. 채용 지원서란 웹상에서 이력서를 작성하는 것과 비슷했다. 공란에 이름을 쓰고, 쓰고 싶지 않은 대학 이름을 쓰고, 메일 주소와 집 주소를 쓰고, 지원 동기를 쓰고, 장점과 단점을 쓰고, 학생 시절에 어떤 공부를 했는지 쓰고, 자기 소개서를 쓰고…….

"이렇게까지 해야 해? 아아, 다 때려치워!"

바닥에 벌렁 드러누웠다.

옆에 쌓여 있는 만화 잡지를 손에 들었지만, 문득 그 잡지를 퍼낸 출판사도 면접에서 나를 탈락시켰다는 사실이 떠올라 쓰레기통에 힘껏 던져 넣어 버렸다. 감당할 수 없을 정도로 시커멓게 변한 감정을 심호흡과 함께 몇 번이고 몇 번이고 토해 냈다.

약간 누렇게 변한 천장 벽지를 노려보고 있으니, 천장이 평소와 달리 어색하리만치 높게 느껴졌다. 그러다 천장 위쪽 구석에 갈색 얼룩이 하나 눈에 띄었는데, 그 형태가 왠지 지도 같았다. 지도는 나에게 '바람'을 떠올리게 한다.

갑자기 바이크가 타고 싶어졌다.

"에잇, 어디든 멀리 떠나 버릴 테다."

중얼거리는 동안 뇌리에 어른거린 건 '곶 카페'에 걸려 있던 두 장의 그림이었다. 힘찬 그림과, 무지개 그림. '이 가게 주인이 그렸다고 할 수 있을까요'라는 에쓰코 씨의 의미심장한 말도 머릿속에서 되살아났다.

그날, 에쓰코 씨는 카페 문을 열고 들어온 화가 지망생을 '미도리 짱'이라 불렀다. 힘찬 무지개 그림을 그린 사람이다. 그녀는 나와 눈이 마주치자 경계하듯 애매한 미소를 지으며 살짝 인사하고는 곧 에쓰코 씨와 이야기하기 시작했다. 대화 중간중간에 '여름방학' '학생 할인'이라는 단어가 나오는 걸 보니 아마도 대학생이 아닐까 싶었다.

두 사람의 대화에 끼어들 기회를 잡지 못한 채 커피를 다 마

시고 쭈뼛거리며 자리에서 일어나 에쓰코 씨에게 커피값을 내
려 했다.

"어머, 가려고요? 아이스커피 값만 주면 돼요. 따뜻한 커피는
내가 대접할 생각으로 내온 거니까."

에쓰코 씨가 말했다.

미도리가 안경 너머로 바라보고 있다는 걸 약간 의식하면서
커피 두 잔 값을 모두 지불하려 했지만 "학생은 사양하지 않는
거야"라고 에쓰코 씨가 가볍게 물리쳤다.

가게를 나오는데 등 뒤로 "또 와요"라는 목소리가 들렸다. 나
는 뒤돌아보고 조금 전 미도리가 그랬던 것처럼 애매한 미소로
대답했다.

문을 닫고 세워 뒀던 바이크를 향해 걸었다. 한층 여름다워진
햇빛에 무심코 눈을 가늘게 떴다. 벼랑 아래에서 불어오는 상쾌
한 바닷바람에 티셔츠가 펄럭거리며 등을 가볍게 때렸다. 청바
지 주머니에서 키를 꺼내고······.

"아."

그제야 중요한 사실이 떠올랐다. 연료가 없었다.

나는 부끄러움을 무릅쓰고 다시 카페 문을 열었다.

두 여성의 눈이 일제히 이쪽을 향하며 "응?" 하는 얼굴을 했
다. 둘이 똑같은 각도로 고개를 기울인 모습이 꼭 모녀 사이 같
았다.

"잊은 물건이라도?"라고 말하는 에쓰코 씨.

"아뇨, 저기, 사실은, 바이크에, 연료가 바닥이 나서……."

멍청하기 짝이 없는 고백에 두 사람이 얼굴을 마주 보고 킥킥 웃었다. 나도 분위기에 이끌려 함께 웃고 말았다.

"미도리 짱, 미안하지만 이마겐을 고지한테 좀 데려다줄래요? 아마 발전기에 사용하는 휘발유가 있을 거야."

에쓰코 씨의 말에 미도리가 "이마겐?" 하며 나를 흘끗 보았다. 두 사람의 입에서 내 별명이 나왔다는 사실이 뜻밖의 작은 선물처럼 느껴졌지만, 일단 이 상황이 거북했던 나는 "죄송합니다"라고 얼버무렸다.

미도리 뒤를 따라 푸르른 바람을 맞으며 바로 옆에 있는 건축 현장으로 향했다. 아까는 고타로를 따라 걸었고, 이번엔 미도리를 따라 걷고 있다. 이 카페엔 안내인이 차례차례 등장하는 모양이다.

단둘이 있게 되자 미도리는 입을 닫아 버렸다. 이 미묘하고 어색한 느낌을 어떻게든 하고 싶어서 나란히 걸으며 말을 걸어 보았다.

"저기, 대학생이에요?"

"네"라고 대답하는 조심스러운 목소리.

"혹시, 미대생?"

"네, 일단은" 하며 눈을 내리깐다.

이 아가씨가 정말로 그 힘찬 무지개 그림을 그렸단 말이야? 아무리 생각해도 어울리지 않아 굳이 이렇게 물어보았다.

"가게에 장식된 그림, 정말 멋져요. 보고 있으면 힘이 난다고 할까? 그 그림 그린 분 맞죠?"

그림을 칭찬하니 안경 속의 다갈색 눈동자에 아주 잠깐이긴 하지만 빛이 감돌았다. 그녀는 나를 흘끗 보고 수줍은 표정을 지었다. 하지만 또 금세 시선을 발밑으로 떨어뜨린다.

"비교적 마음에 들게 그려진 그림이에요. 하지만 먹고살기에는 아직 많이 부족한 수준이라서."

"먹고산다는 건 그림을 직업으로 삼는다는 뜻인가요?"

"네……. 그러니 좀 더 노력해야죠."

몸속에 작은 바늘이 돋아나 가슴을 콕 찌른다.

"취업은 안 해요?"

"그림 그리는 일은 프리랜서로도 할 수 있고, 아직 2학년이라서."

"2학년이구나. 그럼 나보다 두 살 아래네요."

"그런데 미대에 들어가려고 삼수를 했기 때문에 동갑일지도."

"어? 그럼, 동갑이다."

뒤이어 미도리가 뭐라고 말하려 했을 때 상공에서 퓨루루루웅 하는 솔개의 노랫소리가 들려 둘이 함께 하늘을 올려다보았다. 구름 한 점 없는 넓은 하늘 한가운데에서 작은 실루엣이 신기하리만치 천천히 선회하고 있다.

문득 그녀를 보니, 그녀도 나를 본다. 처음으로 제대로 얼굴을 마주 본 순간이었다. 불과 0.5초 남짓한 순간, 내가 얻은 정보는 한 가지.

화장기 없는 맨얼굴이지만 오히려 그래서 귀여운지도.

건축 현장 뒤로 돌아가니 고지 씨가 동력톱으로 각목을 가지런히 자르고 있었다. 고속으로 회전하는 톱이 각목에 닿자 기이잉 하는 무시무시한 소리가 났다. 바닥에 쌓인 톱밥에서는 추억 속의 향기로운 나무 냄새가 피어올랐다.

미도리가 고지 씨 옆에 서서 땀에 젖은 옆얼굴을 향해 큰 소리로 사정을 설명해 주었다.

"……그러니 이 사람에게 휘발유를 조금 나눠 주세요."

고지 씨가 작업하던 손을 멈추고 얼굴을 들었다. 그리고 이쪽을 빤히 노려본다.

무언의 압박감이 느껴져 무심코 꿀꺽 침을 삼켰다.

그러자 고지 씨의 얼굴에 뜻밖에도 싱긋하며 애교 섞인 웃음이 떠올랐다.

"연료가 바닥났군. 나도 옛날엔 자주 그러고 다녔지."

굵고 쩌렁쩌렁한 목소리였다. 햇볕에 그을린 초콜릿색 피부와 눈가에 새겨진 깊은 주름. 조금 무섭긴 했지만 그래도 왠지 기대고 싶어지는 형님같이 느껴졌다.

이윽고 고지 씨는 2리터짜리 페트병에 휘발유를 가득 넣어 나에게 "자"라며 건네주었다.

"감사합니다."

"응."

이렇게 두 번째 위기에서도 무사히 벗어났다.

그날 이후로는 아직 '곶 카페'에 가지 않았다. 오늘을 포함하여 월요일이 세 번 돌아왔지만 계속 비가 내렸기 때문이다. 바이크밖에 움직일 수단이 없는 나는 애처로울 정도로 비에 약하다.

어두운 비와 바다 끝 카페.

방 천장을 바라보며 에쓰코 씨를 생각했다.

손님이 모두 돌아가고 고지 씨도 떠난 뒤 외톨이가 되어 아무도 없이 바닷바람을 맞고 있으면 어떤 기분이 들까? 그보다 왜 에쓰코 씨는 장사가 될 것 같지도 않은 곳에 카페를 열었을까? 무지개 그림을 그렸다는 '가게 주인'은 도대체 누구일까?

뇌리에 떠오르는 건 품위 있으면서도 친근한 에쓰코 씨의 미소였지만, 깊이 생각해 보면 모든 게 수수께끼였다.

역시, 한 번 더 가 보자.

에쓰코 씨를 더 알고 싶고. 고지 씨에게 답례도 해야 하고. 바이크를 타면서 구직 활동으로 받은 스트레스도 발산하고 싶고. 그리고 뭐, 고타로도 보고 싶고.

장마가 끝나자마자 바이크에 올랐다. 이른 아침의 여름 하늘
은 맑다 못해 투명했고, 근처 공원에선 조금 빠른 듯 싶게 유지
매미의 절규가 들려왔다.

배낭을 메고 헬멧을 쓰고 시동을 걸었다. 단기통 특유의 통통
통 하는 시원스러운 진동과 함께 빨간 바이크가 눈을 뜬다. 오
랜만에 리듬을 느끼니 내 엉덩이도 기뻐하는 듯했다.

부르르르릉!

천천히 액셀을 당기고 클러치를 연결한다. 익숙한 풍경이 스
윽 움직이기 시작한다. 멈춰 있던 아침 공기가 바람으로 변하는
순간.

이 느낌…… 역시, 좋다.

국도에서 연안선으로 들어가 번쩍이는 여름의 아침 해를 향
해 액셀을 당긴다. 이른 시각이라 그런지 길이 비교적 한산했
다. 조개잡이로 유명한 마을을 지나자 차와 신호등 수가 급격히
줄어들면서 풍경이 확 트여 드디어 떠나고 있다는 실감이 났다.
계속 앞에서 달리던 화물차가 마침내 우회전한 순간, 눈앞으로
쭉 뻗은 외길이 기분 좋게 펼쳐졌다. 길 끝이 아침 해의 새하얀
빛으로 반짝이고 있었다.

이대로 어디까지든 달려갈 수 있을 것만 같아 액셀을 쭈욱 당

졌다. 엔진 소리와 함께 속도가 오르기 시작했다.

시골집, 논밭의 싱싱한 초록, 약간 솟은 숲, 폐가가 된 파친코 가게, 오래된 신사, 러브호텔 간판······ 풍경이 앞에서 뒤로 순식간에 날아간다. 어느새 바이크 진동과 내 심장의 고동 소리가 하나가 되었다. 세찬 바람 소리가 헬멧 안에 가득 찼지만, 멀리 한 지점을 응시하고 있는 내 마음은 물을 끼얹은 듯 조용했다.

아무 생각도 하지 않고, 마음에 거짓 하나 없는 상태로, 그저 쭉 뻗은 외길을 돌진하는 이 쾌적한 기분. 이젠 옆길로 새고 싶지 않았다.

도망갈 길을 찾아 헤매는 일은 이제 그만 끝내도 되지 않을까?

이 순간 드디어, 희미하긴 하지만, 내 속의 진심을 만났다는 느낌이 들었다.

편의점에 들러 아침 식사로 샌드위치를 먹었다. 커피는 역시 '곳 카페'에서 마시고 싶었기 때문에 음료수는 차가운 오렌지주스를 선택했다.

조금 소화를 시키고 다시 달리기 시작했다.

태양이 고도를 높일수록 햇살의 강도는 배가 되었다. 티셔츠 밖으로 뻗은 팔의 솜털이 오글오글 타는 듯했다. 시원한 아침 바람이 열을 식혀 주었다. 전방의 하늘에는 웅장한 소나기구름이 뭉게뭉게 피어오르고 있었다. 산은 생명력을 응축한 듯 짙은 초록으로 뒤덮여 있고, 매미들의 절규는 헬멧 속까지 숨어 들어왔다.

문득 바람 냄새가 바뀌었다 싶더니, 잠시 후 왼쪽에 바다가 좍 펼쳐졌다. 내 마음도 단숨에 넓어지는 듯했다. 헬멧 실드를 열고 바닷바람을 깊이 빨아들였다.

슬슬 나올 때가 됐는데.

카페로 들어가는 입구를 놓치지 않도록 주의를 기울이며 달렸다. 터널 바로 밖에 아마도 고지 씨가 만들었을 작고 하얀 간판이 있다는 점이 포인트다.

세심한 주의를 기울였음에도 불구하고 나는 긴 비탈길을 다 내려와서 다시 유턴을 해야 했다.

이 비탈길, 기억났다. 그렇다, 잊을 리 없다.

화장실을 애타게 찾으며 필사적으로 바이크를 밀었던 바로 그 고개였다.

그렇다면, 이 고개를 끝까지 올라가서 터널을 빠져나가자마자 곧 좌회전이지.

역시 그랬다. 분명 터널을 나오자마자 간판이 바로 보여야 하는데, 잡초에 가려 전혀 보이지 않았다. 주의를 기울였지만 간판을 놓쳐 버린 이유다.

국도에서 왼쪽으로 꺾어 들어가 풀밭 위로 뻗은 울퉁불퉁한 바퀴 자국을 따라 천천히 바이크를 몰았다.

지난번에 비해 잡초들이 부쩍 자랐다. 이윽고 낭떠러지 아래에 감청색 바다가 펼쳐졌고, 그대로 바퀴 자국을 따라 왼쪽으로 곡선을 그리니 푸른색 페인트로 칠해진 건물이 보였다.

가게 앞 전망 좋은 위치에는 직접 만든 듯한 나무 벤치가 있다. 그 옆에 바이크를 세웠다. 시동을 끄고 헬멧을 벗어 안장 아래의 고리에 걸었다.

손목시계를 보니 9시가 조금 넘었다. 광활한 바다와 건너편 기슭을 바라보며 가슴을 최대한 크게 부풀려 심호흡했다. 오늘은 후지산이 잘 보였다. 절벽 아래에서는 쏴아쏴아 하는 파도 소리가 들려왔다.

잠시 후 등 뒤에서 자갈 밟는 소리가 들렸다. 돌아보니 예상대로 고타로가 혀를 내밀며 웃고 있다.

"야아, 오랜만이야. 나 기억해?"

고타로는 묵묵히 꼬리를 휘휘 흔들더니 지난번과 마찬가지로 휙 돌아 카페 입구까지 나를 안내해 주었다.

나무 손잡이가 달린 문을 열고 안을 들여다보았다. 방울이 딸랑거리는 달콤한 소리가 울렸다. 지난번처럼 따끈한 커피 향기가 가득했지만, 장작 난로 옆 동그란 의자에 에스코 씨의 모습은 없었다.

문이 열려 있으니 안 계신 건 아니겠지.

그렇게 생각한 순간, 발밑에 있던 고타로가 "멍" 하고 짖었다.

그러자 놀랍게도 주방 안에서 "네네, 죄송해요, 지금 나갑니다"라는 에쓰코 씨의 목소리가 들렸다. 고타로는 초인종 역할까지 하는 모양이다.

"너 정말로 대단한 아이구나."

나는 웅크리고 앉아 고타로와 눈높이를 맞추고 턱 밑을 슥슥 문질러 주었다. 그런 내 등 뒤로 목소리가 들렸다.

"역시 이마겐이네. 오늘은 올 거라 생각했어요."

에쓰코 씨는 특유의 장난스러운 미소를 지으며 주방 입구에 서 있었다. 나도 일어나서 꾸벅 머리를 숙이고 약간 두근대는 마음으로 물었다.

"왜, 오늘, 제가 올 거라고?"

에쓰코 씨는 풋 하고 웃음을 터뜨리며 "이날을 애타게 기다렸을 테니까"라고 대답 대신 엉뚱한 말을 한다.

"장마가 끝났다는 뜻인가요?"

능숙하게 시치미를 뗐다고 생각했는데 베테랑 인생 선배에겐 당해 낼 재간이 없었다.

"그날 이후로, 오늘이 비가 내리지 않은 첫 번째⋯⋯."

"첫 번째?"

"월요일이에요"라고 말한 에쓰코 씨가 의미심장한 미소를 띠며 두 장의 그림과 나를 번갈아 보았다.

"아, 아뇨, 특별히, 어, 그런 게 아니고⋯⋯."

갑자기 심장이 두근거려 횡설수설하고 말았다. 에쓰코 씨는 그런 내 모습엔 아랑곳없이 계속 이야기했다.

"미도리 양은 점심때 올 거예요. 아까 전화 왔었는데, 점심 재료를 준비해 오겠다고 했거든."

"아아. 그런가요?"

나는 여전히 무관심한 척하며 밖이 잘 보이는 창가 테이블 자리에 앉았다.

"점심때까지 기다릴 수 있겠어요? 미도리 양이 직접 만든 요리를 먹을 수 있는 기회예요."

"글쎄요."

당연히 기다릴 테지만 일단 내게도 체면이란 게 있으니 손목시계를 보고 망설이는 척해 보았다.

에쓰코 씨가 킥킥 웃었다.

"마음이 겉으로 잘 드러나는 성격이군요."

"……."

"그런 성격, 나는 나쁘지 않은 것 같은데?"

"감사합니다."

그렇게 말한 다음, 아차 싶었다. 에쓰코 씨 말을 그만 인정해 버린 것이다.

유도 신문에 성공한 에쓰코 씨는 "역시 내 생각이 맞네"라며 또 킥킥 웃었다.

우선 화제를 바꿔야 할 것 같아 아이스커피를 주문했다. 선곡은 에쓰코 씨에게 맡기겠다고 하자, 화창하게 갠 아침에 잘 어울리는 조용한 보사노바가 흘러나왔다.

에쓰코 씨는 잠시 후 "신메뉴를 만들어 봤는데 한번 맛볼래요?"라며 아이스커피와 함께 바나나 아이스를 가지고 나왔다. 커피는 물론이고 바나나 아이스 역시 맛있었다. 아이스크림의 끈적끈적함과 셔벗의 사박사박함이 섞인 식감이 절묘했다.

"우와, 이거 정말 맛있네요."

빈말이 아니라 진심으로 그렇게 칭찬하자, 에쓰코 씨는 "거짓말 못 하는 이마겐이 하는 말이니 정말이겠지? 그럼 신메뉴 후보에 올릴게요"라고 말하며 활짝 미소 지었다.

그때 출입문이 열리면서 유지매미의 울음소리가 쏟아져 들어왔다. 돌아보니 흰색 반팔 작업복을 입은 고지 씨가 서 있다.

"오, 일전에 그 바이크 청년이 아닌가?"

싱긋 미소 짓는 매력적인 얼굴.

"그땐 정말 감사했습니다."

서둘러 배낭 속에서 캔 맥주 여섯 개 세트를 꺼냈다.

"사실은 휘발유로 갚으려 했는데, 주유소에서 페트병에 직접 넣어 줄 수 없다고 해서요. 그래서 휘발유 대신 알코올을……."

감사 인사와 함께 고지 씨에게 캔 맥주 세트를 내밀었더니 그가 크크크 하고 웃었다.

"이런 것 필요 없어. 자네, 학생이지? 친구하고 마셔. 그보다 이모, 지금 물때가 딱 좋아서 잠시 낚시라도 할까 싶은데."

이모라 불린 에쓰코 씨는 우리 대화를 싱글벙글 웃으며 듣고 있다가 뭔가 좋은 생각이 떠올랐다는 듯 짝 하고 손뼉을 쳤다.

"아, 그러면 되겠다. 고지, 이마겐도 같이 데려가 줄래? 마침 뭘 하며 시간을 보낼까 곤란해하던 참이었거든."

고지 씨는 "그러지 뭐"라고 스스럼없이 대답하며 나를 보았다.

"자네, 이마겐이라 부르면 돼?"

"예, 이마이즈미 겐이라고 합니다."

"좋아. 그럼, 이마겐. 휘발유는 물고기로 갚아."

"아, 네."

나는 고지 씨의 투박한 뒷모습을 따라 카페를 나섰다.

오른손에는 미끼가 들어 있는 양동이를, 왼손에는 에쓰코 씨가 물통에 넣어 준비해 준 보리차를 들었다. 앞에서 걷는 고지 씨의 양손에는 낚싯대와 그물이, 또 어깨엔 아이스박스가 걸쳐져 있었다.

그러고 보니 고지 씨는 세 번째 안내원인가?

가게 앞 벼랑을 내려갈 때 고지 씨가 나를 돌아보며 말했다.

"자네, 절대 미끄러지면 안 돼. 여기서 떨어지면 죽어."

"예."

바위의 경사면을 보니 미끄러지면 정말로 죽을 것 같아, 짐을 손에 들고 신중하게 내려갔다.

3분 정도 걸려 절벽 아래까지 내려갔다가 바다 쪽으로 튀어
나온 해변의 끝까지 걸었다. 바닷물이 세차게 흐르는 곳이라 물
고기가 많이 잡힌다고 한다. 게다가 해변 끝에는 윗면이 평평한
바위가 있어 그야말로 낚시꾼을 위해 존재하는 장소 같았다.

등딱지가 빨간 게가 발밑을 사사삭 가로질렀다. 풍요로운 바
다 냄새, 온화한 잔물결 소리, 푸른빛의 투명한 바닷바람, 감청
색 수면, 늠름한 후지산, 소나기구름이 뭉게뭉게 피어오르는
창공.

이 순간 완벽한 여름을 독점한 것만 같아 괜히 소리를 질러
보고 싶어졌다.

"자, 시작해 볼까?"

"예."

고지 씨에게 간단히 설명을 듣고 바로 낚싯줄을 바다에 던져
넣었다.

"오, 의외로 솜씨가 좋네. 낚시 해 본 적 있어?"

"어릴 때 집 근처 강이나 늪에 가서 종종 낚아 보곤 했습니다."

"그랬구나. 그럼 기대해도 되겠는걸."

그러면서 고지 씨도 낚싯줄을 던져 넣었다. 두 개의 작은 낚
시찌가 수면 위에서 흔들리며 바닷물을 타고 서서히 멀리 흘러
갔다. 낚시찌 주변으로 밑밥도 던져 넣었다. 이젠 둘이 나란히

앉아 찌가 가라앉기를 기다리면 된다.

"자네, 대학생인가?"

"예. 4학년입니다."

"평일인데 이렇게 돌아다니다니, 그 여유가 부럽군."

"아뇨, 사실은 여유를 부릴 형편이 아닙니다."

"응?"

"아직 직장을 못 구해서요."

고지 씨는 아무래도 좋다는 듯 "흐음" 하는 소리를 내며 담배를 입에 물고 지포 라이터로 불을 붙였다.

"여자는 있어?"

"아뇨, 지금은⋯⋯."

"지금은 이마겐[+]이라는 건가?"

고지 씨는 에쓰코 씨보다 더한 말장난을 치며 혼자 풋 하고 웃음을 터뜨렸다.

"장래에 어떤 일을 하고 싶은데?"

"그게 아직, 저도 잘 몰라서⋯⋯."

모호한 내 말투에 고지 씨는 오른쪽 눈썹을 슬쩍 올리며 이쪽으로 눈길을 주었다.

"그건 거짓말이군. 하고 싶은 일 하나 정도는 누구에게나 있

✦ 없다는 뜻의 '이마센'과 비슷한 발음을 이용한 언어유희

을 텐데. 어린아이도 장래 희망은 있잖아."

어른이기 때문에 오히려 쉽게 꿈을 가질 수 없는데…….

그렇게 생각했지만 입 밖에 꺼내지는 않았다.

"고지 씨는 꿈이 있으신가요?"

"뭐, 꿈이야 많지만, 일단 지금은 41센티 벵에돔이나 감성돔을 낚는 거야."

신체에 비례하여 마음의 그릇도 클 것 같은 사람인데 꿈이 의외로 작아서 웃음이 나왔다.

"그럼 저도 그 꿈을 함께 꾸겠습니다. 그런데 왜 굳이 41센티인가요?"

"내가 지금 마흔 하나니까. 해마다 더 큰 꿈을 꾸면 즐겁잖아."

내 마음속에서 "즐겁잖아"라는 말이 메아리친다.

즐거운가, 즐겁지 않은가, 그런 판단 기준만으로 인생을 살아갈 수 있다면 얼마나 좋을까?

"고지 씨에게도 즐겁지 않은 일이 있겠지요?"

고지 씨는 짧아진 담배를 휴대용 재떨이에 비벼 끄고 나를 보았다. 또 싱긋 웃는다.

"네?"

"자네 낚시찌, 가라앉았잖아."

"어? 앗!"

급히 낚싯대를 세우고 줄을 감았다. 곧 기다란 낚싯대가 보름달처럼 휘었다.

"엇, 제법 클 것 같은데? 신중하게 대처해."

고지 씨는 그물을 손에 들고 바다 안을 들여다보았다. 낚싯대를 잡은 내 손에 물고기의 필사적인 저항이 전해졌다. 짜릿함이 머리끝까지 전달되는 듯했다.

"서두르지 말고, 신중히."

"예……."

조급한 마음을 꾹 누르고 정성껏 낚싯줄을 감았다. 이윽고 은빛으로 번쩍이는 물고기가 고지 씨의 그물 속으로 쏙 들어갔다.

"자, 잡았다!"

"오오, 제법 괜찮은 감성돔이군. 30센티는 충분히 되겠는걸? 휘발윳값은 이걸로 대신해도 되겠어."

고지 씨는 웃으면서 감성돔의 아가미에 칼을 넣어 피를 뺀 다음 아이스박스에 넣었다. 또 둘이 나란히 낚싯대를 드리웠다. 나는 조금 전 물고기와의 흥분된 격전으로 기분이 한껏 고양되어 있었다. 그 때문인지 나도 모르게 뜻밖의 말을 꺼내고 말았다.

"아아, 이제 쓸데없는 취업 준비 따위 포기해 버릴까? 전혀 즐겁지도 않고."

고지 씨는 웃는 듯, 혹은 눈부신 바다 때문에 눈을 가늘게 뜬 듯한 얼굴을 한 채 묵묵히 낚시찌를 응시하고 있었다. 나는 내

말에 아무 반응을 얻지 못한 것이 쓸쓸하여 질문을 더 깊은 곳
까지 던져 넣어 보기로 했다.

"조금 이상한 질문인지도 모르는데요."

"응?"

"만약 월급쟁이 생활에 꿈을 가질 수 없다면, 취업은 포기해
야 할까요?"

고지 씨는 낚시찌에 시선을 고정한 채 살짝 한숨을 쉬었다.
그리고 내뱉듯 말했다.

"자네, 몹쓸 녀석이군."

"네?"

"정말 몹쓸 녀석이야."

"……."

"또 왔어."

"네?"

"낚시찌, 보라고."

"앗."

내 낚시찌가 또 물속으로 사라진 것이다. 두 마리째 성공. 이
번에도 감성돔이었지만, 유감스럽게도 조금 전에 낚은 것보다
는 약간 작았다.

"죄송합니다. 저만."

"이것 봐, 그렇게 미안해하면 더 자존심 상해."

"아, 그런가요? 죄송합니다."

"사과하지 말라니까."

고지 씨가 웃음을 터뜨린다. 나도 소리 내어 웃었다.

또 둘이 나란히 낚싯대를 잡았다.

아침 해가 서서히 높아져서 등 뒤의 벼랑 위로 얼굴을 내밀었다. 햇볕이 쨍쨍 내리쬐어 등과 목덜미를 태우기 시작했다.

"이것 봐, 이마겐."

"예."

"나는 월급쟁이 생활을 한 적이 없으니, 그게 좋은지 나쁜지 모르지만."

"예."

"한 가지, 나도 알고 있는 건 있어."

"……."

"망설여질 때 로큰롤처럼 살기로 하면 인생이 재미있어지지."

"로큰롤?"

네모나고 투박한 턱을 박박 긁으며 고지 씨가 말을 이었다.

"나 자신을 설레게 하는 쪽을 선택하는 거야."

뭔가 할 말을 찾으려 했지만 잘 떠오르지 않았다.

"다소 위험이 따르더라도 말이야. 사람이란 의외로 잘 쓰러지지 않거든. 열심히 하기만 하면 절실히 필요할 때 반드시 누군가가 손을 내밀어 주지."

"그렇게 단순한가요?"

"뭐, 이건 나만의 지론이긴 하지만."

타타타타 하는 경쾌한 엔진 소리를 내며 어선이 앞바다를 지나갔다. 더 먼 바다에는 멈춰 선 대형 유조선의 실루엣이 보였다.

"잠시 생각해 보겠습니다."

"자네 인생을 결정하는 건 내가 아니니까."

"네."

한동안 우리 두 사람은 이렇다 할 대화도 없이 조용히 낚시찌를 바라보았다. 파도 소리와 솔개의 노래와 매미 울음소리 덕분인지, 혹은 눈을 가늘게 뜬 고지 씨의 옆얼굴이 만족스러워 보였기 때문인지, 그 침묵은 전혀 어색하지 않았다.

몇 분 뒤 고지 씨가 내 낚시찌 옆에 밑밥을 던져 주었을 때 나는 또 왠지 모르게 입을 열고 말았다.

"조금 이상한 질문인데요."

"자네는 이상한 질문만 하는 모양이네."

고지 씨가 호탕하게 웃었다.

"아, 그러네요. 왜일까요?"

머리를 긁적이며 쑥스러운 듯 웃다가, 그래도 조금 이상한 질문을 던져보기로 했다.

"에쓰코 씨는 왜 여기서 카페를 열고 혼자 사시는 건가요?"

고지 씨는 아무 말 없이 낚싯대를 올렸다가 미끼를 새것으로 교환하고 다시 바다로 던져 넣었다. 그러고는 입을 오므린 채 휴우 하고 긴 숨을 내뱉었다.

"이모는, 사별했어."

"네?"

"벌써 30년도 더 됐지. 병으로 남편을 잃었어."

"……."

어쩐지 그런 느낌이 들었지만 실제로 그렇다는 걸 알게 되니 왠지 가슴 한쪽이 묵직해졌다.

"남편이 화가였는데, 재능은 있었지만 돈을 벌 줄도 모르고, 이름을 알릴 방법도 없었던 모양이야. 이모는 저래 봬도 제법 유명한 피아니스트였지."

"그래서 음악을 좋아하시는군요."

"이 바다는 말이야, 남편이 좋아하던 곳이었어."

"그럼, 가게 안에 걸려 있는 무지개 그림은……."

"남편의 유작이지. 그 당시엔 도쿄에 살았는데, 남편이 이 해안가 절벽 끝에서 무지개를 보고 큰 감동을 받았었나 봐. 그 무지개를 꼭 이모에게 보여주고 싶어서 그림으로 그렸다는군."

그랬구나.

이제야 여러 가지 상황이 이해되었다. 뇌리에 에쓰코 씨의 목소리가 되살아났다.

'이쪽 그림은……, 글쎄요……. 이 가게 주인이 그렸다고 할

수 있을까요.'

'이 가게는, 뭐랄까, 살아 있으니까.'

하지만 아직 궁금한 점이 많았다.

"아무리 그래도 왜 이런 외진 곳에 카페를? 남편분이 좋아했다고는 하지만…….."

고지 씨는 담배에 불을 붙이고 나서 보라색 연기를 맛있게 내뿜었다.

"뭐, 그 점이 이모답지. 돌아가신 남편이 꼭 보여 주고 싶어 했던 그 무지개를, 진짜 무지개를, 죽기 전에 한 번만이라도 보고 싶대."

"예? 아니, 설마, 그 이유만으로, 이곳에?"

그 그림과 똑같은 풍경을 창밖으로 볼 수 있도록 가게를 만들었다고?

"믿기지 않아?"

대답을 하려고 숨을 들이마셨지만, 말이 되지 못하고 그만 한숨으로 나와 버렸다.

"그 나이에 이런 곳에서 혼자 살게 내버려 두는 것도 좀 그래서, 내가 카페 옆에 다른 가게를 조금씩 지으면서 이따금 상태를 보러 오는 거야."

"그렇군요."

"자네, 그런 얼굴 하는 거 아냐. 이모가 불쌍한 인생을 살고 있는 건 아니니까."

나는 말없이 고지 씨를 보았다. 분명 에쓰코 씨에게선 비통함 따위 전혀 느껴지지 않는다. 하지만…….

"이모는 말이야, 저래 봬도 하루하루가 즐거운가 봐. 오늘은 그 그림과 똑같은 무지개가 나오지 않을까, 해 질 녘이 되면 늘 설렌대. 특히 비 온 뒤에는 가슴이 터질 듯 두근거린다고 해. 또 단골 손님들 하고도 즐겁게 지내잖아."

"그렇지요."

"으응. 이모는 로큰롤처럼 살고 있으니까."

로큰롤처럼…….

"다만."

이때 갑자기 고지 씨의 목소리가 작아지면서 약간 갈라져 나왔다. 나는 잠자코 고지 씨의 옆얼굴을 바라보았다.

고지 씨는 이마에 맺힌 땀을 손등으로 닦고 파도에 흔들리는 낚시찌를 가만히 응시한 채 뜻밖의 말을 입에 담았다.

"이모는 아마, 평생, 그 그림과 똑같은 무지개를 볼 수 없을 거야."

"어, 왜 그런가요?"

"이마겐 자네, 입 무거운가?"

고지 씨는 아직 낚시찌에 눈길을 주고 있었다.

"아, 아마도……."

"아마도?"

"아, 아뇨, 절대 말하지 않겠습니다."

"그렇다면, 알려 주지."

"예."

고지 씨가 이쪽을 보았다. 처음 만났을 때와 같은 조금 무서운 눈이다.

"나도 최근에 알았어. 사실은 말이야, 그 무지개 그림은……."

이때 고지 씨가 한 이야기는 아주 간단하고, 합리적이고, 설득력 있는 내용이었다.

고지 씨 말대로 에쓰코 씨는 아마도 그 그림과 같은 무지개를 평생 볼 수 없으리라.

그림에 감춰진 '어떤 사실'을 알지 못하는 한, 아마, 평생.

"저기, 고지 씨."

"응?"

"왜 그 사실을 에쓰코 씨께 알려주지 않는 겁니까? 알고 있다면 가르쳐 드려야죠. 그러면 무지개를 볼 수 있을지도 모르는데."

내 말투가 조금 강했는지도 모른다. 하지만 고지 씨는 조금도 흔들리지 않았다. 오히려 농담인 척 이렇게 말했다.

"이마겐 자네, 여자한테 인기 없지?"

"에……."

"섬세하지 못해."

"왜, 왜요?"

"생각해 봐. 만약에 말이야. 이 사실을 이모한테 알리면 이모는 매일 어떤 마음으로 하루를 보낼까? 아마 깨어 있는 동안, 줄곧 꿈이 없는 하루를 살게 될 거야."

"아……."

생각이 짧았던 나 자신이 부끄러워 아무 말도 할 수가 없었다.

지금 에쓰코 씨가 품고 있는 단 하나의 꿈을 빼앗아 버린다면…….

"자네한텐 없는지도 모르지만, 꿈이란 건, 사람에 따라서는 품고 있는 것만으로 큰 의미가 되기도 하거든."

어떤 말로 표현할 수 있을까? 에쓰코 씨의 마음을 미처 헤아리지 못했다는 것, 나 자신에게까지 거짓말을 했다는 것…….

"고지 씨."

"응?"

"이건 조금 진지한 질문인데요."

"이상한 질문이 아니고?"

"이번엔 아닙니다." 나는 살짝 웃으며 말을 이었다. "낚시 말고 다른 꿈이 있으신가요?"

"뭐야, 결국 이상한 질문이잖아."

고지 씨는 이렇게 농담으로 돌렸지만 곧 낚싯대를 내려놓고 굵은 팔로 팔짱을 꼈다. 군청색을 띤 후지산 쪽을 바라보며 조금 쑥스러운 듯한 말투로 이야기하기 시작했다.

"뭐, 장대한 꿈은 아니지만, 시간 날 때마다 여기 와서 혼자 땀 흘려가며 저 가게를 짓는 데에는 그만한 이유가 있어."

"이유요?"

"응. 저 가게가 완성되면 옛 친구들을 불러서 라이브를 하고 싶거든."

"라이브?"

"으응."

"고지 씨도 뮤지션이세요?"

"과거형이긴 하지만. 게다가 실력이 없어서 프로가 되지도 못했지. 드럼을 연주했었어."

"좌절하셨나요?"

"재능도 없었고."

"그럼 지금 직업은 타협하신 겁니까?"

고지 씨가 또 소리 내어 웃는다.

"이마겐, 자네 정말로 몹쓸 녀석이군."

"아, 죄, 죄송합니다."

말하면서 혹시나 싶어 낚시찌를 보았지만 이번에는 가라앉지 않았다.

"역시 섬세함이라곤 눈곱만큼도 없어." 휴대용 재떨이에 꽁초를 비비면서 고지 씨가 이쪽을 본다. 눈이 웃고 있다. "솔직히 말하면, 뮤지션의 길을 포기한 뒤로 한동안 우울했지. 자업자득이야."

"자업자득이요?"

"그런 셈이지 뭐."

고지 씨는 "후우" 하고 살짝 숨을 내쉬며 먼 곳을 바라보았다. 자업자득이라고 한 이유를 듣고 싶었지만 그걸 물으면 이번에는 정말로 섬세하지 못하다고 낙인찍힐 것 같아 아무 말도 하지 않았다.

"뭐 그래도, 마지못해 이 일을 하는 건 아니야. 색을 꾸준히 칠하다가 마지막에 완성된 작품을 바라볼 때, 그때 느끼는 만족감이 나쁘지 않아. 그럴 땐 나한테 맞는 일이라는 생각도 들어."

늘 자신감 넘치는 고지 씨도 과거에는 꿈 때문에 상처 입고 좌절하기도 했다. 그 사실을 알고 나니 성격은 조금 괴팍해 보여도 이전에 비해 훨씬 친근한 느낌이 들었다.

"저기, 고지 씨. 꿈을……."

"응?"

"꿈을 좇으려면 용기가 많이 필요하겠죠?"

고지 씨가 믿음직한 형님 같은 눈으로, 싱긋 미소 짓는다. 그러고는 천천히 단어를 고르며 이렇게 말했다.

"내 경험으로는 꿈을 좇지 않는 인생을 선택하는 데에도 꽤 많은 용기가 필요했는데."

아득히 높은 하늘에서 솔개가 운다. 미지근한 바닷바람이 불어와 앞머리를 살랑살랑 쓸어 올린다. 고지 씨의 말이 못이 되어 뇌에 박혀버린 듯 아무 말도 할 수가 없었다. 그저 묵묵히 푸른 바닷바람을 가슴 가득 빨아들였다.

고지 씨가 바위 위에 둔 낚싯대를 손에 들고 낚싯줄을 바다에서 훌쩍 빼냈다.

"그리하여, 41센티 꿈은 포기하고 오늘 낚시는 여기까지! 나는 한 마리도 못 낚고 좌절했지만 말이야."

고지 씨는 나를 일부러 노려보는 척했다.

"아하하. 죄, 죄송합니다."

"말했잖아."

"자존심 상하니 사과하지 말라고요?"

선수를 쳤다가 거대한 손바닥으로 등을 팡! 하고 한 대 얻어맞았다. 얼얼해진 등이 여름을 뛰어넘어 순식간에 가을이 되었다. 새빨간 대형 단풍잎이 등에 새겨진 것이다. 하지만 왜 그런지 무척 통쾌한 기분이 들었다. 나는 웃으며 "아하하, 아프지만, 기분 최고다!"라고 바다를 향해 소리 질렀다.

우리는 정리한 낚시 도구를 손에 들고 다시 벼랑을 올랐다. 돌아오는 길엔 내가 앞장을 섰는데 내려갈 때보다는 무섭지 않았다.

벼랑 꼭대기까지 다 올라 "후우" 하고 한번 숨을 내쉰 후 시선을 든 순간, 심장이 두두둥 하며 떨어질 뻔했다.

눈앞의 벤치에 그녀가 앉아 있었다.

착 들러붙는 오렌지색 티셔츠에 무릎 길이의 청바지. 노란색 경자동차가 옆에 서 있고, 그녀의 무릎 위엔 스케치북이 놓여 있었다.

문득 눈이 마주쳤다.

나는 살짝 손을 들었다. 미도리는 고개를 숙이며 눈인사만 보내 주었다.

"왔구나, 오늘은 뭐 그려?"

무뚝뚝한 목소리로 말하며 고지 씨가 나를 앞질러 미도리 쪽으로 성큼성큼 걸어간다. 나도 함께 따라간다. 고지 씨가 먼저 스케치북을 들여다보고는 "오오" 하고 감탄한다.

"이것 좀 봐."

그러면서 고지 씨는 양해를 구하지도 않고 멋대로 스케치북을 들어 올려 나에게 보여 주었다.

"아……."

나는 무심코 미도리를 보았다.

"별로 잘 그리진 못했어요."

그녀가 수줍은 얼굴로 살짝 웃는다.

스케치북에 그려진 것은 고지 씨와 내가 나란히 서서 낚시를 하는 뒷모습이었다. 줄곧 우리를 지켜보고 있었던 모양이다.

"이야, 정말 잘 그렸다. 고마워."

나도 고지 씨처럼 당당하게 어깨를 쭉 펴고 말해 보았다.

정오가 조금 지나자 카페 안 창가 테이블에 몇 가지 요리가 차려졌다. 고지 씨가 손질해 준 신선한 감성돔 회, 미도리가 만든 타이풍 카레와 샐러드, 에쓰코 씨의 아이스커피, 이번에 신 메뉴로 확정된 바나나 아이스가 디저트로 나왔다.

우리는 잘 웃고, 또 잘 먹었다. 미도리가 나에게 가끔 반말을 섞어 쓰게 된 것이 점심 시간의 가장 큰 수확이었다.

식사가 끝난 후 고지 씨는 "또 봐"라고 말하고 바로 옆의 '현장'으로 돌아갔다. 미도리는 하얀색 모자를 쓰고 테라스로 나가 풍경을 그리기 시작했다. 에쓰코 씨는 주방에서 설거지를 하는 모양이었다.

또다시 할 일이 없어진 나는 가게에 홀로 앉아 창밖을 멍하니 바라보았다. 푸르른 여름의 상쾌한 풍경이 눈앞에 펼쳐졌다. 바로 앞 테라스에 앉아 있는 미도리의 연약한 뒷모습이 보인다.

이유 없이 한숨을 내쉬고는 천천히 가게 안을 둘러보았다. 창밖과 비교하면 마치 누덕누덕 기운 듯 침침했지만 왠지 이 가게가 조용히 '호흡'하고 있는 것 같았다.

두 장의 그림을 바라보았다.

화가를 목표로 노력하는 미도리와 화가가 되어 돌아가신 에쓰코 씨의 남편. 각각의 마음.

"어머."

바로 등 뒤에서 들려온 소리에 엉덩이가 들썩일 정도로 깜짝 놀랐다.

"우왓. 깜짝 놀랐어요."

에쓰코 씨가 큭큭 웃는다.

"왜 멍하니 있어요?"

에쓰코 씨가 손에 든 은색 쟁반 위에는 아이스커피가 두 잔 놓여 있었다.

"미도리 짱한테 가져다 줄래요? 한 잔은 이마겐 거야. 자, 어서 같이 마시고 와요."

에쓰코 씨가 반강제로 떠맡기는 바람에 쟁반을 결국 받아 들고 말았다.

그러면서도 여전히 "어……" 같은 소리를 내며 당황하는 나에게 에쓰코 씨가 특유의 장난스러운 미소를 보낸다.

"인생은 당신이 생각하는 것보다 훨씬 짧아요. 함께 할 수 있는 시간은 1분 1초도 허비하지 말아요. 자, 어서 가요."

나는 무지개 그림과 에쓰코 씨를 번갈아 보았다. 에쓰코 씨의 웃음에서 장난기가 사라지고 따스함만 남았다.

"다녀오겠습니다."

아이스커피를 두 잔 들고 테라스로 걸어갔다. 밖은 그야말로 별세계였다. 매미가 거대한 음량으로 공기를 진동시키는 데다 기온은 30도가 족히 넘을 것 같았다.

"자 여기, 에쓰코 씨의 특별 서비스."

그렇게 말하면서 각목으로 만든 테이블에 아이스커피 두 잔을 나란히 놓았다. 그리고 자연스럽게 미도리 옆에 앉았다. 스테인리스 컵이 반짝반짝 땀을 흘리고 있다.

"아, 감사합니다."

미도리가 스케치북을 덮어 무릎 위에 올렸다.

"이번엔 뭐 그리고 있어?"

"아 사실은, 이거."

금방 덮은 스케치북을 펴서 나에게 보여 준다.

"와, 내 바이크잖아."

"형태가 예쁜 것 같아서. 이제 시작일 뿐이지만."

"왠지 기쁘네. 정말 잘 그렸다."

미도리는 여전히 수줍어하기만 한다. 그 표정이 너무 귀엽다고 생각한 순간, 테라스에 설치된 스피커에서 흘러나오던 음악이 갑자기 꺼졌다. 어? 하고 둘이 얼굴을 마주 보는데, 문득 내가 아는 멜로디가 흘러나온다.

비치 보이즈의 〈걸즈 온 더 비치〉

뒤돌아서 창문을 통해 가게 안을 들여다보았다. 주방 안에 있는지 에쓰코 씨의 모습이 보이지 않았다.

'여름과 사랑, 그리고 〈걸즈 온 더 비치〉는 한 세트였죠.'

처음 만났을 때 에쓰코 씨가 했던 말이 가슴 속에 되살아났다.

지금 나에겐 여름과 〈걸즈 온 더 비치〉가 있다. 세트가 되기 위해서는 한 가지가 부족하다.

"저기, 미도리."

"응?"

"왜 이곳의 풍경만 그리는 거야?"

"으음. 경치도 예쁘고, 여기 계신 분들도 좋으시고, 또 마음이 편해서일까? 가게 안에 걸려 있는 무지개 그림을 보는 것도 좋아하고."

"스스로 만족할 만한 그림을 완성하면 어떻게 할 건데?"

"지금 벽에 걸려 있는 내 작품과 바꿀 생각."

"그렇구나."

미도리는 아이스커피를 맛있게 마시더니 "정말 열심히 해야지"라고 혼잣말처럼 중얼거렸다. 그리고 이쪽을 보고 처음으로 나에 대해 물었다.

"이마겐은 벌써 취직 자리가 결정됐겠지?"

미도리가 직설적으로 물어보니 솔직히 심장이 한두 박자 빨리 뛰긴 했지만, 그래도 그건 정말이지 한순간일 뿐 내 입은 무척 자연스럽게 움직였다.

"그만뒀어. 취업."

"응?"

"작가가 될 거야. 처음엔 자유 기고가부터 시작해야겠지만."

말로 내뱉고 나니 왠지 맥 빠질 정도로 쉽게 결심이 서서 스스로도 조금 놀랐다.

"와, 멋지다. 힘든 프리랜서 생활인 건 피차일반이네."

"그러게. 그래도 로큰롤처럼 재미있을 것 같지 않아?"

고지 씨의 대사를 그대로 써 먹었더니 안경 속 미도리의 눈동자에 친근감이 깃든다.

"작가가 되면 어떤 이야기를 쓰려나?"

"글쎄……."

꿈처럼 맛있는 아이스커피를 한 모금 마시고 새파란 여름 바다를 바라보며 잠시 생각했다. 미도리의 시선이 오른쪽 볼을 간질이는 듯했다.

슬슬 〈걸즈 온 더 비치〉가 끝나려 한다.

인생은 내가 생각하는 것보다 훨씬 짧아. 그렇다면 지금 이 순간부터 설레는 방향으로 나아가야 해. 더 이상 나 자신에게 거짓말하지 말자.

"이 카페와 여러분을 모델로 한 소설을 써 보면 어떨까?"

"와, 멋진 생각."

"표지엔 미도리의 그림을 싣고."

"더 멋진 생각."

화장기 없는 미도리의 얼굴에 처음으로 웃음꽃이 활짝 피었다.

"그래서 말인데."

"응."

"혹시 가능하다면……."

"……?"

"좀 도와줬으면 싶은 게 있어. 혼자서는 할 수 없는 일이라."

"응?"

미도리가 고개를 갸우뚱했다.

스쳐 지나가는 바닷바람을 크게 빨아들였다.

그리고 자신 있게 말했다.

"둘이 함께 저 바이크 타는 장면으로 시작되는 러브 스토리를 쓰면 최고로 멋질 것 같아."

웃음꽃이 활짝 피었던 미도리의 얼굴이 금세 엷은 핑크빛으로 물들면서 아래를 향한다.

인생의 법칙을 한 가지 수정하기로 했다.

가라사대…….

위기는…… 마지막에 기회가 된다.

3장

더
프레이어

청명한 가을 밤하늘에 하얀 달이 떠 있다. 앞으로 며칠 뒤면 동그랗게 차오를 테지만 지금은 어중간하게 살이 쪘다. 푸르스름하게 빛나는 달이 인기척 없는 해안가 절벽 끝을 밤의 수족관처럼 아련하게 비추고 있다. 눈 아래 펼쳐진 바다는 검은색으로 반짝이며 마치 녹아서 번들번들해진 콜타르처럼 달빛을 반사한다.

검은 해수면 위로 미끄러진 밤바람이 벼랑 위로 훌쩍 뛰어올라 시원한 바람을 흩날린다. 어슴푸레한 참억새 그림자가 바람결에 술렁거린다. 여치와 방울벌레 같은 가을 곤충들도 사방으로 나를 빙 둘러싼 채 울어 댄다.

'도둑이다. 이 자는 불법 침입자야.'

모두 한 목소리로 그렇게 떠들어대는 것만 같다.

내 무릎은 이미 부들부들 떨리고 있었다. 한심한 두 다리로 한 걸음씩 앞으로 나아간다. 발소리가 나지 않도록, 조용히, 조용히.

밤이 되니 카페 건물은 한층 더 허술한 판잣집 같았다. "침착해. 침착하는 거야"라고 중얼거리며 건물 오른쪽으로 향한다. 한 걸음 한 걸음 나아갈 때마다 가을벌레들의 울음소리가 커지는 듯했다.

나를 비난하는 소리, 소리, 소리!

심장도 내 것이 아닌 듯 크게 뛰어 통제하기가 어렵다. 호흡도 꽤 가빠지고 있다.

판자로 된 계단을 세 단 밟고 올라가 낡은 테이블과 의자가 두 개 놓여 있는 목조 테라스로 들어간다. 얼마나 엉성하게 지어졌는지 밟을 때마다 끼익 끼익 소리가 난다.

뭐야, 이 소리는. 도깨비집도 아니고.

그렇게 생각한 순간.

"허억."

갑자기 발밑에 하얀 물체가 나타나는 바람에 깜짝 놀라 나자빠질 뻔했다.

마음을 가라앉히고 자세히 보니 다름 아닌 개였다. 목걸이에 달린 기다란 끈이 테라스 안쪽의 개집으로 연결되어 있었다.

개는 하아 하아 하아 하아 하고 가쁜 숨을 몰아쉬면서 동그랗게 말린 하얀 꼬리를 흔들었다.

"이게 정말. 나를 놀라게 하다니."

한숨 섞인 소리로 중얼거리고는 등에 짊어진 배낭 안에서 생선살 소시지를 한 개 꺼냈다. 비닐에 든 상태로 반을 나눠 개집 앞에 살짝 내려놓았다.

개는 코를 가까이 대고 잠시 냄새를 맡더니 생선살 소시지를 씹어 먹으려고 안간힘을 다했다.

한동안은 얌전히 있어 주겠지.

테라스 테이블 옆에는 푸른색 페인트로 칠해진 나무틀 유리 창이 있다. 6, 70년대에 흔히 볼 수 있었던 추억 속의 창문이다. 창과 창 사이를 들여다본 순간, 조금 어이가 없었다.

창문에 잠금장치가 없다.

이 얼마나 허술한가? 이러면 초보 도둑인 나도 간단히 침입할 수 있지 않은가?

오른편의 창문을 살짝 옆으로 밀어 보았다. 문이 잘 안 맞는 듯 3센티 정도밖에 열리지 않는다. 왼쪽 창문도 마찬가지였다. 할 수 없이 창틀을 꽉 잡고 들어 올리자 오른쪽 창문이 쑥 빠진다.

하얀 개가 이따금 이쪽 상황에 신경을 쓰는 것 같았지만, 곧 비닐 속 생선살에 마음을 빼앗기고 참 먹기 힘들다는 듯 끙끙거리기 시작했다.

소리가 나지 않도록 세심한 주의를 기울이며 창틀을 빼내고는 테라스 바닥에 내려놓았다. 창틀 위에 무질서하게 놓인 장식물과 화분들도 하나씩 조심스럽게 꺼내어 테라스 바닥에 나란히 두었다.

자, 이제 시작이다. 지금까지는 기물 손괴. 이제부터는 가택 침입, 그리고 절도다. 강도 살인까지는 안 가야 될 텐데.

그렇게 생각하며 배낭 속에서 끝이 날카로운 식칼을 꺼냈다.

버드나무로 만든 칼집에서 두꺼운 칼을 쓱 빼낸다. 푸르스름한 달빛을 받아 번쩍 빛나는 강철 칼은 마치 귀를 기울이면 기잉 하고 울릴 것처럼 시퍼렇게 날이 서 있다.

그야 당연하다. 나는 프로 칼갈이다. 아니, '칼갈이였다'라고 과거형으로 말해야 하는지도 모른다. 어쨌든 지금 이 순간 이후로는 도둑이 되는 것이니······.

칼자루를 잡은 손에 힘을 꾹 싣고는 꿀꺽 하고 침을 삼켰다.

바다 냄새를 품은 푸르른 밤바람이 불어온다. 여치와 방울벌레의 꾸짖는 소리가 한층 더 커진 듯했다. 벼랑 아래에선 바다가 큰 소리로 신음하고 있다.

정말로 할 수 있을까?

마지막으로 확인해 본다. 나 자신에게가 아니라, 완벽하게 날이 선 식칼에게 물어본 것이다.

하지만 대답한 건 내 배 속 위장이었다.

<u>꼬르르륵······.</u>

생각해 보니 하루 종일 식사다운 식사를 하지 못했다. 조금 전 하얀 개에게 준 생선살 소시지가 내가 갖고 있던 마지막 음식이었다.

큰일을 앞두고 딴 데 마음을 쓰면 안 돼.

후우우우 하고 떨리는 숨을 내뱉은 다음, 결의를 다졌다. 창에 발을 올리고 조심스럽게 건물 내부로 침입했다.

달빛은 가게 안까지 닿지 않았다.

'백엔숍'에서 산 소형 손전등을 켜고 우선 발밑을 비춰 보았다. 널조각을 나란히 두고 못만 적당히 박은 조잡한 마루가 노르스름한 빛 속에 뿌옇게 떠오른다.

손전등을 들고 이번엔 가게 안을 대충 둘러보았다.

테이블은 두 개. 어느 나라 물건인지 도통 알 수 없는 장식물이 여기저기 놓여 있고, 안쪽 선반에는 LP와 CD가 죽 나열되어 있다. 창 옆에는 낡은 클래식 기타가 벽에 기대어 서 있다. 양철 굴뚝이 달린 장작 난로는 오래된 골동품 같았다. 그 뒤로 보이는 계산대의 금전 등록기 역시 옛날에나 볼 수 있었던 물건이다. 계산대 안쪽은 미닫이문으로 가로막혀 있다.

가게 주인 할머니는 저 미닫이문 안쪽 방에서 지내는 모양이었다. 낮에 밖에서 몰래 기웃거리며 보이는 대로 대충 구조를 파악해 두었다.

부탁이니 나오지 마요, 할머니.

오른손에는 식칼, 왼손에는 손전등. 양손에 '백엔숍'에서 산 분홍색 주방용 고무장갑을 끼고 있다. 영락없는 초보 도둑의 모습이지만, 진짜 이번이 처음이니 어쩔 수 없다. 무릎에서 힘이 다 빠질 만큼 심한 이 떨림도 앞으로 경험을 쌓다 보면 차츰 사라질 것이다.

엉성한 마루청이 삐걱거리지 않도록 한 걸음 한 걸음 조심스럽게 계산대로 다가간다. 그런데, 그럼에도 불구하고, 의자 다리에 살짝 부딪히는 바람에 탁 하는 소리가 나고 말았다.

아, 이런 이런. 조심해야지.

손에 든 식칼을 보고 중얼거리다 문득 벽에 걸린 그림에 시선이 멈췄다. 액자에 담긴 그림 두 장이 나란히 걸려 있다. 오른쪽 그림은 낚시꾼 두 명의 뒷모습이 그려진 바닷가 풍경으로, 붓 터치가 무척 편안하면서도 힘찬 느낌이었다. 왼쪽 그림은 바다 위에 선명한 무지개가 걸려 있는 풍경화였다.

창밖으로 보이는 풍경인가?

손전등으로 무지개 그림을 자세히 비춰 보았다.

부드러운 느낌을 주는 무지개 그림은 어슴푸레한 가게 안에서도 사람을 끌어당기는 신비로운 힘이 있었다. "안 돼, 안 돼" 하며 스스로 자제했지만, 발이 멋대로 무지개 그림 쪽으로 향했다. 결국 물감 냄새까지 맡을 수 있을 만큼 가까이 다가가, 마치 그림 속으로 빨려 들어갈 듯 감상하기 시작했다.

보면 볼수록 아름다운 그림이었다.

손전등 빛이 아니라 대낮의 자연광 아래에서 이 그림을 차분히 바라보고 싶어진다.

예술 따위 하나도 모르는 데다 애초에 관심조차 없다. 그런데도 왜인지 이 그림이 자택 거실에 장식된 모습이 상상되면서 묘한 행복감이 느껴졌다.

하지만 곧 떨쳐냈다.

이제 내게 집은 없다. 아내도 딸도 모두 잃지 않았는가?

그렇다. 이 지긋지긋한 '불황'이 내 인생에서 모든 것을 앗아가 버렸다.

그래서 나는 지금, 이런 일에 칼을 이용하려 한다.

칼자루를 꽉 잡고 한 걸음 두 걸음 뒷걸음질 친다.

그래도 여전히 무지개 그림에서 시선을 떼지 못했다.

생각해 보면, 버블 붕괴와 리먼 쇼크의 영향으로 이 나라가 역사상 유례없는 대불황에 휘말렸을 때부터 '칼갈이'인 내 인생의 톱니바퀴가 어긋나기 시작했다. 불황이 좁은 업계에 양극화를 일으켜 장사하기가 갈수록 힘들어졌다.

요컨대 정통 일식 요리사가 손에 쥘 만한 고급 칼은 오사카의 전통 공예점 '사카이우치 하모노'가 국내 시장을 거의 독점하다시피 했고, 그 외의 칼은 순식간에 중국산 싸구려로 대체되었다. 문득 정신을 차리고 보니 나 같은 시골 칼갈이가 생계를 유지할 수 있는 시대는 이미 지나 있었다.

칼을 만드는 작업은 쇠를 두드리고 달구고 모양을 잡는 대장장이와, 그것을 날카롭게 갈고 자루를 붙여 상품으로 만드는 칼갈이의 분업으로 이루어진다. 내가 태어나 자란 시골 마을의 마지막 대장장이였던 할아버지가 돈이 안 된다는 이유로 은퇴한 뒤로는 새 칼을 만들 수 없게 되어 버렸다. 대장장이가 없다는 건 칼갈이에겐 갈아야 할 칼이 없어진다는 뜻이다. 그러면 당연히 도매상에 팔 상품이 없어지고, 결국 수입도 들어오지 않게 된다.

당황했지만 그래도 당분간은 이웃집 주부들을 대상으로 잘 들지 않는 칼을 갈아 주면서 위태로운 생활을 그럭저럭 견뎌 냈다.

하지만 그런 일만으로는 가족을 부양할 수 없었다. 저축해둔 돈은 눈 깜짝할 사이에 바닥을 드러냈고, 아내도 어쩔 수 없이 파트타임으로 일하기 시작했다. 어떻게 해서든 새 칼을 만들어야겠다는 생각에, 나는 빚을 내어 대장장이 할아버지가 사용하던 공장을 통째로 매입했다. 다른 지역에서 젊은 기술자를 영입하고 대장장이와 칼갈이를 갖춰 다시 영업을 시작했다.

하지만 그때까지 장인처럼 오로지 칼 가는 일에만 몰두했던 내게 경영자로서의 재능은 눈곱만큼도 없었다. 결국 사업은 실패로 끝나고 말았다.

빚은 눈덩이처럼 불어났다. 친척들에게 찾아가 머리를 조아리고 돈을 빌리기도 했지만 빚을 다 갚기에는 역부족이었다. 악순환이라는 걸 알면서도 불법 금융업체에까지 손을 뻗고 말았다. 그다음 달부터 무시무시한 눈빛과 목소리를 가진 빚쟁이에게 시달리는 고통의 나날이 시작되었다. 결국 아내는 신경증에 걸렸고, 딸과 얼굴을 맞대기만 하면 다투었다.

어느 날 밤, 아내와 딸이 울면서 집을 나갔다. 나는 말없이 보내 주었다. 붙잡아 봤자 아무것도 해결되지 않으리라는 걸 알고 있었기 때문이다.

빚쟁이의 협박은 날이 갈수록 정도가 심해졌다. 그러다 장기 매매를 알선한다는 무허가 의사에게 끌려갈 뻔한 날, 맨몸으로 빠져나와 야반도주를 감행했다. 중학교 시절 친구의 도움으로 이 시골의 낡아빠진 집에 거처를 마련할 수 있었다.

하지만 나처럼 쉰 살을 훌쩍 넘긴 데다 어디서 굴러먹었는지도 모르는 수상한 자에게 일거리를 주는 사람이 이 시골 구석에 있을 리 없었다. 곧 그 낡은 집에서도 쫓겨날 처지였다. 그렇게 떠돌이가 되어 해안을 따라 어슬렁거리다가 오늘 우연히 이 카페를 발견한 것이다.

마지막 자존심 삼아 간직했던 이 칼을 오늘 밤 범죄에 이용하기로 결심했다.

인기척 없는 황량한 곳에 외따로 지어진 카페.

밤이 되면 자그마한 할머니가 홀로 남는다.

초보 도둑에게 이만큼 손쉬운 작업 대상이 또 있을까? 물론 이 가게에 거금이 있을 거라는 기대는 없었다. 그저 며칠만이라도 버틸 식비와 차비가 필요했다.

그리고…….

오우웅―!

갑자기 테라스에서 개 짖는 소리가 들렸다. 그 소리에 깜짝 놀라 정신을 차렸다.

이러면 안 되지, 그림 따위 보고 있을 때가 아냐. 냉큼 돈을 꺼내 도망가야 해.

마치 뒷머리가 끌어 당겨지듯 그림에 미련이 남았지만, 억지로 무지개 그림에서 시선을 떼어 내고 계산대를 향해 살금살금 걸어갔다.

하지만 다음 순간, 공기에 약간의 변화가 느껴지면서 온몸이 경직되었다.

커, 커피 냄새가? 설마 할머니가 커피를 끓이고 있는 건 아니겠지?

그래, 그럴 리 없어. 지금 한밤중이야. 여긴 카페잖아? 커피 냄새가 나는 건 당연해. 뭘 겁내는 거야? 정신 차려.

스스로를 꾸짖으며 다시 떨려 오는 무릎에 힘을 싣고 살금살금 걷는데 걸음을 뗄 때마다 마루가 삐걱삐걱 소리를 냈다. 계산대 앞에 섰을 때는 심장이 마구 날뛰어 관자놀이까지 고동쳤다. 양손을 쓰기 위해 오른손에 든 칼을 옆에 있는 선반 위에 살짝 올리고 손전등을 입에 물었다. 구식 금전 등록기의 '계산' 버튼을 눌렀다.

띵! 철커덕!

깜짝 놀랄 만큼 큰 소리가 난 순간.

와장창!

미닫이문 너머 안쪽 방에서 그릇 깨지는 소리가 들렸다.

여, 역시. 하, 할머니. 깨어 있는 건가.

애써 열어 놓은 금전 등록기에서 돈을 꺼내는 것조차 잊고 옆에 둔 칼을 급히 손에 쥐고서는 슬금슬금 창문 쪽으로 뒷걸음질 치기 시작했다.

어이, 도망치지 마. 도망칠 거라면 칼은 왜 가지고 왔어? 강도질하려고 가져온 거 아냐? 상대는 할머니야.

또 하나의 내가 마음속에서 그렇게 외친다. 그러나 긴장으로 딱딱하게 굳어 버린 몸이 제멋대로 자꾸만 뒷걸음질을 친다.

이제 몇 걸음만 가면 창가에 닿는다.

빨리 도망가야 해. 얼굴을 들키기 전에.

들키면 해치울 생각 아니었어?

무슨 말이야. 내가 어떻게 사람을 죽여.

위험해, 위험해, 위험해, 위험해.

뇌가 제어 불능에 빠지려 하는 바로 그 순간, 갑자기 '소리'가 흘러나오기 시작했다.

"허억."

너무 놀라 숨을 들이마시자 그만 목구멍이 울리고 말았다.

'소리'는 '음악'이었다. 조용한 '멜로디'다.

역시, 할머니, 깨어 있어.

그렇게 판단했을 때는 이미 몸이 완전히 경직된 뒤였다. 녹슨 양철 장난감처럼 근육과 관절이 딱딱하게 굳어 버렸다.

드르륵.

계산대 뒤 미닫이문이 조용히 열렸다.

"아, 아, 아……."

미닫이문 안에서 하얀 형광등 불빛이 새어 나온 순간, 당황하여 뒷걸음질 치던 나는 클래식 기타에 걸려 쿵 하고 엉덩방아를 찧고 말았다.

미닫이문이 완전히 열리자 쏟아져 나오는 하얀빛 속에 자그마한 사람의 그림자가 보였다.

그 실루엣이 나를 향해 말했다. 너무나 부드럽고 차분한 목소리로.

"어서 와요."

갑자기 가게 조명이 켜졌다.

눈이 어둠에 익숙해진 탓에 한순간 아무것도 보이지 않았다. 천천히 시력이 돌아왔을 땐 이미 할머니가 이쪽을 향해 걸어오고 있었다.

"아, 아, 아……."

엉덩방아를 찧은 채 나오지 않는 목소리를 억지로 쥐어짜며 칼을 할머니 쪽으로 쑥 내밀었다.

"어머, 그 칼 참 잘 들게 생겼다. 우리 집 칼은 통 안 갈았더니 요즘 잘 들지가 않아요."

할머니는 태연한 얼굴로 그렇게 말하고는 커피잔을 창가 테이블 위에 조심스럽게 올렸다.

얕은 호흡을 반복하며 마음을 가라앉히기 위해 애썼다.

"설탕하고 우유도 일단 가져왔어요. 어머나, 창문을 떼어 냈네? 아직 모기가 많답니다. 들어오면 큰일인데."

뭐, 뭐야, 이 할머니.

주저앉은 상태로 올려다봤다가 시선이 딱 마주쳤다.

할머니는 싱긋 웃고 있었다.

문득 은은한 커피 향기가 콧구멍을 간질였다. 음악은 어느새 아름답고도 장엄한 외국인 여성의 노랫소리로 바뀌었다.

조금씩이긴 하지만 서서히 정신을 차렸다. 다시 힘을 되찾고 천천히 몸을 일으켰다. 그동안 할머니는 테이블 맞은편에 앉았다.

"드세요. 모처럼 타 온 커피가 식어 버리겠네."

오른손에 든 칼을 어떻게 해야 할지 망설였다. 한 번 내민 칼을 다시 넣는 것도 이상해서, 그만 내가 생각해도 부끄러워지는 대사를 내뱉고 말았다.

"조, 조용히 해. 도, 돈 내놔."

테이블 맞은편에 앉은 할머니는 표정 하나 바뀌지 않았다. 아니, 오히려 미소가 더 깊어진 것 같은 느낌마저 들었다.

"나는 지금 조용히 하고 있고, 돈은 저기 있잖아요. 뭐, 조금밖에 없지만."

그러면서 후후후 하고 고개를 움츠리며 웃는다.

"다, 당신, 내가 누군지 알아? 나는……."

"도둑이죠?"

서슴없는 할머니의 발언에 목이 막혀 다음 말이 나오지 않았다. 대신 "꿀꺽" 하고 침만 삼켰다.

"자, 이제 됐으니 여기 앉아요. 식으면 커피가 불쌍하잖아."

흐르던 음악에 남성의 목소리가 더해졌다. 영어로 된 듀엣곡이다. 노래가 서서히 절정을 향해 치닫는다. 그 아름다운 클라이맥스에 이끌려, 뿔뿔이 흩어졌던 내 마음의 조각이 원위치로 돌아오는 듯했다. 마치 지그소 퍼즐이 척척 맞춰지듯 본연의 모습으로 돌아왔다.

"어머, 우유랑 설탕은 갖고 왔는데 스푼을 잊었네."

할머니는 혀를 쏙 내밀고 일어나더니 내 옆을 지나 안쪽으로 들어갔다. 곧 다시 돌아와 내 앞에 섰다.

"여기, 스푼."

자그마한 할머니가 스푼을 내밀었다.

"아, 아아……."

내 안에 남아 있던 마지막 1그램의 독기까지 빠져나가 버렸다. 나는 깊은 한숨을 내쉬며 칼을 테이블 위에 내려놓고 스푼을 받았다.

"자, 거기 앉아요."

"……."

녹초가 된 몸으로 하얀 김이 오르는 컵 앞에 앉았다. 할머니도 맞은편에 앉았다.

멜로디가 점점 고조되었다. 마치 할리우드 영화의 마지막 장면에서 남녀 주인공의 사랑이 마침내 이루어지는, 너무나 아름다운 분위기를 연상케 했다.

컵에 설탕과 우유를 넣고 스푼으로 휘휘 저었다. 그리고 천천히 입으로 옮겼다. 오랜만에 맛보는 커피의 넉넉한 풍미가 입안으로 천천히 퍼져 나간다. 뇌가 달콤함에 빠져드는 무척 각별한 맛이다.

노래가 끝나고 여운이 조금씩 옅어진다. 곧 가게 안이 물을 끼얹은 듯 고요해졌다. 가을벌레들의 노랫소리가 빠끔히 열린 창문을 통해 우르르 밀려 들어왔다. 벌레들은 이제 나를 비난하지 않았다.

"커피, 어때요?"

"마, 맛있습니다."

할머니가 "그렇지요?"라며 눈을 가늘게 뜨고 웃는다.

커피를 한 모금 더 마셔 보았다. 역시, 맛있다. 아니, 맛있는 것 이상의 따뜻한 무언가가 느껴져서, 이 상황에 어울리지 않게 문득 눈시울이 뜨거워지려 했다.

"음악은 어땠나요?"

할머니가 테이블 위로 몸을 살짝 내밀었다.

"으, 음악?"

"그래요. 방금 끝난 음악 말이에요."

"아, 저기……."

아직 심장 부근에 열기를 품은 채 남아 있는 음악의 여운을 말로 표현하려 애썼다. 하지만 그럴듯한 단어가 생각나지 않아서 대략적인 감상을 입에 담아 보았다.

"신비로운 느낌이었습니다."

분명 신비로웠다. 도둑질을 하러 온 내 모습이 마치 타인처럼 느껴졌다. 드라마 속의 한 장면처럼, 현실 감각이 서서히 사라지듯이, 도둑의 모습에서 본연의 내 모습으로 음악의 흐름을 타고 서서히 돌아가는 감각을 경험했다.

"신비로운 느낌이었어요?"

나는 고개를 살짝 끄덕였다. 그리고 또 커피를 마셨다.

"이 곡은요, 〈더 프레이어The Prayer〉라는 유명한 가스펠송이에요. 우리말로 바꾸면 '기도하는 사람'이라는 뜻이죠. 도니 맥클러킨과 욜란다 아담스가 듀엣으로 불렀는데, 당신에겐 틀림없이 이 곡이라는 생각이 들었어요."

당신에겐, 이 곡?

컵을 테이블 위에 내려놓았다. 문득 오른손에 아직도 손전등을 들고 있다는 사실을 깨달았다. 스위치를 끄고 칼 옆에 나란히 두었다.

"왜, 나, 나한테, 그 곡을……."

할머니의 페이스에 슬슬 말려 들어가고 있었다. 너무나 평온하여 오히려 기꺼이 말려들고 싶기까지 했다.

"기도하는 사람으로 보였어요. 당신."

"내, 내가?"

할머니가 살짝 고개를 끄덕인다.

"나를 보고 있었어요?"

"몰래 봤죠. 저 미닫이문 틈으로. 이 집은 문이 제대로 안 맞고 틈도 많아서 잘 보이거든요."

할머니는 그렇게 말하고 후후 하며 웃는다.

"저 무지개 그림, 보고 있었죠?"

"아……."

"그 모습이 왠지는 몰라도 기도하는 것처럼 보였어요. 그래서 〈더 프레이어〉를 선택해 본 거예요."

기도하는 모습?

저 그림을 보면서 나는…… 그랬다, 과거를 돌아보고 있었다. 최선을 다해도 자꾸만 자꾸만 추락하는 최악의 인생이 주마등처럼 뇌리를 스치고 지나갔다. 그 속에 기도하는 마음이 조금이라도 있었던 걸까.

"당신……."

"당신이 아니라, 나한테도 에쓰코라는 이름이 있어요."

장난스럽게 웃는 할머니의 쭈글쭈글한 얼굴을 보다가 나도 모르게 훗 하고 웃어 버렸다. 어깨의 힘이 쑥 빠진다.

"에쓰코 씨라고 불러도 되나요?"

"그래요. 무슨 하고 싶은 말이라도?"

옆에 놓인 칼을 흘끗 쳐다본 후 입을 열었다.

"무섭지 않았나요? 나를 보고."

"당연히 무서웠죠. 방에서 가슴 졸이고 있는데 금전 등록기가 큰 소리로 열리는 바람에 정말 깜짝 놀라서, 소중한 커피잔을 하나 깨버렸잖아."

에쓰코 씨가 가만히 이쪽을 응시한다.

"죄송합니다……."

도둑질하러 들어왔다가 사과하는 자신이 정말 바보 같았다. 그런 나를 보고 에쓰코 씨가 킥킥 웃는다.

"사실을 말하자면, 나도 기도하고 있었어요." 에쓰코 씨는 혼 잣말처럼 중얼거리며 벽에 걸린 무지개 그림을 바라보았다. "각오를 단단히 하고 훔치러 들어왔다가도 저 그림에 넋을 잃 는 사람은 절대 나쁜 사람이 아니기를 하고."

에쓰코 씨의 시선이 무지개 그림에서 나에게로 옮겨왔다. 눈 초리에 작은 웃음을 담아 이쪽을 보고 있지만, 에쓰코 씨의 얼 굴은 왠지 쓸쓸해 보였다.

무슨 대답을 어떻게 해야 할지 몰라 조금 당황하며 커피잔을 입술로 옮겼다. 하지만 잔은 비어 있었다.

"후후후. 당신, 나쁜 사람이 아니야. 틀림없어. 오히려 좋은 사 람이야."

칭찬받은 건지 바보 취급을 당한 건지 알 수 없었지만, 한 가 지만은 확실하다는 생각이 들었다. 그걸 입에 담아 보았다.

"에쓰코 씨가 좋은 사람입니다."

중얼거리는 목소리로 말해 버렸다. 바보같이 당연한 말을 했다. 도둑질에 실패한 남자와 도리어 그 남자에게 커피를 대접하는 나이가 지긋한 여성을 어떻게 비교할 수 있을까.

"글쎄요, 만약 이렇다면요?"

"네?"

"만약 내가 그 커피에 독을 넣었다면?"

무의식중에 빈 잔을 들여다보는 나를 보고 에쓰코 씨가 소리 내어 웃는다.

"농담이에요. 나한테 그런 배짱은 없어."

하, 하하하⋯⋯.

문득 정신을 차리고 보니 나도 따라 웃고 있었다.

가슴 떨리는 그리움이 내 안에 사무쳤다. 이렇게 웃는 건 정말로, 정말로 오랜만이었다.

나도 아직 웃을 수 있다.

그 사실을 깨닫고 왠지 묘하게도 안심이 되어 깊은 한숨을 내쉬었다. 한숨과 함께 무언가가 복받쳐 올라, 눈앞의 에쓰코 씨 모습이 어른어른 흔들린다. 두 눈에서 물방울이 넘쳐 흘러내린다.

"죄송합니다⋯⋯."

주먹 쥔 양손을 무릎 위에 놓고 고개를 숙였다.

사죄의 말을 입에 담는 순간, 마치 둑이 터지듯 마음속에서 여러 가지 감정이 흘러넘쳐 눈물을 멈추기가 더 힘들어졌다. 낡은 테이블 위에 투명한 물방울이 뚝뚝 떨어져 작은 연못이 만들어진다. 아이처럼 오른쪽 손등으로 눈물을 훔쳤다.

"이것 봐. 역시 좋은 사람이었어."

테이블 맞은편에서 들려온 목소리엔 따스한 온기가 있었다.

한동안 엎드려 울었다. 쉰 살이 넘은 다 큰 남자가 소리 내어 흐느꼈다. 눈물의 원인은 너무나 복잡하여 가늠할 수가 없었고, 에쓰코 씨 역시 아무것도 묻지 않았다.

시간이 흘러 감정이 서서히 가라앉을 무렵, 에쓰코 씨가 차분한 말투로 이야기하기 시작했다.

"내가 좋아하는 말이 있어요."

실컷 울고 난 나는 얼굴을 들고 에쓰코 씨를 보았다.

"실수할 자유가 없는 자유란 가치가 없다."

"……."

"인도의 민족 운동 지도자였던 간디가 한 말이래요. 멋지죠? 아주 오랜 옛날 저 무지개 그림을 그린 사람이 가르쳐 줬어요."

"……."

"오늘 밤 당신에게도 실수할 자유가 있었어요. 다음에 실수하지 않는다면 이 경험은 결코 헛되지 않은 거예요."

더할 나위 없는 방식으로 용서받은 듯하여 머릿속엔 어떠한 말도 떠오르지 않았다. '감사합니다'라고 해야 할지, 아니면 한 번 더 사죄해야 할지 그마저도 알 수 없었다.

"그보다, 당신도 참."

문득 에쓰코 씨의 목소리가 밝아졌다.

"도둑으로서의 센스, 정말 제로야. 이렇게 돈도 없어 보이는 가게에 들어오다니."

에쓰코 씨는 자기가 한 말에 풋 하고 웃음을 터뜨렸다.

"그런가요?"

"이런 곳에서 400엔짜리 커피나 팔면서 돈을 많이 벌었을 리 없잖아요. 지금 계산대에 있는 돈을 모두 합해도 고작 2만 엔 정도밖에 안 될걸요?"

"그럼, 왜, 이런 곳에⋯⋯."

에쓰코 씨는 훗 하고 가볍게 숨을 내뱉고는 무지개 그림으로 흘끗 시선을 보냈다.

"늙은이한테도 꿈은 있어요."

"꿈?"

"그래요. 그 꿈이 이루어지도록, 여기서 기도하고 있어요."

"⋯⋯."

"산다는 건 기도하는 거예요."

"아⋯⋯."

조금 전 들었던 〈더 프레이어〉라는 곡을 떠올렸다. '기도하는 사람'이라는 제목의 장엄하고도 아름다운 가스펠송.

"인간은 말이죠, 꿈을 안고 마음속으로 기도하는 동안에는 어떻게든 살아갈 수 있어요. 무슨 일이 있어도. 하지만 꿈이나 희망을 다 잃고 더 이상 기도할 게 없다면, 자기도 모르게 잘못

된 길로 가기도 하지요."

나 자신을 돌아보았다. 지난 몇 년간, 분명 기도 따위 하지 않았다. 어쩔 수 없었다. 나는 이미 꿈도 희망도 품을 수 없는 처지에 놓인 인간이었다. 인생의 벼랑에서 추락하여 밑바닥까지 떨어진 인간의 눈엔 주위가 온통 완벽한 암흑이다. 아무리 미래를 바라보려 해도 어렴풋한 희망의 빛조차 보이지 않는다. 그건 굴러떨어져 본 경험이 있는 인간만이 알 수 있는 사실이다.

에쓰코 씨의 말에 반론할 생각은 없었지만, 이런 내 마음을 표현하지 않고는 도저히 견딜 수 없을 것 같았다.

"환경에 따라서는 자신의 미래에 꿈도 희망도 가질 수 없는 사람도 있다고 생각합니다."

에쓰코 씨는 뜻밖에도 "그렇지요"라고 동의하며 나를 바라보았다. "나도 그렇게 생각해요. 나 역시 예전엔 그랬으니까. 하지만 말이에요, 그래도 기도를 멈추면 안 돼요."

"꿈도 희망도 없다는 걸 아는데도, 그래도 기도해요?"

"그래요." 에쓰코 씨는 천천히 고개를 끄덕였다. "여러 가지 사정으로 자신의 미래에 꿈도 희망도 없다면, 타인의 미래를 위해 기도하면 되잖아요. 당신에게도 소중한 사람이 한둘은 있겠지요? 그 사람들의 미래가 조금이라도 밝아지도록 기도하고 그들을 위해 행동한다면, 누구든 그럭저럭 멋지게 살아갈 수 있어요."

소중한 사람……. 아내와 딸의 얼굴이 떠올랐다. 내가 아직 빚을 지기 전의 행복한 얼굴이었다. 결코 유복하다고 할 수는 없었지만, 지금 생각하면 비교적 웃음이 넘치는 가정이었다.

"나는 소중한 사람들을 위해 살아왔는데, 그런데 하는 일마다 실패하는 바람에……."

거기까지 말하고 문득 놀랐다.

'실수할 자유가 없는 자유란 가치가 없다.'

간디의 말이 떠오른 것이다.

"……실패가 꼭 나쁜 것만은 아니었어요."

내 말에 에쓰코 씨는 아무 말 없이 미소 지었다.

문득 창밖에서 시원한 바닷바람이 흘러 들어왔다. 가을벌레들의 노랫소리는 더 이상 들리지 않았고, 그 대신 멀리서 파도소리가 밀려왔다.

"에쓰코 씨는……."

"응?"

"여기 혼자 살면서, 어떤 꿈을 꾸고 계시나요?"

"알고 싶어요?"

"네."

"그럼 가르쳐 줄게요."

에쓰코 씨는 또 장난스럽게 웃어 보이며 천천히 입을 열었다.

"이 절벽 너머에 펼쳐진 바다 위에 말이에요, 저 그림과 똑같은……."

그러다 갑자기 에쓰코 씨가 "앗" 하며 천장을 올려다보았다.

"창문으로 모기랑 나방이 한꺼번에 들어왔어."

위를 올려다보았다. 전등 주위를 작은 나방이 빙글빙글 돌고 있다.

"창문이 열려 있으니 조금 춥지 않아요? 나는 커피를 한 잔 더 가져올 테니, 당신은 창문을 원래대로 만들어 줄래요?"

에쓰코 씨는 그렇게 말하고 천천히 일어나서 안쪽으로 사라졌다.

자리에서 일어나 이번에는 떳떳하게 가게 출입문을 통해 밖으로 나가 유리창과 장식물을 원래대로 돌려놓았다. 하얀 개가 들어가 있을 개집을 힐끗 보니 생선살 소시지를 감쌌던 오렌지색 비닐만 덩그러니 남아 있었다. 개는 이미 개집 안에서 자고 있는 모양이었다.

두 번째 커피에는 햄 샌드위치가 같이 나왔다.

하루 이상 쫄쫄 굶은 나는 그만 부끄러운 줄도 모르고 걸신들린 듯 먹고 말았다.

"배가 많이 고팠던 모양이네. 내 것도 먹을래요?"

에쓰코 씨는 그렇게 말하며 자기 접시를 내밀었다.

"아뇨, 아무리 그래도, 그럴 수는……."

"괜찮아요. 한 접시 더 만들어 올 테니까."

그렇게 말하고 안으로 들어간 에쓰코 씨는 샌드위치 두 접시를 들고 다시 나타났다. 게다가 내 접시에는 삶은 달걀이 두 개 놓여 있었다.

"아, 감사합니다."

그것까지 날름 먹어 치우고 공복이 채워지자 스스로도 놀랄 만큼 마음이 진정되었다.

"잘 먹었습니다. 감사합니다."

"먹을 만했나 모르겠네요."

"굉장히 맛있었습니다."

"아, 다행이다."

만족스러워 보이는 에쓰코 씨의 미소를 보니, 나도 뭔가 보답을 하고 싶어졌다. 그때 테이블에 둔 칼이 눈에 띄었다.

"저, 혹시 괜찮으시다면, 돈 대신 이걸……."

칼자루를 에쓰코 씨에게 향하도록 하여 테이블 위로 미끄러뜨리듯 내밀었다.

"괜찮아요, 뭘 그런."

에쓰코 씨는 웃으며 고개를 저었다.

"아뇨, 부족하나마 답례를 하고 싶어서……."

"괜찮다니까."

"저는 칼 가는 일을 오랫동안 했습니다. 이 칼은 제가 작업한 것 중에서 가장 잘된 것이죠. 아까 에쓰코 씨가 우리 집 칼은 잘 안 든다고 하셔서……."

에쓰코 씨가 좋은 생각이 떠올랐다는 듯 짝 하고 손뼉을 쳤다.

"그럼 우리 집 칼 좀 갈아 줄래요? 그런 최고급 칼은 내가 갖고 있으면 보물을 썩이는 셈이니, 내 칼이 잘 들도록 갈아 주면 좋겠어요."

"하지만……."

그 정도로는 마음이 편하지 않다고 말하려 했지만, 에쓰코 씨는 다르게 해석했는지 마음대로 이야기를 이어 갔다.

"아, 그러네. 시간이 많이 늦었네요. 칼을 가는 것도 시간이 꽤 걸리죠?"

"네?"

"오늘은 그만 자고, 내일 갈아 줄래요?"

"하지만 내일 저는……."

"아무래도 이 집에 재워 주는 건 조금 문제가 있을 듯하니, 당신은 옆집에서 자면 돼요. 이불은 없지만 침낭으로 참아 줘요."

그렇게 말하면서 자리에서 일어난 에쓰코 씨는 "이쪽이에요"라며 나를 밖으로 데리고 나가 가게 옆에 건설 중인 건물 안으로 안내했다. 2층으로 된 그 건물은 이미 반 이상 완성되어 비바람은 충분히 피할 수 있을 듯했다.

문을 열고 안으로 들어가니 1층에 멋진 카운터가 마련되어 있었다. 간단한 바 형태로 내부는 아직 꾸며지지 않은 상태였다.

에쓰코 씨를 따라 계단을 올랐다. 2층 안쪽에는 감색 카펫이 덩그러니 깔린 작은 방이 있었다. 다리가 낮은 자그마한 상 위에는 휴대용 가스레인지, 주전자, 커피잔, 빈 맥주 캔, 재떨이 등이 아무렇게나 놓여 있었다. 누군가가 여기서 묵는지도 몰랐다.

"자, 여기, 침낭."

폭신폭신한 황록색 침낭을 건네 받았다.

"춥지는 않겠죠? 카펫도 깔려 있고. 내일 아침에 일어나면 우리 가게로 와요. 아침 식사를 줄 테니."

"아, 네……."

"늦잠 자면 조금 무서운 남자가 올지도 모르는데, 내가 여기서 자라고 했다고 말하면 괜찮을 거야."

무서운 남자? 나는 그만 빚쟁이의 험상궂은 얼굴을 떠올렸다.

"괜찮아요, 보기에는 무섭지만 착한 아이니까."

무서운 남자지만 착한 아이라고?

"그럼, 푹 자요. 불은 이 스위치로 끄면 돼요."

"아, 저기……."

"응?"

물러가려던 에쓰코 씨가 이쪽을 돌아보며 고개를 갸우뚱했다.

'오늘 죄송했습니다'와 '감사합니다'와 '안녕히 주무세요' 이 세 가지 인사를 하고 싶었는데 입이 전혀 다른 말을 내뱉었다.

"내일 열심히 칼을 갈겠습니다."

"고마워요."

징말로 기쁜 듯 눈을 가늘게 뜬 에쓰코 씨가 "그럼, 잘 자요"라고 말하고 소녀처럼 손을 살짝 들어 흔들어 주고는 계단 아래로 내려갔다.

곧 1층 불이 꺼지고 문이 쾅 하고 닫히는 소리가 들렸다. 반쯤 지어진 휑한 건물이 귀가 울릴 듯한 고요함으로 채워졌다.

방의 불을 끄고 폭신폭신한 침낭으로 기어 들어갔다. 바다와 인접한 창문을 통해 푸르스름한 달빛이 들어온다.

천장을 올려다보고 깊은 한숨을 내쉬었다. 왠지 오늘 밤 일어난 일련의 사건이 마치 꿈인 것만 같았다. 무엇보다 이렇게 전혀 모르는 타인의 집에서 홀로 잠들려 하는 자신의 처지가 도무지 믿기지 않았다.

'산다는 건 기도하는 거예요.'

문득 에쓰코 씨가 했던 말이 가슴에 되살아난다.

그러고 보니 에쓰코 씨가 품고 있다는 꿈이 무엇인지 마지막까지 듣지 못했다. 분명 그 무지개 그림이 어떻다고 말한 것 같긴 한데…….

조용히 눈을 감았다.

눈꺼풀 안쪽에 그 무지개 그림이 떠오른다. 다시 떠올려 봐도 여전히 훌륭한 그림이다.

하품이 나왔다. 조금씩 침낭 속이 따뜻해진다. 지난 몇 년 중 가장 편안한 기분을 느끼며 등부터 서서히 녹아들듯 깊은 잠에 빠져들었다.

>>

몸을 뒤척이다가 살짝 눈을 떴다.

순간 내가 어디에 있는지 알 수 없어서 고개를 돌리며 주변 상황을 살폈다. 낯선 천장과 벽, 창문이 보였다. 그러다 내 몸이 황록색 침낭 안에 있다는 사실을 알았을 때, 어젯밤 일이 기억났다.

"벌써 아침인가."

꽉 잠긴 목소리로 중얼거리고 침낭에 들어간 채로 느릿느릿 상반신만 일으켰다.

이미 창문을 통해 아침의 하얀 햇살이 들어와 실내는 부드러운 빛으로 충만했다. 손목시계를 확인하니 7시 반이 넘었다. 나는 침낭에서 미끄러지듯 빠져나왔다. 그리고 침낭을 정성껏 접어서 구석에 놓는다. 배낭을 메고 신발을 신고 1층으로 내려갔다. 고목으로 만들어진 두툼한 문을 밀고 밖으로 나오자마자 상쾌한 바닷바람에 감싸였다.

무심코 심호흡을 하고는 흐린 하늘을 향해 양팔을 뻗고 쭉 기재기를 켰다.

풀이 무성한 벼랑 옆까지 걸어가서 군청색의 드넓은 바다를 바라보니 멀리서 거대한 유조선이 소리도 없이 이동하는 모습이 보였다. 바로 앞 바다에는 어선 몇 척이 둥실둥실 떠 있다. 건너편 기슭의 마을은 신선한 아침 해를 받아 꿈처럼 하얗게 빛나고 있었다.

상공을 선회하는 솔개를 올려다보고 이번에는 푸른 하늘을 빨아들이듯 크게 심호흡했다. 그리고 카페로 향했다.

테라스 위에는 오늘도 그 하얀 개가 있다. 나를 발견하고는 훌쩍 일어나 복슬복슬한 꼬리를 흔들어 주었다. 지난밤에는 몰랐는데, 하얀 개에겐 오른쪽 앞다리가 없었다. 그래도 생긋 웃고 있다.

"생선살 소시지, 맛있었어?"

내 곁으로 다가온 개의 머리를 쓱쓱 쓰다듬어 준 후, 가게 입구 앞에 섰다. 나무로 된 문손잡이에 손을 올리고 가만히 문을 당겼다. 살짝 열린 문틈으로 안을 들여다보니 프라이팬으로 뭔가를 볶는 소리와 고소한 기름 냄새가 났다.

"저, 아, 안녕히 주무셨어요."

쭈뼛쭈뼛 말하면서 가게 안으로 미끄러지듯 들어갔다.

"네에. 거기 앉아서 잠시 기다리세요."

주방이 있는 안쪽 공간에서 에쓰코 씨의 목소리가 들렸다.

지난밤과는 다른 의자에 앉아 다시금 가게 안을 둘러본다. 물건이 어수선하게 놓인 창가와 두 장의 그림이 걸려 있는 벽, 조잡하게 만들어진 선반에는 LP와 CD가 빽빽하게 꽂혀 있었다.

자연광 아래에서 보는 무지개 그림은 역시 각별했다. 무지개 그림을 이렇게 볼 수 있다는 것만으로도 지난밤 이 가게에 도둑질하러 들어오길 잘했다는 생각이 들었다.

아, 그건 아닌가.

내가 앉은 자리는 두 장의 그림이 걸린 벽과 반대쪽이었다. 옆에는 클리어 파일에 정성껏 끼워 정리해 둔 잡지 기사가 핀으로 고정되어 걸려 있었다.

이 가게를 소개하는 기사였는데, 두 페이지로 구성되어 있었다. 가게 외관과 내부, 카페 테라스에서 바라본 드넓은 풍경 사진도 실려 있다. 기사를 훑어보니 이 가게 단골손님인 작가가 쓴 것 같았다. 기사 말미에 '사진·글 : 이마이즈미 겐'이라 적혀 있다.

"그건요, 우리 가게 손님이 취재해서 써 준 기사예요."

갑자기 바로 뒤에서 에쓰코 씨의 목소리가 들리는 바람에 엉덩이가 의자에서 붕 뜨고 말았다.

"그렇게 놀라지 말아요. 나 도깨비 아니거든요."

에쓰코 씨는 농담을 던지면서 은색 쟁반에 놓인 햄에그와 토스트, 그리고 커피를 테이블에 차려 주었다.

"훌륭한 기사네요."

"그렇죠? 그 기사를 쓴 아이는 장래에 작가가 될 거예요."

에쓰코 씨가 맞은편 좌석에 앉았다.

"멋지네요. 역시 잡지에 실리면 손님이 많이 찾아오겠죠?"

"그게 말이죠, 거의 안 와요. 오려는 사람이 있어도 대체로 국도에서 들어가는 길을 놓쳐 버리니 여기까지 오기가 아무래도 어렵죠."

분명 이 카페 입구는 누구라도 찾기 힘들 것이다. 지도나 내비게이션에서 목적지로 설정해도 지나쳐 버리기 십상이다.

"자, 식기 전에 어서 먹읍시다."

에쓰코 씨 흉내를 내어 양손을 모으고 "잘 먹겠습니다"라고 말했다.

식사가 끝나고 나는 당장 "칼 갈아 드리겠습니다"라고 제안했다.

"고마워요. 미안하지만, 두 개 부탁해도 될까요?"

"몇 개라도 좋습니다."

"많이 부탁하고 싶지만 우리 집엔 두 개밖에 없어요."

에쓰코 씨의 안내로 작은 주방에 섰다. 에쓰코 씨는 칼 두 개와 숫돌을 선반에서 꺼내 왔다. 숫돌 표면을 손가락 끝으로 만져 보았다. 비교적 표면이 고운 숫돌이었다.

"숫돌은 이것 하나밖에 없나요?"

"어머, 부족해요?"

"아, 없으면 됐습니다. 이걸로도 갈 수 있어요."

표면이 좀 더 거친 것과 좀 더 부드러운 마무리용 두 개가 있으면 완벽한데, 이것만으로도 불가능한 건 아니다.

"물에 적셔도 괜찮은 수건이 있나요?"

"있어요. 이 정도면 되나요?"

에쓰코 씨가 행주를 내밀었다.

그걸 받아서 물에 적시고 네 겹으로 접어 평평한 곳에 깔았다. 행주 위에는 물에 적신 숫돌을 놓는다. 이렇게 하면 숫돌이 튼튼하게 고정된다.

칼은 일반 가정에서 채소를 썰 때 흔히 이용하는 양날 칼과 작은 사이즈의 식칼 두 개였다. 나는 우선 식칼을 손에 들고 오른쪽 눈을 감았다. 칼날을 위로 한 상태로 눕힌 채 왼쪽 눈앞으로 바짝 당긴다. 마치 총을 쏘는 사람이 조준기를 들여다보는 듯한 자세로 날 끝을 차분히 관찰했다.

"잘 안 들었겠네요. 그럼 이제부터 갈겠습니다."

양손으로 칼을 단단히 잡고 날을 숫돌 위에 올렸다. 그리고 조용히 앞뒤로 미끄러뜨린다.

"역시 프로는 손놀림이 다르네."

에쓰코 씨는 감탄한 듯 말하며 팔짱을 꼈다. 나는 "감사합니다"라고 웃으며 대답하고 손끝의 감각에 신경을 집중했다.

스윽, 스윽, 스윽.

칼날과 돌이 스치는 소리와 손에 느껴지는 감촉. 그리웠던 감각이다. 칼을 만들던 시절에는 모터를 이용한 회전식 숫돌로 갈았지만, 마무리는 이렇게 봉 형태의 숫돌을 이용하곤 했다. 역시 마지막 단계는 인간의 감각에 의지해야 한다.

스윽, 스윽, 스윽.

칼을 갈면 갈수록 옛 감각이 돌아오는 듯했다.

"그럼 칼 가는 건 당신한테 맡기고, 나는 잠시 고타로를 산책시키고 와도 될까요?"

"고타로라면, 그 하얀 개 말인가요?"

"그래요. 그 아이가 고타로예요. 아직 손님이 올 시간은 아니니, 가게 좀 지켜 줘요."

"아, 예."

에쓰코 씨는 몸을 휙 돌려서 빠르게 가게 밖으로 나가 버렸다.

아무리 그래도 어젯밤 도둑이었던 남자에게 가게를 봐 달라고 하다니. 저분은 왜 이렇게 조심성이 없는가? 아니, 어디까지 타인을 믿을 생각일까?

전직 도둑을 이렇듯 진심으로 걱정시키는 에쓰코 씨를 떠올리니 왠지 웃음이 나왔다. 나는 히쭉히쭉 웃으며 다시 칼을 갈기 시작했다.

잠시 후 주방의 조리대 위에 반짝반짝해진 칼 두 개를 나란히 올렸다.

"좋아. 다 됐다."

이 두 개의 칼은 세포 하나도 딱 반으로 자를 수 있을 정도로 날카로워졌다. 이렇게까지 완벽하게 갈 수 있는 인간은 프로 중에서도 그리 흔치 않다.

작업 후 오랜만에 기분 좋은 만족감을 맛보았다. 가능하다면 몇 개 더 갈고 싶을 정도였다. 칼을 가는 동안 무아지경이 된 듯한 조용한 순간이 견딜 수 없이 그리웠다. 칼과 숫돌, 스윽, 스윽 하는 마찰음만이 이 세상에 존재하는 듯한, 궁극의 감각.

완성된 날을 확인하는 순간의 충만함.

다시금 생각한다.

좋아했다. '칼갈이'라는 직업을. 내 기술에 흔들림 없는 자부심을 품고 있었다.

문득 생각이 나 가방 속에서 직접 만든 칼을 꺼냈다. 전문점에서 사면 몇만 엔은 족히 되는 일급 상품이다. 당연한 말이지만 날은 이미 완벽하게 갈린 상태다. 게다가 물에 적신 숫돌 가루를 동물성 기름에 넣고 그것으로 날 끝 위를 정성껏 문질러 광택을 없앴다. 이는 일본도를 마무리할 때 사용하는 '우치구모內雲'라는 특별한 기법이다. 이 칼은 날카로운 건 물론이고, 외관의 아

름다움까지 지닌 최상품이다. 내 자존심 그 자체라고 해도 과언
이 아니다.

　이 칼을 양손으로 살짝 아래에서 받치듯 들었다.

　"귀여움 많이 받아."

　그렇게 중얼거리고 다른 두 개의 칼과 함께 주방 선반에 몰래
넣어 두었다.

　그로부터 몇 분 후 에쓰코 씨가 돌아왔다. 주방에 들어오자마
자 농담부터 던진다.

　"어머, 아직 있었어요? 모처럼 도망갈 기회를 줬는데."

　나는 아침 식사 설거지를 하고 있었다.

　"적어도 제가 쓴 접시 정도는 닦아 놓고 도망가려 했지요."

　나도 농담으로 받아쳤다.

　에쓰코 씨가 유쾌하게 웃는다.

　"그런데 칼은?"

　"잘 갈아서 넣어 두었습니다. 두 개 다."

　"고마워요. 잘 쓸게요."

　"아닙니다."

　"아 참, 그렇지. 설거지보다 부탁하고 싶은 게 있어요."

　에쓰코 씨는 가벼운 어조로 말하며 주방 옆에 있는 낡은 오디
오 버튼을 조작했다.

"아, 뭐든 말씀해 주세요."

"그럼, 심부름 좀 시킬까 해서요. 자 여기, 돈."

그러면서 갈색 봉투를 불쑥 내민다.

"도둑한테 돈을 맡겨도 되나요?"

"이 순간부터 칼갈이로 전직해 주세요."

둘이 장난스러운 표정으로 마주 보고 웃는다.

갈색 봉투를 양손으로 받았을 때, 어딘가에서 들은 듯한 음악이 흘러나왔다. 차분하고 조용한 전주다.

"앗."

무심코 소리를 냈다.

에쓰코 씨는 고개를 살짝 끄덕이며 미소 지었다.

기도하는 사람, 〈더 프레이어〉였다.

"최고의 칼갈이 님이 모처럼 우리 집 창문으로 들어오셨으니, 마트에 가서 가장 좋은 숫돌을 몇 개 사 오면 좋겠다 싶었어요."

심부름이란 게 그건가?

"하지만 칼 두 개를 이미 다 갈았는데요. 충분히 잘 들 겁니다."

"그래도 앞으로 쓸 일이 있을지 모르니 사 두려고요. 당신이라면 최고로 좋은 걸 골라 줄 수 있겠지요?"

아무래도 모르는 사람이 고르는 것보다는 훨씬 낫겠지.

"그럼, 으음, 마트가 어딘가요?"

"카페 반대편으로 걸어가서 국도로 나가면 오른쪽으로 돌아요. 눈앞에 보이는 터널을 빠져나가 비탈길을 내려가서 계속 쭉 가면 오른쪽에 보일 거예요. 조금 멀긴 한데 괜찮겠어요?"

"괜찮습니다."

"그럼, 부탁해요. 아무쪼록 가장 좋은 숫돌로 골라 줘요."

"네."

발걸음을 돌려 가게 출구를 향해 걸어갔다. 그 뒤를 에쓰코 씨가 따라온다.

가게 밖으로 나가 상반신만 돌아보았다.

"그럼, 다녀오겠습니다."

오른손을 들고 그렇게 말했다. 에쓰코 씨가 "조심해요"라고 말하며 가게 밖까지 따라 나왔다.

테라스 앞을 가로질러 하얀 개에게 손을 흔들며 터벅터벅 걸어갔다. 가게 밖에 설치된 스피커에서도 〈더 프레이어〉가 흐르고 있었다. 마침 남녀 보컬의 목소리가 가장 고조되는 순간이었다.

그 아름다운 음악을 등 뒤로 들으며 한동안 길에 난 바퀴 자국을 따라 걸었다.

하얀 개가 짧게 짖는다.

왠지 모르게 신경이 쓰여서 뒤돌아보니 멀리 테라스 위에서 에쓰코 씨가 크게 손을 흔들고 있었다. 발밑엔 그 하얀 개가 있다.

나도 조금 쑥스러워하며 손을 살짝 흔들어 주었다.

마트는 생각보다 멀었다.

바닷가의 시골길을 아무리 걸어도 에쓰코 씨가 설명한 건물이 나타나지 않았다. 작은 기차역을 낀 교차로를 건넌 후 15분 정도 더 걸으니 그제야 저 멀리 보이기 시작했다. 남자인 내 걸음으로도 30분은 족히 걸리는 거리다.

마트는 넓었지만 휴일이라 그런지 비교적 혼잡했다. 당장 칼이 진열된 구역으로 발걸음을 옮겨 선반에 진열된 숫돌을 하나하나 정성껏 살펴보았다. 표면이 거친 것, 중간 것, 고운 것 세 종류를 들고 계산대에 줄을 섰다. 제일 비싼 아마쿠사산 천연석으로 만든 숫돌도 2천 엔 정도라 그리 비싸지는 않았지만 만에하나 돈이 모자라면 곤란하므로 윗옷 주머니에서 갈색 봉투를 꺼냈다. 미리 금액을 확인해 두고 싶었다.

봉투를 만져 보니 지폐가 몇 장 들어 있는 것 같았다. 천 엔짜리라면 일고여덟 장 정도일까? 그렇다면 충분하지만⋯⋯.

봉투에서 내용물을 꺼냈다.

응?

봉투 안에 만 엔짜리와 5천 엔짜리가 각각 한 장, 천 엔짜리가 일곱 장, 작게 접은 편지지가 한 장 들어 있었다.

우선 지폐는 모두 봉투에 넣고 편지지만 빼냈다. 세 겹으로 접은 편지를 정성껏 펼치니 세로선을 따라 바다를 연상케 하는 남빛 문자가 예쁘게 나열되어 있었다.

나는 그 예쁜 글자를 한 자도 놓치지 않도록 차분히 눈으로 읽어 내려갔다.

칼 갈아 줘서 고마워요.

이건 그 대가라고 생각해 줘요.

좋은 숫돌로 또 힘내서 열심히 일하는 거예요.

그리고 다음엔 손님으로

우리 카페에 커피 마시러 오세요.

그땐 훨씬 더 맛있는 커피를 만들어 줄게요.

곳 카페

에쓰코

자세히 보니 봉투 가장 안쪽에 '곳 카페' 명함도 들어 있었다. 아홉 장의 지폐는 모두 꽤 너덜너덜했다. 내가 눈치채지 못하도록 계산대에서 몰래 빼낸 돈이 틀림없었다.

다시 한번 편지를 읽었다.

읽는 동안 남색 글자가 흔들흔들 흔들리기 시작했다.

내 눈에서 또 물방울이 솟아 나오고 있었다.

"저기요, 앞이 비었잖아요."

내 뒤에 줄을 서 있던 중년 남성이 어깨를 툭 쳤다.

"아, 죄송합니다."

작은 소리로 대답하고 앞으로 간격을 좁힌다.

이윽고 내 차례가 왔다.

갈색 머리의 계산원 아가씨가 울고 있는 나를 수상쩍은 눈으로 보았다. 나는 상관하지 않고 계속 눈물을 뚝뚝 흘렸다.

"이 숫돌, 세 개 다, 선물용으로, 포장해 주실 수 있나요?"

갈라진 목소리로 계산원 아가씨에게 부탁했다.

"네? 아아, 예. 으음, 포장을 원하시면, 계산 후에 저쪽 서비스 카운터에서 신청하세요."

아가씨는 긴장된 표정으로 입구 옆에 있는 카운터를 손가락으로 가리켰다.

고개를 끄덕이며 온기를 품은 5천 엔짜리 지폐를 건넸다.

거스름돈을 받아서 서비스 카운터로 걸었다.

걸으면서 생각했다.

이 숫돌은 에쓰코 씨가 주신 '축하' 선물이라고.

새롭게 다시 태어난 나에게 선물해 주신 거다.

나 자신에게 맹세했다.

이 선물의 리본을 푸는 순간부터 앞으로의 내 인생과, 헤어진 아내와 딸의 인생과, 그리고 에쓰코 씨의 인생을 위해 진심으로 기도하겠다고.

4장

러브 미
텐더

오늘 밤부터 모레까지 서쪽의 고기압과 동쪽의 저기압이 충돌하면서 전형적인 겨울 날씨를 보일 것으로 예상됩니다.

저녁 때 들은 일기예보대로 밤이 되자 기온이 뚝 떨어졌다. 카페 테라스에서 바라본 밤하늘은 투명할 정도로 깊은 남빛이었다.

"난 준비 끝났어. 추우니까 단단히 껴입어야 돼."

나는 카페 문틈으로 얼굴을 들이밀고 에쓰코 씨에게 말했다.

"네―에."

안쪽 방에서 목소리가 들리더니 잠시 후 두툼한 스웨터 위에 하얀색 방한용 외투를 입은 에쓰코 씨가 나타났다. 털모자를 귀까지 푹 뒤집어쓰고 목에는 빨간 목도리를 친친 감았다. 눈사람이 따로 없었다.

"이 정도로 껴입으면 괜찮을까?"

"아하하. 그 정도라면 북극에 가도 문제없겠네."

"어머, 다니 씨는 그렇게 얇게 입고 춥지 않겠어? 목도리 하나 더 있는데 줄까?"

"됐어." 나는 모처럼의 제안에 고개를 저었다. "난 말이야, 낚시나 천체 관측 때문에 자주 밖으로 돌아다니니 이 정도 날씨는 이미 익숙해."

또 작은 거짓말을 하고 말았다. 나잇살이나 먹은 주제에 솔직한 구석이 없다. 친절은 그냥 고맙게 받아들이면 될 텐데.

"아무리 그래도 정말 괜찮을까?"

"응, 괜찮아."

익숙하다고 아무렇지 않은 건 아니다. 추운 건 추운 거다.

"본인은 젊다고 하지만 나랑 같은 세대인 건 분명하니 몸 생각 좀 했으면 좋겠어."

당장이라도 후들후들 떨릴 것처럼 춥지만 내색하지 않으려 애쓰며 나는 "네, 네" 하고 농담처럼 얼버무렸다.

둘이 함께 밖으로 나온다.

"우와아, 정말 춥다. 그런데 너무 예뻐."

에쓰코 씨가 새하얀 숨을 내뱉으며 밤하늘을 올려다본다.

검푸른 빛의 드넓은 우주에 소리도 없이 떠 있는 보름달이 마치 바닐라 아이스크림처럼 차갑고 하얗게 빛났다. 그 맑은 빛을 뒤집어쓴 황량한 벼랑 끝이 환상적인 푸른빛으로 반짝거린다. 이따금 벼랑 아래에서 얼어붙은 강판 같은 바닷바람이 불어와 우리 뺨에 인정사정없이 비벼 댄다.

헤드라이트로 주의 깊게 발밑을 비추며 벼랑의 남쪽 끝을 향해 걸어갔다. 바로 뒤에서 에쓰코 씨의 작은 발소리가 들린다. 고타로는 테라스 위의 개집에 들어가 몸을 잔뜩 웅크린 채 밖으로 나오려 하지 않았다.

얼어붙은 땅을 사박사박 밟으며 카페 창문을 통해 새어 나오는 빛조차 닿지 않는 곳에 이르자, 푸른 암흑 속에 놓인 하얗고 기다란 물체가 어렴풋이 보이기 시작했다.

천체 망원경.

오늘을 위해 구입한 초보자용 망원경 세트다.

간편하고 다루기 쉬운 굴절 망원경이지만, 그래도 토성 고리는 물론 목성의 줄무늬나 몇몇 성운도 또렷이 볼 수 있다.

"이걸로 보는 거지?"

망원경 앞에서 에쓰코 씨가 환하게 웃는다. 양손을 가슴에 대고 마치 소녀 같은 몸짓으로 기뻐한다.

"응. 겉보기엔 그냥 작은 망원경 같지만, 이래 봬도 훌륭해."

"어? 내 눈엔 큰 망원경으로 보이는데?" 에쓰코 씨는 얼굴에 깊은 미소를 담은 채 "여기로 보면 돼?"라고 물으며 접안렌즈에 오른쪽 눈을 댔다.

"아, 아직 안 돼, 안 돼."

"왜?"

"그 전에 할 일이 있어."

"할 일?"

"응."

등에 짊어진 배낭을 내리고 안에서 포스터 사이즈의 하얀 봉투를 꺼냈다.

"자, 이거."

조금 쌀쌀맞은 투로 봉투를 에쓰코 씨에게 내민다.

"응?"

"생일 축하해."

"어, 진짜?"

양손을 입에 대고 놀라는 에쓰코 씨의 얼굴이 서서히 순수한 미소로 채워진다.

이 얼굴을 보고 싶다. 늘, 언제까지나.

"다니 씨, 기억해 줬구나."

"뭐, 그냥."

"고마워. 정말 기뻐."

"응. 자, 이거 받아."

에쓰코 씨는 상장이라도 받는 것처럼 양손으로 공손히 봉투를 받으며 나를 쳐다본다.

"열어 봐도 돼?"

"물론."

"뭘까?"

에쓰코 씨는 혼잣말처럼 중얼거리며 봉투 안에서 세 장의 종이를 조심스럽게 꺼냈다. 갈색 장갑을 낀 작은 손이 알파벳이 빽빽하게 적힌 두 장의 증서와 상세한 월면 지도를 넘긴다.

"이게 뭐지?"

고개를 갸우뚱하는 에쓰코 씨를 보며 나는 반대로 질문을 던졌다.

"뭐라고 생각해?"

"음, 뭘까? 루나 엠바시Lunar Embassy사라고 영어로 적혀 있어."

"응. 정답은."

"……."

"달 토지 권리서야."

"응?"

에쓰코 씨는 기울였던 고개를 더 깊이 떨어뜨렸다.

"저 달 표면의 1에이커가 에쓰코 씨 땅이 됐어. 1에이커는 약 4천 제곱미터 정도 되려나? 저기 저 부근."

밤하늘을 손가락으로 가리키자 에쓰코 씨도 그에 이끌리듯 보름달을 바라보았다.

"멋지다. 나, 그런 꿈이 담긴 이야기, 정말 좋아해."

나지막이 중얼거리며 에쓰코 씨가 나를 보았다. 눈초리에 애교가 듬뿍 담긴 주름을 잡으며 미소 짓는다. 정말로 기쁠 때 보여 주는 그녀 특유의 미소다. 내가 당황하며 시선을 피하는 것도 늘 똑같다.

"또, 그 서류 안에 달 지도가 있어."

"이거?"

"응, 그거. 자세히 보면 여기 빨간 점이 있지?"

"어머, 정말이다."

"즉, 여기가?"

"내 땅이라는 뜻?"

"정답. 달에 있는 에쓰코 씨의 땅이라는 거지. 유엔이랑 미국, 러시아에도 정식으로 제출되는 권리서야."

에쓰코 씨가 한순간 호흡을 멈추고 눈을 둥그렇게 뜬다.

"정식이라니, 뭐가?"

"뭐가 뭐야?"

"이거 진짜 권리서야?"

"당연하지. 진짜야."

"거짓말. 장난하지 마."

놀란 표정 그대로 천천히 고개를 좌우로 흔드는 에쓰코 씨를 보고 나는 풋 하고 웃음을 터뜨렸다.

"그 지도상의 빨간 점, 큰 크레이터✦ 안에 있지?"

"응."

에쓰코 씨는 고개를 끄덕이면서도 아직 얼떨떨한 얼굴을 하고 있다.

"거긴 말이지, '습기의 바다'라 불리는 3킬로 깊이의 분지야."

"분지?"

"응. 달에는 공기가 거의 없잖아. 그래서 운석이 자주 떨어지는데, 그 충격으로 암석이 사방에 튈 수 있거든. 그런데 달은 중력이 약하니까 맹렬한 속도로 굉장히 멀리까지 날아간다는 거야. 그런 것까지 생각하면, 사방이 높은 벽으로 둘러싸인 분지 안이 달에선 비교적 안전한 곳이라 할 수 있겠지."

누가 묻지도 않았는데 술술 자세한 이야기까지 풀어놓았다.

"다니 씨는 정말, 모르는 게 없다니까."

"천문이랑 낚시는 취미니까. 그 외엔 평균 이하지만 말이야."

자랑할 생각은 조금도 없었는데 입이 마음대로 움직인다.

"어머, 나를 기쁘게 하는 방법도 잘 알고 있잖아."

에쓰코 씨가 장난스럽게 눈동자를 빛내며 나를 보았다.

"그렇게 봐 주시니 감사하군요."

✦ 화산, 폭발, 운석 충돌, 핵폭발 등 거대한 충격으로 인해 천체 표면에 생겨나는 거대한 구덩이

이토록 가슴 저리는 말을 들으면서도 나는 태연한 듯 어깨를 으쓱할 뿐이다.

"그리하여, 이 천체 망원경도 내가 주는 선물. 지금부터 에쓰코 씨의 땅을 꼼꼼히 살펴보려고 해."

"세상에, 정말 멋지다. 이렇게 로맨틱한 생일은 처음이야."

에쓰코 씨는 다홍색 입술 사이로 하얀 입김을 내뿜었다. 한숨이다.

진심으로 기쁠 때 에쓰코 씨는 늘 깊은 한숨을 쉰다. 나 역시 그 모습을 보고 자그맣게 한숨을 쉬었다. 에쓰코 씨가 선물을 마음에 들어 하는 것 같아 안심했다.

"어디 보자, '습기의 바다'라는 곳은 이름은 좀 그렇지만 찾기 쉬운 곳에 있어. 잠깐 직접 눈으로 볼래?"

에쓰코 씨 옆에 서서 눈부시도록 아름다운 보름달을 바라본다. 어깨가 서로 닿으면서 바삭바삭 마른 소리를 냈다.

"저것 봐, 오늘은 보름달이라 토끼가 잘 보이지?"

"응, 잘 보여."

"저 토끼의 동그란 꼬리 부근이 '습기의 바다'야."

"토끼 꼬리라."

"찾기 쉽지?"

에쓰코 씨는 응응 하고 두 차례 고개를 끄덕이며 나를 바라보았다. 반올림하면 일흔이 될 여성의 얼굴이 바로 가까이에 있다. 그녀의 다홍색 입술이 달빛을 받아 아름답게 움직인다.

"토끼 꼬리, 빨리 망원경으로 보고 싶어."

"오케이. 잠깐 기다려."

에쓰코 씨에게서 떨어져 천체 망원경의 접안렌즈를 들여다보았다. 방금 초점을 맞췄는데도 그새 달이 두두두 하고 서쪽으로 이동하여, 망원경 렌즈가 포착하고 있는 건 왼쪽 끄트머리뿐이었다.

삼각대에 달린 레버를 천천히 돌리면서 망원경을 약간 오른쪽으로 움직여 '습기의 바다'에 맞췄다. 초점을 조절하자 회백색으로 빛나는 달의 울퉁불퉁한 표면이 또렷이 보였다.

"됐다, 한번 볼래? 상하좌우가 반대로 보인다는 건 감안하고."

"응."

에쓰코 씨가 살짝 몸을 구부리더니 접안렌즈에 오른쪽 눈을 댔다.

"우와!" 예상대로 할 말을 잃은 모양이었다. 곧이어 솔직한 감상이 터져 나왔다. "굉장하다. 원래 이렇게 잘 보이는 거야?"

흥분의 정도가 목소리 톤을 통해 충분히 전달되었다. 천체 망원경으로 처음 달을 보면 누구나 이렇게 감동한다. 그리고 렌즈에서 눈을 떼지 못한다.

에쓰코 씨 역시 예외가 아니어서 망원경에 눈을 그대로 댄 채이야기하기 시작했다.

"반대로 보인다면 저 오른쪽 윗부분이 내 땅인 거네. 평지라 살기 좋겠다. 아, 근처에 조금 큼직한 바위가 있어. 저 바위, 실제로 얼마나 클까? 저기 있는 내 땅에서 우주를 바라보면 별이 엄청나게 많이 보이겠지? 지구는 얼마나 예쁠까? 왠지 꿈같아."

손으로 만져질 것만 같은 달 표면에 매료된 에쓰코 씨가 또다시 깊은 한숨을 내쉬었다. 나는 망원경을 들여다보고 있는 작은 등을 향해 말을 걸었다.

"달은 지구를 향해 늘 같은 면을 보이니, 토끼 꼬리를 볼 기회는 많을 거야."

에쓰코 씨는 렌즈에서 눈을 떼고 똑바로 나를 보며 시선을 맞췄다. 그리고 한참 동안 가만히 응시했다.

내 눈에 구멍이 뚫릴 것 같았다.

"다니 씨."

"응?"

"오늘 밤부터 죽을 때까지 줄곧……."

"응."

"나는 달을 바라보는 것만으로도 행복해지겠다고 약속해야 하는 거네."

"……."

"나만한 행운아도 없을 거야. 다니 씨, 정말 고마워."

보름달에서 쏟아져 내려오는 부드러운 푸른빛 속에 에쓰코 씨가 서 있다. 소녀처럼 순수한 미소를 띤 채.

무슨 이유일까? 그 모습이 왠지 무척 덧없이 느껴졌다. 잠시 한눈을 판 사이에 에쓰코 씨가 갑자기 사라져 없어져 버릴 것 같은 불안감이 몰려왔다.

조만간 사라질 사람은 나인데…….

"아, 저기."

바로 그 순간, 테라스에서 고타로가 애절하게 짖는 소리가 들렸다.

워오오오―――웅.

고타로의 울부짖음은 우주로 연결되는 남빛 밤하늘에 흡수되면서 안개처럼 흩어져 사라졌다.

문득 달밤의 고요함이 깊어진 듯했다.

⤼

가게로 돌아와서 에쓰코 씨가 뜨거운 커피를 만들어 주었다.

둘이 테이블을 사이에 두고 마주 앉아 깊은 풍미가 느껴지는 블랙커피를 천천히 맛본다. 얼어붙었던 몸이 안에서부터 서서히 녹았다.

"맛있다."

옛날부터 나는 이 커피를 마실 때만 솔직하게 마음을 표현할 수 있었다.

"고마워."

그럴 때마다 에쓰코 씨는 처음 만난 십몇 년 전부터 늘 변함없이 이 세 글자로 대답해 준다.

탁탁 하고 작은 가지를 꺾는 듯한 기분 좋은 소리가 터져 나온다. 장작 난로에서 나는 소리다.

스피커에서는 조금 오래된 달콤한 노래가 흘러나오고 있었다. 엘비스 프레슬리의 〈러브 미 텐더Love Me Tender〉다.

직역하면 '부드럽게 사랑해 주세요'.

그게 언제쯤이었던가, 아마 벌써 10년도 더 지났겠지만 나는 내 '마음'을 전하지 못해 애타는 심정으로 에쓰코 씨에게 이 곡을 신청했었다.

부드럽게 사랑해 주세요.

다음 날도 그다음 날도 러브레터 대신 이 곡을 계속 신청했더니 어느새 내 얼굴만 보면 아무것도 묻지 않고 〈러브 미 텐더〉를 틀어주었다.

말하자면, 에쓰코 씨에게 전달된 건 '내가 〈러브 미 텐더〉를 좋아한다'라는 잘못된 정보였다.

처음 신청했을 때도 오늘 같은 한겨울의 해 질 녘이었는데, 그때도 지금처럼 장작 난로 소리가 가게를 가득 채우고 있었다.

"다니 씨, 요즘은 낚시하러 잘 안 오던데, 회사 일이 많이 바쁜가 봐?"

에쓰코 씨는 따뜻하게 데워진 컵을 양손으로 잡고 고개를 살짝 기울였다.

"아아, 응, 조금. 회사에 사정이 좀 있어서."

"건설회사 중역도 편하진 않구나."

에쓰코 씨가 특유의 장난스러운 미소를 짓는다.

"그렇지 뭐."

농담으로 받아칠 수도, 미소로 화답할 수도 없었다. 그래서 이야기 방향을 바꿨다.

"일도 그렇지만, 한겨울엔 여기서 낚을 수 있는 물고기가 얼마 없잖아."

"그래?"

"응."

"그래도 낮에 낚아 왔잖아."

에쓰코 씨는 주방 쪽을 돌아보며 말했다. 낮에 꽤 훌륭한 물고기를 낚아 가게 냉장고에 넣어 두었다.

"벵에돔이야. 구레라고도 부르지. 겨울 벵에돔은 말이야, 김을 많이 먹기 때문에 냄새도 안 나고 맛있어. 그래서 낚시꾼들이 겨울 벵에돔을 선호하지. 아, 참. 이 이야기, 전에도 하지 않았던가?"

"아니. 처음 들은 것 같아."

"그런가?"

"응. 아마도."

"그래? 아마 말 안 했나 보다."

"다니 씨."

"응?"

"잘 잊어 먹는 늙은이한텐 '아마'라는 단어가 참 편리하네."

"정말 그렇다."

장작 난로의 온기 속에서 둘이 함께 킥킥 웃었다.

웃으면서 나는 진심으로 생각했다.

이 사람과 함께라면 아마 늙는 것 따위 조금도 무섭지 않을 거라고.

엘비스의 〈러브 미 텐더〉가 끝났다.

음악이 사라지자 탁탁 터지는 장작 난로의 존재감이 크게 느껴졌다. 에쓰코 씨가 장작을 더 넣으려는 순간, 나는 무심코 손뼉을 쳤다.

"아, 맞다. 잊고 있었다."

"뭐?"

에쓰코 씨에게 줄 선물이 하나 더 있었다.

"그거, 그거"라고 말하는 나.

"그거라면, 혹시……."

"그래, 맞아. 그때 그거."

"'그거'랑 '저것'도 '아마'처럼 우리한텐 참 편리한 단어야."

에쓰코 씨의 농담에 웃으면서 옆에 둔 배낭의 지퍼를 열어 작은 골판지 상자를 꺼냈다. 그것을 테이블 위로 슬며시 밀어 에쓰코 씨에게 건넸다.

"자, 부탁했던 컵."

"정말로 고쳤구나!"

"열어 봐."

에쓰코 씨는 조심스럽게 테이프를 떼어 내고 상자를 열었다. 몇 겹으로 싼 신문지를 한 장씩 벗겨 낸 다음, 그 안에 든 커피컵을 양손 위에 살짝 올렸다.

"이거……."

"긴쓰기金継ぎ야. 옻으로 접착하고 금으로 장식했지."

에쓰코 씨는 오늘 두 번째로 놀란 얼굴을 했다.

"긴쓰기라니, 비싸지 않아?"

"회사 후배 중에 취미로 하는 친구가 있거든. 그 친구한테 부탁했어. 돈은 필요 없다고 해서, 술 한잔 사고 끝냈지 뭐."

후배의 얼굴을 떠올렸다. 일도 척척 잘하지만, 성격도 참 좋은 녀석이다. 회사에서는 몇 차례 어려운 프로젝트를 함께 진행했던 동지이기도 하다. 그 후배하고도 곧 헤어지게 된다.

"어머, 그럼 적어도 그 술값은 내가 내야지."

"괜찮다니까. 그것까지 다 합쳐서 생일 선물이야."

"하지만⋯⋯."

"다음에 그 후배를 데리고 올 테니, 최고로 맛있는 커피를 만들어 줘. 그 컵으로 말이야."

보답하고 싶어 하는 에쓰코 씨에게 그러지 말라고 만류했다. 이 나이가 되도록 건설회사 중역으로서 유유자적한 독신 귀족 생활을 만끽하고 있는 내가 벌이도 거의 없는 찻집을 마치 자선 사업인 양 운영하는 이 늙은 여인에게 어떻게 돈을 받겠는가?

"고마워. 그런데 설마 긴쓰기로 할 줄은 몰랐어."

에쓰코 씨는 양손으로 수선된 컵을 잡고 소중한 과거를 떠올리는 듯 애틋하게 금빛 이음매를 바라보았다.

"긴쓰기로 수선하면 말이야, 깨지기 전보다 오히려 가치가 높아진다더라고."

후배에게 들은 지식을 그대로 전했다.

"그래?"

"응. 그렇대."

긴쓰기란 파손된 도자기를 옻으로 붙이고 그 이음매를 금으로 장식하는 기법이다. 다도가 유행했던 무로마치 시대부터 이어져 온 일본의 전통적인 수선 방법으로, 그 이음매를 일부러 '경치景色'라 부르기도 했다. 이때 생성되는 아름다움과 쓸쓸함까지 즐기려 하는 일본인의 멋스러운 마음이 만들어낸 도자기 수선 방법이라고 후배가 설명해 주었다.

"가치가 높아진다니, 오히려 깨뜨리길 잘했네."

농담 삼아 말했다. 에쓰코 씨도 살짝 웃었지만, 입으로는 다른 말을 중얼거렸다.

"그래도 이제 안 깨뜨릴 거야. 소중히 다뤄야지."

에쓰코 씨는 그 컵을 가만히 테이블 위에 두었다.

"그렇게 소중한 컵이야?"

"응, 소중해." 에쓰코 씨는 고개를 천천히 그리고 깊이 끄덕였다. "벌써 몇 년 전 일인데, 도예가 손님이 가게에 오신 적이 있어. 그 손님이 저 무지개 그림과 바다를 생각하면서 특별히 직접 구워 주신 컵이거든. 그래서 여기 봐, 손잡이는 무지개 색이고, 본체는 남색으로 바다를 표현한 거야."

"흐음."

"멋지지?"

에쓰코 씨는 재빨리 시선을 들고 무지개 그림을 바라보았다.

"응. 멋지다."

또 작은 거짓말을 하고 말았다. 나는 그 컵이 에쓰코 씨에게 그리 소중하지 않길 바란다.

무지개 그림을 바라볼 때 에쓰코 씨의 표정은 늘 특별했다. 입꼬리가 부드럽게 올라가 무척 은혜로운 표정이었지만, 눈빛은 굉장히 쓸쓸하고 고통스러웠다. 그 얼굴은 나에게 더할 나위 없이 매력적으로 다가왔으나, 그와 동시에 가장 보고 싶지 않은 표정이기도 했다.

질투하는 것이다. 이 나이에.

지금도 에쓰코 씨의 인생이 저 그림과 저 그림을 그린 사람 곁으로 흘러가고 있다는 사실을 인정하고 싶지 않았다. 아주 먼 옛날에 지나가 버린 이미 빛바랜 추억으로서 마음 한구석에 몰아넣어 주기를 간절히 기도했다. 그러면서 이렇게 그릇이 작은 나 자신에게 늘 짜증이 났다.

오늘도 그만 마음속에 검은 불꽃이 타오르는 것을 느끼며 심술궂은 질문을 던지고 말았다.

"어쩌다가 그렇게 소중한 컵을 깨 버렸어?"

에쓰코 씨는 오히려 즐거운 듯 웃는다.

"그게 말이야, 작년 가을에 도둑이 들어온 적이 있거든. 그때 깜짝 놀라 깨 버렸지."

어? 도둑? 무심코 숨을 삼켰다.

"도둑이라니, 물건을 훔치는 도둑?"

"응. 어엿한 도둑. 끝이 굉장히 날카로운 식칼을 들고, 저쪽 창문으로 살짝 들어왔어."

무시무시한 말과는 반대로 에쓰코 씨의 눈빛은 그리움으로 가득하다.

"어, 뭐야 그게. 진짜로 있었던 일이야?"

"응. 정말이야."

"나는 그런 이야기 한 번도 들은 적 없는데."

"그야 도둑맞은 것도 없고, 다치지도 않았으니까. 그래서 아무한테도 말 안 했어."

"경찰한테는?"

에쓰코 씨는 천천히 고개를 저었다.

"좋은 사람이었어, 그 도둑."

"어이 어이, 식칼을 들고 창문으로 침입하는 도둑 중에 좋은 사람이 어디 있어?"

"응. 그런데 있잖아, 몰래 들어왔다가 자기도 모르게 넋을 잃고 저 무지개 그림을 바라보는 거야. 그것만 봐도 왠지 좋은 사람 같잖아? 나중엔 같이 밥도 먹었어."

"도둑하고 밥을?"

"응."

"뭐야 그게."

영문을 알 수 없게 된 나는 등받이에 몸을 맡기고 팔짱을 꼈다. 에쓰코 씨의 이야기는 어디까지가 농담이고 어디부터가 진실인지 도무지 알 수가 없다.

에쓰코 씨는 "살다 보면 별일이 다 있어"라며 가볍게 웃더니 의자에서 일어났다. "밥 이야기를 했더니 배가 고파지네"라고 노래하듯 말하면서 빈 잔을 치우기 시작했다.

정말 도둑이었나. 뭐가 뭔지 모르겠지만 이미 지난 일이니 괜찮겠지.

나도 덩달아 일어났다.

"좋아. 그럼 뱅에돔을 손질해서 한번 먹어 볼까? 잠깐 냉장고에 넣어 두었으니 맛있을 거야, 아마."

옛날부터 이 근방에서 낚은 물고기를 직접 손질하여 에쓰코 씨와 단골 손님들에게 즐겨 대접하곤 했다.

"어머, 다니 씨. 또 '아마'라고 했어."

"아, 정말이다. 나도 모르게 그렇게 말해 버렸네. 나이는 어쩔 수 없나 봐."

"그래도 자기가 한 말을 기억한다는 것만으로도 칭찬해 주고 싶어."

"그거 고맙군. 나이가 드니 기준이 낮아져서 좋네."

둘이 웃으니 또 고타로가 창밖 테라스에서 크게 짖는다. 편안하고 기분 좋은 소리였다. 오늘 저녁 보름달이 무척 마음에 드는 모양이다.

에쓰코 씨가 오디오에 CD를 넣었다. 아름다운 가스펠송이 흘러나온다. 이 곡은 분명 기도하는 사람, 〈더 프레이어〉다.

맑은 음표가 가게 안에서 나붓거리며 춤을 추기 시작한다.

음악이 채워지니 한겨울 밤의 고요함도 깊어 가는 듯했다.

아마도 에쓰코 씨와 나의 마지막 추억이 될 밤이 조금씩 끝을 향해 다가가고 있다.

주빙에 서서 버드나무로 만든 도마 위에 준비해 둔 벵에돔을 올렸다. 40센티는 족히 될 법한 꽤 훌륭한 물건이었다.

곧바로 비늘 제거기로 정성껏 비늘을 벗기고 늘 쓰던 칼을 꺼내려고 싱크대 아래 서랍 손잡이를 잡았다. 그때 옆에서 에쓰코 씨가 말을 걸어왔다.

"오늘은 특별히 도둑 아저씨가 직접 만든 특제 칼을 빌려줄게. 나도 아직 한 번도 사용한 적 없는 새 물건이야."

에쓰코 씨는 평소에 별로 사용하지 않는 선반 서랍에서 칼을 하나 꺼냈다.

"자, 이거. 한번 써 봐."

칼 한 자루가 날을 드러낸 채 도마 옆에 살짝 놓였다.

이것이 도둑이 가지고 있던 칼이란 말인가.

에쓰코 씨의 얼굴을 보았다. 소탈한 표정이다. 농담 같지는 않았다.

"정말 잘 들겠는데? 이거."

"그렇지?"

"응. 그럼, 한번 써 볼게."

처음 손에 든 새 칼은 형광등 빛을 차갑게 반사하며 자태를 뽐내고 있었다.

낚시를 좋아하다 보니 여태까지 잡아 본 칼만 해도 수십 개가 넘는데 이 칼은 칼자루를 잡는 순간 묵직함과 균형감이 느껴졌다. 다른 칼과는 확실히 다른 품격이 있었다. 칼끝을 벵에돔 배에 찌른 순간, 무심코 소리를 내고 말았다.

"오옷. 이건!"

'정말 훌륭한 칼이야'라는 말도 제대로 나오지 않을 만큼 감탄했다.

꽉 들어찬 벵에돔의 살과 뼈 사이를 두툼한 칼날이 쓰윽 미끄러지듯 이동한다.

"굉장하다, 이거."

"그렇지?"

에쓰코 씨는 마치 자신이 칭찬받은 것처럼 눈을 가늘게 뜨고 웃는다.

최고의 칼을 손에 쥔 나는 일찍이 경험해 보지 못한 기분으로 생선을 손질한 뒤 접시에 담고 머리와 꼬리로 장식했다.

에쓰코 씨는 크래커 위에 크림치즈와 햄, 연어 알 등을 올려 간단한 안주를 만들었다. 유자 향이 나는 절임 음식과 낮에 만들어 맛이 적당히 밴 어묵탕도 꺼내 왔다.

오늘 저녁에 마실 술은 요즘 특히 마음에 들어 하는 고슈 와인이다. 야마나시현에서 나는 '고슈'라는 품종의 포도로 만들어지는 화이트 와인인데, 신기하게도 일본 음식에 잘 맞고 입에 닿는 느낌 역시 산뜻하고 맛있다. 술은 늘 적당히 즐기는 편인 에쓰코 씨도 틀림없이 좋아할 것이다.

차를 운전해서 왔으니 술을 마시면 귀가할 수 없게 되므로, 오늘 밤은 바로 옆에 있는 고지의 가게 2층 방을 빌리기로 했다. 며칠 전 고지에게 연락했더니, "그러세요. 삼촌 좋을 대로 마음껏 이용하세요"라고 흔쾌히 승낙해 주었다.

"고지 가게는 도대체 언제쯤 완성되지?"

도마에 뜨거운 물을 부어 살균하면서 에쓰코 씨에게 물었다.

"글쎄. 내년쯤 될까? 아니면, 내후년? 뭐, 내키는 대로 느긋하게 만들고 있는 모양이야."

"옆에서 보니 이제 곧 완성될 것 같긴 한데."

"그 아이, 옛날부터 성격이 꼼꼼했어. 시간이 많이 걸리더라도 스스로 만족할 수 있는 물건을 만들고 싶은 게 아닐까?"

"그렇구나. 아쉽네."

"아쉬워?"

"아, 아냐. 빨리 완성된 모습을 보고 싶다는 뜻이야."

이제 고지가 가게를 오픈하는 모습을 지켜볼 수 없게 되었다. 그게 아쉬웠다.

반항아 냄새를 풀풀 풍기던 시절부터 줄곧 귀여워했던 고지도 어느새 훌륭한 어른이 되었다. 성격도 외모도 거칠고 무뚝뚝하지만 낚시도 천체 관측도 금세 배워 버릴 만큼 영리한 구석이 있다. 나를 '삼촌'이라 부르며 잘 따르는 몇 안 되는 젊은이 중 하나다. 내게도 이런 아들이 있다면 어떨까 지금껏 몇 번이나 생각했던가.

"그 녀석, 결혼 안 한대?"

말하면서 고추냉이를 갈았다.

"글쎄, 어떨까? 독신인 다니 씨한테는 그런 말 듣고 싶지 않을걸?"

"이것 참 실례했군."

늘 쑥스러운 듯 웃는 고지의 얼굴이 문득 떠올라, 약간 감상적인 기분에 빠져 버렸다.

요리가 다 준비되자 우리는 접시와 와인을 테이블 위에 올리고 건배했다. 세련된 와인잔도 케이크도 없지만 에쓰코 씨가 이 세상에 태어난 날을 진심으로 축하하며 직접 만든 맛있는 음식과 술을 나누었다.

에쓰코 씨와 함께하는 밤은 조용하고 만족스러웠다. 어느 봄날의 잔잔한 바다를 떠도는 것처럼 온화하고 반짝이는 시간이었다. 특히 그녀의 목소리는 내 기분을 감미롭게 만들었다.

하지만 무지개 그림과 나의 미래에 관해 이야기할 때만큼은 아무리 태연하려 해도 가슴속에 잔물결이 일고 말았다. 그리고 내 과거로 이야기 주제가 넘어간 순간부터는 마음이 더더욱 출렁거렸다.

"그런데 다니 씨는 왜 줄곧 독신을 고집하는 거야?"

고슈 와인을 두 잔째 마시고 있을 때, 볼을 연분홍색으로 물들인 에쓰코 씨가 고개를 갸우뚱하며 물었다.

"내가 남자를 좋아해서라면 믿을래?"

농담으로 얼버무리려 했지만 잘 되지는 않았다.

"설마. 그런 쪽으로는 안 보이는데?"

에쓰코 씨는 싱글벙글 웃으면서도 가만히 내 눈을 응시한 채 대답을 기다리고 있다.

"뭐야? 진지한 대답을 듣고 싶은 거야?"

"그렇지. 관심이 있으니까."

이 대사가 만약 젊은 남녀 사이에 오갔다면 곧 연애가 시작될지 모른다는 사인일 수도 있겠지만, '아마', '그것', '저것'만 되풀이하는 나이에는 그런 희미한 기대감도 품을 수 없게 된다. 자칫하다간 혼자서 김칫국만 마시다가 결국 웃음거리가 되는 게 고작이다. 신중하게 감정을 조절하며 태연한 표정을 지으려 노력했다. 그리고 딱 잘라 말했다.

"이유다운 이유는 없어."

그건 정말이었다.

물론 과거에 몇 번 사귀었었고, 그중에는 결혼을 생각한 연인도 있었다. 하지만 일과 취미와 연애라는 세 개의 톱니바퀴가

서로 잘 맞물리지 않았다. 나는 이 나이가 되도록 혼자만의 인생을 담담하게 걸어온 것 같다.

"다니 씨, 인기 많을 것 같은데."

"그런가?"

"응. 외모도 멋진 데다 이야기도 재미있게 잘하고."

"요즘은 아마, 그거, 저거밖에 못하는데."

"그런 농담이 재미있다니깐."

에쓰코 씨가 웃으면서 잔을 테이블에 올렸다.

바닷바람이 조금 강해진 듯 가게 유리창이 덜커덕덜커덕 소리를 냈다. 문득 창문을 바라보았다. 작은 테이블을 사이에 두고 앉은 노년의 남녀가 비치고 있다.

만약 지금 창밖에서 도둑이 안쪽을 들여다본다면 우리도 사이좋은 '부부'로 보이지 않을까? 설마 '연인'으로 보일만한 나이는 아니니…….

에쓰코 씨의 귀에 닿지 않도록 자그맣게 탄식하며 정면을 보고 앉았다. 잔에 고슈 와인을 따르고 입에 벵에돔 회를 던져 넣는다. 겨울 벵에돔은 적당히 기름기가 있어 그야말로 별미였다.

생각해 보니 여기서 바다낚시를 하는 것도, 낚은 고기를 이렇게 맛보는 것도 오늘이 마지막이다. 에쓰코 씨도, 고지도, 함께 이 가게를 만들어 온 단골 손님들도, 이제 만날 수 없게 된다.

그런 생각을 하니 '곶 카페'에서의 추억이 기억의 밑바닥에서 왈칵 넘쳐 나와 문득 처량한 기분이 들었다. 그래서인지 생각지 못했던 말이 입 밖으로 새어 나오고 말았다.

"그런데 에쓰코 씨는 말이야······."

"응?"

멍하니 창문을 보고 있던 에쓰코 씨가 이쪽으로 눈길을 돌렸다. 여전히 다홍색 입술에 온화한 바다 같은 미소를 띠고 있다.

"저기······."

"뭐?"

고슈 와인을 단숨에 들이켜고, 숨을 조금 크게 들이마셨다.

"재혼은 생각 안 해 봤어?"

질문해 놓고 먼저 시선을 피하고 말았다. 침착하지 못하게 요리를 젓가락으로 들쑤시기도 하고 고슈 와인을 홀짝홀짝 마시기도 했다. 에쓰코 씨는 늘 그렇듯 태연한 말투로 이야기했다.

"나 같은 돈도 없고 아무것도 가진 것 없는 할머니랑 결혼하고 싶어 하는 괴짜가 어디 있겠어?"

있으면 결혼해 줄래?

그렇게 생각하면서 내 입은 또 마음과 다른 말을 내뱉고 만다.

"그렇지 않아."

"어머, 그렇게 말해 주니 기분 좋은데?"

"세상에는 말이야, 잘 둘러보면 참 독특한 인간이 많아."

예를 들면, 나 같은······.

"그런가?"

"응, 그렇지."

목이 말라 와인을 쭉 들이켰다. 에쓰코 씨도 잔에 입을 댔다. 와인 잔이 아니라 평소에 찬물을 담는 용도로 쓰이는 유리잔일 뿐이지만 에쓰코 씨의 몸짓에는 어딘가 세련된 아름다움이 있다.

"이 와인, 맛있다." 에쓰코 씨가 잔을 눈높이까지 들고 쳐다보았다. "역시 술은 다른 사람과 같이 마실 때 훨씬 더 맛있어."

다른 사람과 같이 마시는 것도 중요하지만 그게 누구인지도 중요하다고 생각해……

하지만 입에서 쏟아지는 말은 다른 내용이었다.

"정말 그래."

"혼자 마시면 맛이 없어. 밥을 먹어도 무슨 맛인지 모르겠고."

에쓰코 씨는 갑자기 자그맣게 한숨을 쉬더니 살짝 웃었다. 왠지 평소보다 에쓰코 씨가 작아 보였다. 오만한 말인지도 모르지만 지켜줘야 할 것 같았다.

"그런데 에쓰코 씨……."

"응?"

"줄곧 혼자 지내면 외롭지 않아? 누군가와 같이 있고 싶다는 생각은 안 들어?"

잔과 젓가락을 내려놓고 눈앞에 있는 에쓰코 씨를 보았다.

에쓰코 씨도 나를 보고 있다.

또 유리창이 덜컥덜컥 떨린다.

귀를 기울이니 먼 파도 소리가 가게 안으로 스며드는 듯했다.

"그 말⋯⋯."

에쓰코 씨의 입술이 움직였다.

"⋯⋯."

"독신주의자 다니 씨한텐 절대 듣고 싶지 않거든."

에쓰코 씨는 그렇게 말하고 특유의 장난스러운 미소를 지으며 나를 보았다.

에쓰코 씨를 바라보았다.

"이런 쓸쓸한 육지 끝 말고, 어딘가 다른 데서 살아보겠다든지, 그런 생각은 해 본 적 없어?"

"응?"

나답지 않게 다그치듯 물어본 탓인지 에쓰코 씨는 고개를 살짝 기울인 채 몇 초간 굳어 있었다.

침묵을 견디지 못한 건 원인을 만든 내 쪽이었다.

"아, 아니, 물론 이곳은 나도 좋아하지만 말이야. 그래도, 저기, 도둑이 들어온 적도 있고."

"없어."

"응?"

에쓰코 씨의 단호한 한마디에 이번엔 내가 굳어 버렸다.

"어딘가 다른 곳으로 이사하고 싶다고 생각한 적 없어. 단 한

번도."

"……."

내게 닿았던 에쓰코 씨의 시선이 내 등 뒤로 서서히 이동했
다. 돌아보지 않아도 그 시선의 끝에 무엇이 있는지 알고 있다.

무지개 그림이다.

"외롭지 않다고 하면 거짓말이겠지만, 그래도 이사하고 싶어
질 정도는 아니야. 매일 손님이 오고, 또 다니 씨처럼 내가 정말
좋아하는 단골 손님들도 가끔씩 들러 주잖아."

다니 씨처럼 정말 좋아하는 단골 손님…….

그 말에 결국 무너지고 만다.

역시 나는 여느 단골 손님과 다를 바 없는 몸이었다. 그럴 거
라고 생각은 했지만, 그래도 막상 그 사실을 직접 들으니 이 나
이에도 가슴속 깊은 곳에 뻐근한 통증이 느껴진다.

"그렇구나. 응, 뭐, 그렇겠지. 나도 에쓰코 씨가 여기 없으면
곤란하니."

또 마음과는 전혀 다른 말을 내뱉는다.

에쓰코 씨가 여기 있는 한, 우리는 이제 만날 수 없게 되어 버
리는데…….

에쓰코 씨는 아직도 무지개 그림을 응시하고 있다. 더없이 매
력적이지만 그와 동시에 가장 보고 싶지 않은 표정이다.

분하지만 에쓰코 씨가 그 그림을 보고 있을 때는 내가 눈앞에

있어도 없는 것이나 다름없었다. 옛날에도 지금도 줄곧 그랬다.

에쓰코 씨가 눈치채지 못하도록 천천히 깊은 한숨을 내쉬었다. 고슈 와인 병을 손에 들고 두 개의 잔에 가득 따른 다음 에쓰코 씨를 향해 잔을 들어 보였다.

"응? 이번에는 무엇을 위해 건배해?"

에쓰코 씨의 시선이 드디어 나에게로 돌아왔다.

"이 카페가 오래오래 이어지기를."

"응?"

"에쓰코 씨가 오래오래 건강하게 맛있는 커피를 만들어 줄 수 있도록."

우후후 하고 에쓰코 씨가 웃는다.

"다니 씨……."

"응?"

"고마워."

여태까지 몇 번이고 들어 온 세 글자다.

그 말의 여운을 느끼며 말했다.

"자, 건배."

"건배."

에쓰코 씨가 잔을 쨍 하고 부딪쳤다.

두 번째 건배를 하고 입에 머금은 고슈 와인은 역시 산뜻하고 맛있었다. 하지만 첫 번째 건배 후에 마신 와인과 비교하면 왠지 시큼한 맛이 나는 듯하여 살짝 아쉬웠다.

이거 혹시 실연의 맛인가? 아마도 그렇겠지. 이런 아픔은 몇 십 년 만이네.

마음속으로 중얼거리며 마침내 작별 준비를 시작했다.

테라스에서 들려오는 고타로의 울음소리도 이번만큼은 내 안에 조용히 스며들어 가슴속에서 끝도 없이 메아리쳤다.

->>

쾌청한 겨울날의 도쿄항.

구로시오 기선의 여객 터미널은 평일이라 그런지 무척 한산했다. 출항 시각인 오후 1시가 되자 기적이 울려 퍼졌다. 위장을 들들들 떨리게 하는 중저음이다.

덜컹 덜컹 마치 고장 난 세탁기 같은 여객선의 엔진소리가 점점 빨라진다.

나와 내 차를 실은 도쿠시마행 여객선이 매우 느린 속도로 도쿄항 안벽에서 서서히 떨어진다. 마치 신파극의 이별 장면을 연출하듯 머리 위를 하얀 새들이 날아다니고 있다. 겨울마다 일본으로 찾아오는 붉은부리갈매기 무리다. 그 너머 더 높은 상공을 올려다보니 멋진 비행운이 푸른 하늘을 세로로 쩍 갈라놓았다.

여객선이 조금씩 속도를 높이자 정들었던 도쿄가 서서히 멀어져 간다.

　예상했던 것보다 훨씬 더 담담했다. 그것도 당연하다. 이 나이가 되도록 정처 없이 살았으니. 이곳에 가족이 있는 것도 아니고 땅을 가진 것도 아니다. 내게 있는 것이라곤 혼자 살았던 아파트와 정든 술집과 몇몇 친구들, 40년 이상 부지런히 다니면서 몸이 가루가 되도록 일한 회사뿐이다.

　그리고 인생의 절반 이상을 쏟아부은 회사에서 받은 엄명이 이번 전근, 아니 전직이다. 내 나이를 생각하면 청천벽력 같은 일은 아니다. 오히려 '슬슬 내 차례인가?'라는 각오가 되어 있었다. 비교적 자연스러운 흐름에 따라 자회사로 '좌천'되었고, 나도 순순히 받아들였다. 그렇지만 오래 근무했던 회사에서 잘린 셈이니 아무래도 착잡한 기분을 떨칠 수 없어 혼자 술을 마시며 여태까지의 인생을 돌아보기도 했다.

　1965년부터 시작된 경제 부흥기의 파도를 타고 대학 졸업과 동시에 중견 건설회사에 입사했다. 입사 후에도 모교 선배들이 닦아 놓은 길을 따라 그런대로 출세 가도를 달리며 정년까지 무사히 일할 수 있었다. 정년 후에는 고맙게도 전 사장이 임원으로 남도록 배려해 주어 일을 계속했다.

　그러나 최근 들어 심각한 불황이 닥치자 회사는 구조조정을 단행했다. 사원들의 정리 해고가 결정되었고 그와 동시에 임원

수도 반으로 줄여 버렸다. 그즈음부터 '슬슬 내 차례인가?'라는 예감이 싹트기 시작했는데, 마침내 내 인사이동에 관한 소문이 간간이 들려왔다. 인사 관련 정보는 반드시 어디서든 새게 마련이다.

연말이 코앞으로 다가온 어느 금요일 저녁, 나보다 열다섯 살이나 젊은 새 사장이 나를 사장실로 불러 이렇게 말했다.

"다니 씨, 이미 들으셨는지도 모르지만……."

나는 "예" 하고 고개를 끄덕였다. '드디어 왔구나'라고 생각했는데, 스스로도 놀랄 만큼 무릎이 부들부들 떨렸다. 하지만 심경의 변화를 얼굴에 드러내지 않을 정도의 인생 경험은 충분히 있었다. 사장이 말을 이었다.

"오랫동안 수고 많으셨습니다. 본사 근무는 안타깝게도 끝이지만 오사카에 자리를 하나 마련해 두었습니다. 그쪽에서 진두지휘해 주셔도 좋겠습니다만."

사장이 '오사카'라고 한 건 코인 주차장을 운영하는 오사카의 자그마한 회사를 말하는 것이었다. 요컨대 같은 계열의 자회사에 사장 자리를 마련해 두었으니 거기서 여생을 보내라는 뜻이다.

이 나이가 되어 새로운 업종에 종사하기란 여간 힘든 일이 아니다. 무엇보다 오사카로 이사해야 한다는 사실이 정신적인 부담으로 다가왔다. 그걸 알면서도 사장은 나를 오사카로 보내기로 결정했다. 즉, 그만두고 싶으면 그만두던가 이제 슬슬 은퇴해 달라는 부정적인 의사 표시가 분명했다.

사장이 선한 얼굴로 어깨를 두드린 순간, 나는 이제 은퇴하라는 소리임을 확실히 간파했다. 그리하여 나에게도 유유자적하게 은거할 시기가 다가왔다는 생각을 하기에 이르렀다.

그러나 시간이 지나자 그 생각은 서서히 바뀌었다.

은거하면 나는 '혼자'가 된다.

그걸 깨달은 순간부터 미래에 대한 현실적인 공포가 덮쳐 왔다.

지금처럼 회사에 다니기만 하면 누군가와 인사를 나누고 대화를 하고 농담을 던지면서 함께 웃고, 때로는 누군가에게 필요한 사람이 되기도 할 것이다. 하지만 내 인생에서 '회사'가 사라지면 나는 순식간에 고독하고 한가한 노인이 된다.

시간이 남아돌아 '곳 카페'에 놀러 간다고 해도 매일 다닐 수 있는 거리가 아니다. 단골 손님 혹은 함께 천체 관측이나 낚시를 하는 친구들은 아직 은퇴 전이니 평일에는 상대해 줄 사람도 없다. 주말에는 누군가 있을지 모르지만, 매수 놀아 줄 사람을 찾는 것도 쉽지 않을 터였다. 무엇보다 내 육체는 흐르는 시간과 함께 무자비하게 늙어 갈 게 뻔하다. 젊은 친구들을 따라가기에 벅차다고 느낄 날도 그리 멀지 않았으리라. 앞으로 몇 년 뒤면 '짐' 취급을 당하지는 않을까 하는 부정적인 생각까지 들었다.

잠옷 차림으로 온종일 거실에서 멍하니 TV만 보는 나이 든 내 모습이 뇌리에 스쳤다. 희끗희끗한 수염도 깎지 않고, 눈곱도 떼지 않고, 어떤 일이든 진지하게 생각하는 일도 없어지고, 그렇게 순식간에 등이 굽어 가겠지.

그런 미래를 생각하니 오싹해져서 밤에 잠도 잘 수 없었다.

내겐 절대적으로 '회사'라는 거처가 필요하다.

도쿄가 안 된다면 오사카라도 좋다. 거기서 새 친구를 만들면 된다. 그러면 인생에 새로운 자극이 될 것이고 무엇보다 그것이 내가 젊어지는 길이라고 스스로 판단했다.

나는 주위의 중역들에게 '분위기 파악 못 하는 늙은이'라고 손가락질 당하면서도 오사카행을 결심했다.

결정되고부터 오사카로 가기까지 남은 시간은 불과 한 달이 채 되지 않았다. 분주하게 업무를 정리하고, 이사 준비나 자질구레한 인수인계 작업을 처리했다. 그리고 어떻게든 에쓰코 씨의 생일과 그다음 날에 휴가를 냈다. 그날 밤, 달의 땅을 선물하러…… 아니, '안녕'이라는 말을 전하기 위해 에쓰코 씨를 찾았다.

막 떠나온 도쿄항의 모습이 작아지자 머리 위를 날아다니던 붉은부리갈매기 무리도 더는 보이지 않았다.

여객선이 속도를 높인다. 차가운 바람이 넓은 초록색 갑판 위를 스쳐 지나간다. 건조한 겨울바람은 바다 냄새가 별로 나지 않는다.

이 여객선은 도쿠시마까지 직항하는 장거리 배다. 내일 도쿠시마에서 하선하면 차를 몰고 고베 아와지 나루토 자동차 전용 도로를 따라 오사카의 새 아파트까지 달릴 예정이다. 도쿄에서 오사카까지 계속 고속도로로 달리는 편이 요금도 싸고 도착 시간도 훨씬 빠르지만 나는 여객선을 타고 도쿄를 떠나기로 마음먹었다.

-»

널찍한 여객선의 초록색 갑판은 3층 구조로 되어 있었다. 나는 계단과 사다리를 이용하여 가장 위쪽 갑판으로 올라갔다. 왼편 난간에 기댄 채 천천히 흘러 지나가는 풍경을 멍하니 바라보았다.

하늘은 무척 맑았지만 한겨울의 예리한 바닷바람이 양쪽 귓불을 잘라 낼 듯 세차게 불어온다. 캐시미어 목도리를 다시 잘 두르고 차가워진 귀를 양손으로 감쌌다.

이윽고 저 멀리 정든 낚시터가 보였다.

바람 속에 바다 냄새가 잔뜩 녹아 있다. 바위가 많은 해변이라 그럴 것이다.

손목시계를 흘끗 쳐다본다. 예상했던 시각이다.

점퍼 주머니에서 핸드폰을 꺼내어 연락처에서 '에'로 시작하는 이름을 불러내고는…….

한 번, 심호흡했다.

기도하는 마음으로 통화 버튼을 눌렀다.

—여보세요, 다니 씨?

첫 번째 벨소리가 울리자마자 에쓰코 씨의 애타는 목소리가 들려왔다.

무심코 꿀꺽하고 침을 삼켰다.

"잘 있었어? 조만간 카페 앞을 지나갈 거야."

—응. 여기서도 보여.

정든 낚시터에서 시선을 위로 올렸다.

툭 튀어나온 절벽 위에 푸른색 페인트로 칠해진 작은 건물이 살짝 보였다. 건물 테라스에 쌀알 크기만 한 두 사람의 그림자가 나란히 서 있다. 작은 사람과 큰 사람이다.

에쓰코 씨와 고지.

두 사람은 이쪽을 향해 손을 흔들고 있었다.

나도 크게 손을 흔들었다.

—고지…….

속삭이는 듯한 에쓰코 씨의 목소리가 들리더니 갑자기 큰 그림자가 사라졌다.

"어, 고지는?"

─고지한텐 중요한 일을 맡겼어. 잠깐 기다려 봐.

"중요한 일?"

앵무새처럼 에쓰코 씨의 말을 따라 했다.

그때, 달콤한 멜로디가 귀에 닿았다.

─어때? 잘 들려?

"응." 나는 핸드폰을 귀에 꼭 붙였다. "잘 들려."

엘비스가 부르는 〈러브 미 텐더〉였다.

'곶 카페'의 테라스에 스피커가 설치되어 있다. 고지가 가게
에 들어가서 오디오를 틀어 준 것이다.

─다행이다. 오늘은 바람이 조금 강해서 혹시 안 들리면 어
쩌나 싶어 가슴 졸였어.

"……응."

나잇값도 못 하고 무언가가 복받쳐 올라 목이 막혀 버렸다.

─아, 그리고, 다니 씨가 준 천체 망원경을 아까 고지가 테라
스 위에 설치해 줘서 그걸로 지금 여객선을 보고 있는 거야. 다
니 씨 얼굴까지 잘 보여. 그런데 여객선이 너무 빨라서 조정하
기가 힘드네. 잠깐 방심하면 금세 다니 씨가 보이지 않아.

고지 녀석, 생각 많이 했네. 분명 접안렌즈 배율을 낮은 것으
로 바꾸면 그 망원경으로 보기에 딱 좋은 거리일 것이다.

"고지는?"

─촌스럽게 굴지 않겠다면서, 가게 안에 가 있겠대.

"응?"

—우리 둘만의 이별을 하라고……. 건방지지? 그런 생각까지 하다니.

에쓰코 씨의 장난기 어린 눈동자가 눈에 선하다.

—그보다, 다니 씨, 얼굴을 잔뜩 찡그리고 있는데 바다 위는 역시 춥나 봐?

"으응……. 추워, 무척."

반만 거짓말을 했다. 추운 것은 사실이지만 얼굴을 찡그린 진짜 이유는 눈물을 참고 있기 때문이다.

—아아, 이제…….

"응?"

—여객선이 너무 빨라. 이러면 이별을 아쉬워할 시간이 없잖아.

"선장한테 잠시 멈추라고 할까?"

—그래 줄래?

에쓰코 씨는 우후후 하고 웃었다. 그리고 허리를 굽혀 들여다보고 있던 망원경에서 눈을 떼고 이쪽을 향해 손을 흔든다.

쌀알 크기의 에쓰코 씨에게 나도 손을 흔들어 주었다.

〈러브 미 텐더〉 가사 속에 지난 15년간의 내 모든 생각이 담긴 듯한 구절이 있다.

Love me tender, love me long,

take me to your heart.

For it's there that I belong,

and we'll never part

부드럽게 사랑해 주세요 언제까지나

당신의 마음으로 날 데려가줘요

내 머물 곳은 바로 그곳이기에

우린 헤어지지 않을 거예요

마침 바로 지금, 이 부분이 흐르고 있었다.

꽁꽁 언 귀가 아프도록 핸드폰을 꼭 붙이고 그 노래를 들었다.

문득 코끝이 찡해졌다.

이제 더 이상은 눈물을 참을 수 없다. 천체 망원경으로는 볼을 타고 내려오는 물방울까지 보일까? 아냐, 이 물방울을 닦으면 오히려 들킬지도 몰라.

그런 생각을 하며 뚝뚝 떨어지는 눈물방울을 그냥 내버려두었다.

—아, 다니 씨, 또 보인다.

에쓰코 씨가 다시 망원경을 들여다본 모양이다.

나는 웃는 얼굴을 만들었다.

"제법 잘하는데?"

—이제 혼자서도 달을 볼 수 있을까?

"여객선도 잘 따라잡았으니 괜찮을 거야, 아마."

—아, 또 아마라고 했다!

"아, 정말."

왠지 바로 옆에서 에쓰코 씨가 함께 웃고 있는 듯한 느낌이 들었다. 실제로는 이렇게 멀리 있는데…….

여객선은 절벽 끝을 통과해 서서히 멀어지기 시작했다.

투명하고 차가운 바닷바람을 깊게 들이마시고, 천천히 내뱉었다. 이곳에서 맡는 바다 냄새를 기억 속에 또렷이 새겨 두고 싶었다.

쌀알 크기였던 에쓰코 씨가 자꾸만 작아져 간다.

"에쓰코 씨……."

—응?

뭐라고 말하려는데 가슴이 꽉 막힌다. 이 나이가 되어 이렇게 진지한 사랑을 하고, 또 울게 되리라고는 생각지도 못했다.

이 얼마나 괴롭고 행복한 일인가?

또 다시 크게 숨을 들이마셨다가 뜨거운 숨을 내뱉으면서 말했다.

"고지가 가게 2층에 유리창이 달린 다락방을 만들고 있잖아? 거기에 천체 망원경을 두면 어때?"

─아, 좋은 생각이다. 달에 있는 내 땅을 고지랑 가끔씩 점검해야지.

"외계인한테 빼앗길까 봐?"

에쓰코 씨가 후후후 하고 웃는다. 또 망원경에서 눈을 뗐다. 작고 작은 실루엣이 일어서는 게 보인다.

─다니 씨도 오사카에서 내 땅 봐 줄 거지?

"어……."

─그렇잖아. 누군가와 함께 같은 것을 보고 감동할 수 있다는 거, 정말 멋진 일이라는 생각이 들어서…….

에쓰코 씨의 말끝이 흐려졌다. 부드럽지만 그래도 어딘가 쓸쓸하게 느껴지는 음색이었다.

그 무지개 그림을 생각하면서 말한 것일까, 아니면 나를 생각하고……. 아마, 양쪽 다가 아닐까? 하지만 적어도 지금 이 순간만큼은 오로지 나만을 생각해 주었으면 했다.

에쓰코 씨의 모습이 자꾸자꾸 작아져 간다. 여객선의 무자비한 엔진 소리가 희미하게 들려오는 〈러브 미 텐더〉를 지우려 한다.

"저기 있잖아."

─응?

"에쓰코 씨가 달을 바라볼 때는 나도 틀림없이 달을 바라보고 있을 거야. 뭐랄까……."

함께 바라보고 싶다고 말해 버릴 것만 같아, 애써 말을 삼켰다.

ㅡ그리고 우리는 똑같은 장소를 보고 있을 거야.

"응. 어디냐면……."

ㅡ토끼 꼬리.

"토끼 꼬리."

둘이 동시에 말했다. 그리고 함께 킥킥 웃었다.

나는 홀로 웃으며 운다.

ㅡ저, 다니 씨.

"응?"

ㅡ……고마워요.

마지막에 '요'가 붙었다.

에쓰코 씨의 자그마한 한숨이 핸드폰 너머로 흘러나온다.

"왜 그래? 갑자기."

ㅡ아니. 그동안 다니 씨한테 정말 많은 것을 받았다는 생각이 들어서…….

아무 대답도 하지 못하고 그저 멀어져 가는 카페를 바라보았다.

침묵하는 사이에 〈러브 미 텐더〉도 끝났다.

갑판에 불어오는 바람이 조금 강해진 듯한 느낌이 들었다.

"있잖아, 에쓰코 씨."

ㅡ응.

"그럼 마지막으로 하나 더 선물할 게 있어."

—응?

"이 전화를 끊고 테라스에서 내려가 절벽 끝까지 걸어가. 그리고 거기서 뒤돌아 하늘을 바라봐."

—응?

에쓰코 씨가 자꾸자꾸 멀어진다.

"알았어?"

—어…… 응, 알았어.

"그럼."

안녕이라 말하려다가 단어를 바꿨다.

"또 봐."

또 거짓말을 했다. 이제 에쓰코 씨와 만나지 않을 생각이다.

—응? 그럼, 또 연락 줘.

"응."

—달, 봐.

"물론. 자 그럼."

그렇게 말하고 전화를 끊었다.

그 순간 내 속에 '텅 빈 공간'이 커지면서 가슴이 터질 것 같았다. 텅 빈 공간 때문에 가슴이 터질 것 같다니, 모순이라고 생각하면서 핸드폰을 응시한 채 쓴웃음을 지었다. "후우" 하고 크게 한숨을 쉬고, 점퍼 소매로 마치 소년처럼 눈물을 닦았다.

멀어져 가는 '곶 카페'를 바라본다.

사랑스러운 '곶 카페' 뒤에 한낮의 하얀 보름달이 둥실 떠 있다.

"토끼 꼬리가……."

내 중얼거림이 차가운 바닷바람에 흩날려 사라졌다.

5장

땡큐
포 더 뮤직

도산한 기업의 사무실이나 레스토랑에서 가구 또는 기자재를 싼 가격에 매입하여 되파는 사람이 있다.

오늘 그런 일을 하는 시건방진 젊은이에게 감색 스툴을 6개 세트로 구입했다. 젊은이가 "다 합쳐서 2만 4천 엔으로 하시죠?"라며 내 주머니 사정을 살폈지만, 결국 1만 8천 엔까지 깎았으니 그런대로 괜찮은 흥정이었다.

갓 구입한 스툴을 윤기 나는 적갈색의 바 카운터 앞에 나란히 놓아 본다. 여태까지 허전했던 공간에 날씬한 의자가 조르르 놓인 것만으로도 대번에 '가게'다운 분위기를 물씬 풍기니 신기했다.

"나쁘진 않네."

혼잣말을 중얼거리며 가장 앞에 놓인 의자에 천천히 앉아 보았다.

작업복 가슴 주머니에서 세븐스타 담배를 꺼내어 고등학교 시절부터 줄곧 사용해 온 지포 라이터로 불을 붙인다. "후우" 하고 한숨과 함께 뱉어 낸 보라색 연기가 노란 간접조명 사이를 마치 전설 속의 용처럼 넘실거리며 빠져나간다.

카운터 위에는 종이 한 장이 있다.

낡은 노트 한 귀퉁이에 슥슥 그려진 악보다. 종이는 오랜 시간을 거치며 암갈색으로 변했다. 음표 크기도 일정하지 않아, 굵고 가는 콩나물이 불규칙하게 널려 있다. 제목은 〈블루 문Blue Moon〉. 그래도 제목만큼은 네모반듯한 글자로 적혀 있었다.

집게손가락 손톱으로 카운터를 톡톡 두드리며 느릿한 네 박자 리듬을 만들었다. 그 리듬에 맞춰 콩나물들이 머릿속에서 헤엄치더니 곧 오선지의 멜로디가 되었다.

짧고 심플한 발라드다. 한 번 들으면 클라이맥스 부분이 머리에 달라붙어 떨어지지 않을 만큼 인상적인 곡이었다.

입에 문 담배가 제법 탔다. 빈 맥주 캔에 긴 담뱃재를 떨어뜨리다가, 아직 가게에 재떨이를 준비해 두지 않았다는 사실이 떠올랐다. 그 젊은이에게 내일 다시 연락해 끈질기게 에누리하면 쓸 만한 재떨이를 싸게 살 수 있을 것이다.

의자에 앉은 채 뒤로 빙 돌아 완성 직전의 가게를 둘러본다. 고목의 거무스름한 질감을 살린 천장과 벽과 바닥, 푸른색 계열로 통일한 차분한 느낌의 가구들. 가게 안은 그런대로 성숙한 조화를 이루고 있었다. 적당히 자연스러우면서 쾌적한 공간으로 잘 만들어졌다.

혼자서 꾸준히 만들어 가고 있는 이 건물은 카운터 외에 테이블 석이 두 개, 작은 무대가 설치된 아담한 가게다. 간단한 라이브 연주를 할 수 있는 곳으로 만들고 싶었기 때문에 여러 가지로 품이 들었다. 무려 30대 후반부터 40대까지 비는 시간과 남는 정력을 모두 이 가게 만들기에 쏟아부었다. 무심코 동력톱으로 기둥을 찍어 생긴 흔적도, 미묘하게 일그러진 마루청도, 실수로 벽에 뚫은 못 구멍까지 내게는 너무나 사랑스럽다.

드디어 완성이구나.

새삼스럽게 감개무량하면서도 왠지 쓸쓸했다.

보라색 연기를 내뿜으며 나무틀 속 유리창을 바라보았다.

유리창 너머로 펼쳐진 저녁 하늘과 잔잔한 바다가 잘 익은 망고색으로 빛나고 있다. 아름다운 저녁놀이다. 습도가 낮아서인지 드넓은 바다 너머 후지산의 실루엣이 또렷이 보였다.

오늘 밤에는 달이 잘 보일지도 모른다.

만약 보름달이라면 다락방에 설치한 천체 망원경으로 달 표면을 구경하는 것도 좋으리라.

이 가게의 이름은 처음부터 '블루 문'으로 정해 두었다. 가구를 블루 계열로만 들여놓은 것은 푸른 달빛을 받은 듯한 환상적인 공간으로 만들고 싶었기 때문이다.

비벼 끈 담배꽁초를 빈 캔 속에 똑 떨어뜨리고 의자에서 일어 났다. 일어서면서 음표가 춤추고 있는 암갈색 종이를 살짝 움켜 쥐었다.

가게 안의 불을 모두 끄고 고목으로 만든 중후한 문을 밀며 밖으로 나왔다. 선뜩하리만치 시원한 바닷바람을 맞으면서 오 렌지빛 공기를 코로 깊이 들이마셨다. 풍요로운 바다 냄새 덕분 에 마음이 편안히 가라앉는다.

바로 옆의 '곶 카페'에도 불이 켜져 있다. 카페를 향해 성큼성 큼 걸었다. 하루의 노동을 마치고 녹초가 된 몸을 에쓰코 이모 의 커피와 함께 잠시 쉬게 해 줄 생각이었다.

카페 문을 여니 귀에 익숙한 방울 소리가 "딸랑" 하고 달콤하 게 울린다. 그와 동시에 은은한 커피 향기가 내 몸을 감싼다. 카 페에 들어선 순간부터는 시간이 천천히 흐른다. 이모 가게는 옛 날부터 그런 공간이었다.

"수고했어."

장작 난로 옆 의자에 앉아 책을 읽고 있던 이모가 언제나처럼 변함없는 미소를 보내주었다. 난로에는 불이 켜져 있다. 겨우내 풀밭에 피었던 수선화는 이미 졌지만 아직은 난방 없이 생활하 기 힘든 계절이다.

"조금 진한 커피 마시고 싶은데."

"알았어. 근데 오늘 좀 피곤해 보이네?"

"늘 그렇지 뭐."

"별일 없다면 다행이고."

이모는 일어나서 주방이 있는 안쪽으로 사라졌다.

그리고 쟁반에 커피 두 잔을 올리고 나와 테이블 위에 조용히 내려놓았다.

"나도 오늘은 그만 닫아야겠어."

그렇게 말하며 맞은편 의자에 앉는다.

"벌써 해가 떨어졌으니."

둘이 창밖을 본다.

"오늘 저녁놀이 참 예뻤어."

"으응. 나도 옆에서 봤지. 안타깝게도 소나기는 안 내렸지만."

저녁놀에 물든 바다 위에 큰 무지개가 걸리기를 은근히 기다렸을 이모를 일부러 놀리듯 말했다.

무지개는 결코 나타날 리 없는데…….

그것도 모르고 이모는 몇 년이고 몇 년이고 하염없이 기다리고 있다.

"그 커피, 한 잔에 4만 엔이야."

이모도 장난기 가득한 눈으로 농담을 건넨다.

"너무하다, 나한테 바가지를 씌우다니."

"네 인상을 보면 절대 그런 짓 못 하지."

"아무렴."

둘이 킥킥 웃었다.

"그보다 고지, 너희 밴드 멤버는 다 모일 것 같아?"

이모가 미소를 머금은 채 물었다.

"아직 모르겠어."

커피에 설탕과 우유를 넣고 뱅글뱅글 저으며 짧게 대답했다.

"모두 사회인이라 바쁘겠지?"

"그렇겠지. 하지만 그 이유만은 아닌 것 같아."

내 목소리에 조금 힘이 없었는지도 모른다. 이모는 커피에 손
도 대지 않고 나를 가만히 지켜보고 있다. 나는 일부러 화제를
바꿨다.

"그보다, 지난번에 이모한테 이야기한 곡, 이건데."

테이블 위를 미끄러뜨리듯 암갈색 종이를 내밀었다.

젊었을 적 이모는 그런대로 잘 알려진 피아니스트였기 때문
에 지금도 악보를 보면 머릿속에서 자동으로 멜로디를 연주해
낸다.

"종이가 꽤 낡았네."

옛 피아니스트가 빛바랜 종이를 손에 들고 콩나물들의 다양
한 포즈를 관찰하기 시작했다. 그리고 1분쯤 뒤에 얼굴을 들
었다.

"괜찮은데? 아름다운 멜로디야."

이모는 종이를 나에게 돌려주고 식어 가는 커피를 마셨다. 왠지 내가 칭찬받은 기분이 들어 무심코 싱긋 웃어 버렸다.

"그렇지?"

"이 곡, 고지가 만들었어?"

"아니, 그건 내……." 뭐라고 하면 좋을까 잠시 생각하다가 가장 무난한 표현을 선택했다. "내 밴드에서 보컬을 맡았던 녀석이 쓴 거야."

"그렇구나. 느린 리듬으로 연주하면 꽤 멋질 것 같아."

"나도 그렇게 생각해."

"그런데 이 곡의 제목을 네 가게 이름으로 하겠다는 거니?"

"응, 그럴 생각인데."

"너, 〈블루 문〉이 무슨 뜻인지 알고는 있어?"

"응? 파란색 달 아냐?"

내 말을 듣고 이모는 후후후 하고 웃으며 커피를 한 모금 마시고는 "다른 의미도 있어"라고 의미심장한 표정으로 말했다.

"다른 의미?"

"응. '블루 문'이라는 칵테일이 있다는 건 알고 있지?"

"으응, 물론."

드라이 진에 바이올렛 리큐어를 섞고 마지막에 레몬즙을 아주 조금 첨가하여 만드는 대표적인 칵테일이다.

"'블루 문'이라는 이름에는 '있을 수 없는 일'이라는 의미도 있단다."

"있을 수 없는 일……."

"응. 이 곡, 처음부터 끝까지 왠지 쓸쓸한 향기를 걸친 듯한 멜로디야. 혹시 만든 사람이 그런 뜻을 담은 게 아닐까?"

뇌리에 이 곡을 만든 남자의 얼굴이 깜박깜박 떠올랐다 사라졌다. 먼 옛날 친구였던 남자의 얼굴이…….

웨이브가 살짝 들어간 긴 머리카락과 아기처럼 순수하게 웃는 입술, 열정적으로 호소하듯 반짝반짝 빛나던 강렬한 눈. 그 모습이 떠오르자, 이모가 만들어 준 맛있는 커피가 왠지 혀 위에서 조금 까슬까슬하게 느껴지는 듯했다.

내겐 작은 꿈이 있다.

직접 만든 가게의 오픈 기념으로 라이브 공연을 하는 것.

그것도 옛 밴드 멤버 다섯 명이 모두 모여서.

손님으로는 마음이 잘 통하는 친구만 몇 명 초대할 생각인데, 극단적으로 말하면 있어도 좋고 없어도 좋다. 물론 돈을 받을 생각은 조금도 없다. 공백 기간이 20년이나 되는 중년 밴드다. 아무리 열심히 연주한다 해도 틀림없이 형편없는 수준일 텐데 어떻게 돈을 받겠는가? 서투르고 형편없을지라도 열정만 믿고 달렸던, 그 상큼했던 시절을 함께 보낸 친구들과 딱 한 번만이라도 하나의 소리에 마음을 모으고 싶다는 꿈이 여전히 내 안에서 꿈틀거리고 있다.

그 시절 나는 아마추어 밴드에서 드럼을 담당했다. 드럼 연주는 단순히 스트레스를 발산하기에도 좋지만 생각 외로 깊이가 있어서 두드리면 두드릴수록 푹 빠져들었다. 그당시에는 어디에 가든 스틱을 가지고 다녔고, 틈만 나면 주위에 있는 물건들을 모조리 두드리며 놀곤 했다.

밴드 리더는 베이스를 맡은 기하라 도시카즈. 보통 '도시'라 불렀다. 이 친구는 B형인 주제에 전형적인 A형 성격을 가지고 있어서, 무슨 일을 하든 자로 잰 듯 정확하게 처리했다. 트레이드 마크인 네모난 검정테 안경 덕분에 그런 성격이 더욱 돋보인 것 같기도 하지만, 유일하게 대학에 다니는 엘리트이기도 했다. 주산 2단의 실력자여서 밴드 멤버끼리 모은 운영비를 통째로 맡아 관리했다. 모두에게 '걸어 다니는 계산기'라고 종종 놀림을 받았지만, 절대 화내는 일 없는 온화하고도 인망이 두터운 친구였다. 즉, 멤버들 사이에선 정신적 지주 그 자체였다.

기타 담당은 야마나 도모유키. 통칭 '야마쨩'이다. 약간 통통한 몸매에 다리가 짧은 것이 옥에 티지만, 이 녀석의 기타 실력은 그야말로 특출했다. 라이브라도 하면 개성적인 새빨간 장발을 연사자✦처럼 흩날리며 무대를 장악하곤 했다. 연주 중에는 마치 신들린 듯 음의 세계에 도취되는 타입이지만, 기타를 내려 놓으면 농담이나 툭툭 던지는 성격 좋은 젊은이로 금세 변한다. 분위기를 잘 읽고 붙임성이 좋아서 밴드 안에서는 윤활유와도 같은 존재였다.

키보드는 홍일점인 히로타 가나에가 담당했다. 미인은 아니지만 밝은 미소가 매력적이고 얼굴 생김새가 애교스러워서 남자 팬도 제법 많았다. 어릴 때부터 전자 오르간을 배워 곡을 코드로 이해했기 때문에 즉흥적으로 애드립을 구사할 수 있었고 곡을 외우는 것도 누구보다 빨랐다. 밴드 해산 후에는 리더였던 도시와 사귀더니 그대로 결혼, 임신, 출산으로 이어져 지금은 두 아이의 엄마다.

지금 내 핸드폰에는 이 세 사람의 번호와 메일 주소가 등록되어 있다. 도시와 가나에의 결혼식에서 오랜만에 재회했을 때 서로 연락처를 주고받았다. 그래서 그저께 밤에 도시와 야마짱에게 전화를 걸어 "우리 가게 완공 기념으로 단 하루만 라이브를 해보지 않을래?"라고 제안했다.

수화기 저편에서 도시는 "옛날 생각 난다. 한번 해 볼까?"라고 차분하게 말했고, 야마짱은 "오오, 하자 하자"라고 흥분했다.

✦ 일본 가부키극에서 이야기를 풀어나가는 역할을 맡은 인물. 빨간색의 긴 머리가 인상적이다.

도시가 한다면 아내인 가나에는 자동으로 승낙이다.

남은 건 보컬 한 사람.

핸드폰을 손에 든 채 한참을 망설였지만 마침내 결심하고 그 친구의 번호를 과감하게 눌렀다.

하지만 수화기에서 들려온 것은 차가운 기계음이었다.

'지금 거신 전화는 없는 번호이오니⋯⋯.'

전화번호가 바뀌었다는 걸 내게 알려주지 않았다.

뭐, 당연히 그랬겠지.

마음속으로는 그렇게 중얼거리면서도 초조하게 담배를 입에 무는 내 자신의 모습을 깨닫고 왠지 조금 비참해 졌다.

그 주 토요일 오후. 기타 담당 야마짱이 무려 차로 4시간이나 걸려서 이곳에 찾아왔다.

"친구, 오랜만이야! 찾기는 어렵지만 엄청 좋은 곳이네. 그보다 너, 여전히 곰처럼 크구나."

차에서 내리자마자 야마짱은 반가운 듯 수다를 떨어 댔다.

젊었을 땐 "언젠가 우리도 출세해서 스포츠카 타고 한번 달려 보자"라고 큰소리치던 야마짱이 소형 국산차에서 먼지 묻은 전기 기타 케이스를 꺼내더니 눈꼬리에 주름을 잡고 나를 올려다본다.

"오랜만에 창고에서 꺼내 보니 줄이 두 개나 끊어졌더라고.

어제 새로 갈았지. 그래도 소리는 여전히 쌩쌩해."

변함없이 통통한 몸에 다리는 여전히 짧았지만 트레이드 마크였던 빨간색 긴 머리는 비틀즈 같은 단발머리가 되어 있었다. 그래도 여기저기 반짝이가 달린 찢어진 청바지에 장식이 화려한 야구 점퍼를 입은, 정말이지 나이에 걸맞지 않은 차림이었다. 도무지 어울리지 않는 그 복장이 너무나 야마짱다워서 나는 그만 웃고 말았다. 그리고 애정을 표현할 셈으로 야마짱의 단발머리를 마구 헝클어 주었다.

"우왓, 오랜만에 만나서 이게 무슨 짓이야!"

"야마짱, 잘 왔어. 저기 보이는 게 내 가게야."

야마짱은 부스스해진 머리 그대로 카페 옆의 건물을 보았다.

"오오 제법 멋진데? 너 정말 저걸 혼자 만들었어?"

"으응, 거의. 도저히 혼자 할 수 없는 건 전문 업체에 맡겼지만 말이야."

"굉장하다. 좋아, 그럼 당장 연습 시작할까?"

기타를 짊어진 야마짱이 내 엉덩이를 툭 한번 치고 먼저 걷기 시작한다.

"잠깐 기다려 봐."

"응?"

"아직 완성 전이야. 배선도 연결하기 전이라 소리가 안 날 거야."

"무슨 말이야?"

"야마짱, 연습에 들어가기 전에 배선 작업하는 것 좀 도와줘."

"어이 어이. 진심이야? 내가 멀리서 육체 노동이나 하러 온 줄 알아?"

입으로는 불평을 하면서도 눈은 웃고 있었다. 야마짱의 툭 튀어나온 옆구리 살을 꼬집으며 같이 웃었다.

"도와주면 조금 날씬해져서 여자들이 좋아할걸."

"정말이지? 네가 보증할 거지?"

"으응 보증할게. 내가 거짓말한 적 있었어?"

"있어!"

"거짓말쟁이."

웃으며 야마짱의 옆구리 살을 아래위로 흔들었다.

"있다니까."

"언제?"

"바로 얼마 전에 나한테 전화로 거짓말했잖아."

"아?"

솔개가 높은 하늘에서 경쾌하게 날아다니더니 그다음 순간 시원한 바닷바람이 불어와 야마짱의 버섯 모양 머리를 살랑살랑 흔들었다.

"고지, 너 말이야, 다 함께 라이브 공연을 하고 싶다고 말했지만 사실은 아니잖아."

다 꿰뚫어 보고 있다는 듯 야마짱이 호탕하게 웃는다.

"사실이 아니라니 그게 무슨 말이야?"

"한마디로 말하면, 너 화해하고 싶지? 쇼 하고."

굵고 짧은 팔로 팔짱을 끼고 '내 말이 맞지?'라는 듯 가슴을 펴는 야마짱을 보고 있자니 왠지 문득 20년 전의 열정이 되살아나는 듯했다. 나는 "이 바보, 그런 거 아냐"라고 말하면서 또 야마짱의 버섯 머리를 마구 헝클었다.

-»

지붕 밑 다락방에 설치한 굴절식 천체 망원경 영상을 라이브로 스크린에 비춰 사람들이 볼 수 있게끔 하고 싶었지만 예산 문제로 결국 포기했다. 그 대신 디지털카메라를 렌즈에 대고 촬영하여 영사할 수 있는 기계를 저렴한 가격에 구입해 두었다. 야마짱에게는 배선과 스크린 설치를 부탁했다. 작업이 끝나면 음악용 배선도 맡아 주기로 했다.

그리 대단한 노동은 아니므로 야마짱의 옆구리 살은 줄어들지 않았다. 즉, 작업을 도와주면 날씬해져서 여자들이 좋아할 거라는 내 말은 역시 거짓이었던 셈이다.

작업을 다 끝낸 저녁 시간. 우리는 카페로 건너가서 에쓰코 이모와 셋이 와인잔을 기울였다.

알코올이 들어가니 그렇지 않아도 따발총 같은 야마짱의 입에 가속도가 붙었다. 야마짱은 밴드에 열을 올리던 그 당시 이야기를 성가실 정도로 떠들어 대기 시작했다.

그중에서도 야마짱이 재미있게 늘어놓은 것은 불량배 기질을 벗지 못하고 이따금 문제를 일으켰던 나의 시시껄렁한 옛이야기였다. 여러 가지 보충 설명을 덧붙여 가며 야마짱과 같이 웃어 대는 사람은 다름 아닌 에쓰코 이모다.

이모는 내가 꼬마였을 때부터 줄곧 엄마를 대신하는 존재였다. 함께 산 적은 없으니 정신적인 어머니였다고 해야 할지도 모르겠다.

나의 친어머니는 에쓰코 이모의 동생인데, 내가 초등학교 6학년 때 아무런 예고도 없이 세상을 떠나고 말았다. 꽁꽁 얼어붙을 듯 추웠던 2월의 어느 날, 자택 차고에서 목을 맸다. 그 당시 작은 기계 부품 공장을 경영하던 아버지가 사업에 실패하여 빚을 떠안는 바람에 가정을 잘 돌보지 못한 모양인데, 그게 엄마의 자살 이유였는지는 지금도 알지 못한다. 유서는커녕 메모 비슷한 것도 발견되지 않았기 때문이다.

어머니가 자살한 후 아버지는 파산 선고를 하고 공장을 접더니 나와 내 동생을 부양하기 위해 경비 일을 시작했다. 아버지는 야간에도 일을 해야 했기 때문에 우리 형제는 말로 표현할 수조차 없는 불안감을 안고 둘이 두렵고 무서운 밤을 지내야 했다. 바람이 불어 유리창이 덜컹덜컹 소리를 내면 동생과 나는 이불 속에서 손을 꼭 맞잡고 눈을 질끈 감은 채 어둠을 견디곤 했다.

어머니가 자살했다는 사실은 성장하면서 내 마음을 조금씩 갉아먹어 썩어가게 했다. 사춘기에 접어든 나는 내 운명을 있는 그대로 받아들일 수 없어서 늘 초조했고 그래서 뭔가를 해치지 않으면 견딜 수 없었다. 타인에게 상처를 주면 그만큼 나도 상처를 입었지만, 내가 아픈 것에는 그다지 저항감이 없었다. 내게 있어 '상처'나 '아픔'은 왠지 달콤한 감상을 수반하는 일종의 '위안'처럼 느껴졌다. 비명을 지르고 싶을 정도의 '아픔'을 느끼고 그 상처를 응시하고 있을 때만큼은 받아들이기 힘든 내 '운명'에서 시선을 돌릴 수 있었기 때문이다.

중학교 2학년 때는 모두가 공인하는 불량배가 되었다. 몸집이 컸던 나는 리더 격인 3학년 선배를 때려눕히고 일찌감치 학교를 접수했다. 중학교 3학년 때 그 지역의 유명한 폭주족에 들어갔고, 고등학교 2학년 때는 무리의 대장 자리에까지 올랐다. 어렵게 입학한 고등학교는 결국 3학년 여름방학이 끝나자마자 중퇴했다.

학교 선생님들은 물론 아버지와 할아버지, 할머니도 나 때문에 무척 애먹었지만, 그래도 나를 요령 있게 잘 길들인 어른이 딱 한 사람 있었다. 그게 바로 에쓰코 이모였다.

이모는 온몸에 가시를 세우고 다니는 나를 조금도 무서워하지 않았고, 색안경을 끼고 보지도 않았으며, 비위를 맞추려고 애쓰지도 않았다. 그저 자연스럽게 나를 한 사람의 '조금 어리석은 소년'으로 거리낌 없이 대해 주었다.

"고지는 어차피 돈 없지? 휘발유는 내가 넣어 줄 테니 다음에 한번 뒤에 태워 줘. 바이크는 한 번도 타 본 적 없거든."

그런 말을 스스럼없이 하는 어이없는 어른이었다.

어느 겨울밤, 다른 폭주족 무리와 한바탕 싸우고 경찰에 잡혀갔을 때 경찰서까지 나를 데리러 와 준 것도 이모였다. 이모는 경찰서에서 내 뺨을 한 대 철썩 때린 후 무서울 만큼 부드러운 목소리로 이렇게 말했다.

"네게도 자유롭게 살 권리는 있지만, 타인에게 폐를 끼칠 자유는 없어."

그날 경찰서에서 돌아오는 길에는 아련한 거리의 밤하늘에서 가랑눈이 보슬보슬 내렸다. 세련된 코트 주머니에 양손을 찔러 넣고 길을 걷던 이모는 문득 쓸쓸하게 웃더니 나를 올려다보며 중얼거렸다.

"고지는 원래 착한 아이인데. 쇼코가 낳은 아이잖아."

쇼코는 자살한 어머니의 이름……. 즉 에쓰코 이모의 동생이다.

타인에게 '착한 아이'라는 말을 들은 건 그때가 처음이었기에 한순간 멍했지만 곧 겸연쩍어져서 못 들은 척했다.

그 후로 이모는 무슨 일이 있을 때마다 "원래는 착한 아이야"

라고 주문처럼 반복해서 말했다.

솔직히 말하면 나는 "이 아줌마, 지금 잠꼬대하는 거야?"라고 콧방귀를 뀌기도 했다. 하지만 이모의 주문은 깨닫지 못하는 사이에 내 마음 속에 쌓이고 쌓여 생각지도 못한 힘을 발휘하기 시작했다.

뭔가 나쁜 짓을 저지르려 할 때마다 꼭 이모의 주문이 뇌리에 떠올라 가슴을 쿡 찔렀다.

어느 날 새로 결성된 작은 규모의 폭주족이 인사도 없이 우리 세력권 내에서 함부로 달렸다는 소문이 귀에 들어왔다. 밤이 되자 우리는 당장 그놈들을 항구로 불러 주위를 에워쌌다. 우리는 모두 2백 명이 넘었고, 상대는 이제 막 중학교를 졸업한 데다 고작 여섯 명이었다. 나 혼자서도 충분히 감당할 수 있는 약한 무리였다.

"그럼, 다카다 대장님, 가볍게 해치웁시다."

옆에서 행동대장이 속삭였지만, 그 순간 또 에쓰코 이모의 주문이 바늘처럼 가슴을 쿡 찔렀다.

"그만둬. 이런 꼬마들한테 손대면 우리 명성에 흠만 생길 뿐이야."

그렇게 말하고 혼자 앞으로 걸어 나갔다.

"잘 들어, 이놈들아. 다음부터 우리 길을 달릴 때는 미리 보고하도록 해. 다음에 또 길에서 부딪히면 꼼짝 못하게 만들어 줄 테니까."

상대는 굳은 얼굴로 고개를 끄덕이다가 "알겠으면 냉큼 돌아가"라고 말하자 갑자기 긴장이 풀린 듯 여유로운 미소를 흘리며 도망쳤다. 그 태도에 우리 대원들이 일제히 흥분했다.

"대장, 저 자식들이 우릴 우습게 보잖아요. 이럴 땐 단단히 혼쭐을 내야죠."

혈기왕성한 후배가 불평했지만 나는 "내버려둬"라며 상대하지 않았다. 그 대화를 듣고 있던 다른 후배가 끼어들었다.

"진심이십니까? 대장이 나서지 않겠다면 우리가 하겠습니다."

후배가 나에게 반항한 건 그때가 처음이었지만, 그래도 상대하지 않고 "마음대로 해"라고만 말한 뒤, 그날 밤 집회를 마무리했다.

그런데 그 후, 부대장 중 하나가 돈이 될 만한 건수를 물고 왔다. '쓰키요시파'라는 야쿠자의 똘마니와 손을 잡고 톨루엔[^*]을 매매한다는 시시한 장사거리였다.

"별로 어렵지도 않아요. 저는 벌써 50만 엔 벌었거든요. 다카다 대장한테도 소개하죠 뭐."

그 부대장은 지폐 뭉치를 자랑스럽게 꺼내 보이며 간드러진 얼굴로 그렇게 말했지만, 그때도 이모의 주문이 바늘처럼 나타

✦ 환각제의 일종

나 내 가슴을 쿡 찔렀다.

"돈벌이엔 별로 관심 없어."

나는 무뚝뚝한 한마디로 일축했다.

"어, 설마 다카다 대장, 상대가 만만치 않다고 시작부터 주눅든 건 아니겠지요?"

야쿠자랑 손을 잡았다고 금세 우쭐해진 그 부대장의 말에 나는 속이 뒤집힐 정도로 불쾌했지만 그래도 그냥 내버려두었다. 일주일이 채 지나기도 전에 대원들 사이에서 여러 가지 소문이 퍼져 나가기 시작했다.

내가 겁쟁이라든지, 도무지 반응이 없으니 다른 폭주족 파가 우습게 본다든지 하는 소문이었다.

그러다가 마침내 이모의 주문이 양심을 쿡쿡 찌르는 것을 더 이상 견딜 수 없게 되었고 마음도 멀어져서 인생 궤도를 서서히 수정할 수밖에 없었다.

"뭐 말하자면, 어릴 때 이모한테 '세뇌'당한 거지."

곰곰이 회고하듯 야마짱에게 이야기했지만 역시 조금 쑥스러워져서 맥주를 쭉 들이켰다.

"어머, 난 그렇게 수상쩍은 교주가 아니거든. '세뇌' 따위 한 적 없어. 그냥 내 생각을 말했을 뿐이지."

이모는 시원스럽게 말하며 야마짱을 보았다.

"야마나 군도 고지가 착한 아이라고 생각했죠?"

갑자기 질문을 받은 야마짱은 빈 맥주 캔을 찌부러뜨리려던 손을 멈추고 과거를 돌아보는 듯 묘한 표정을 지었다.

"뭐, 처음에는 위험한 녀석이라고 생각했어요. 그런데 친해지니 아니더라고요. 그래도 아주 조금 난폭한 구석이 있었지만요."

"어머, 밴드를 시작한 후에도 난폭한 짓을 했어?"

내가 밴드를 시작한 것과 폭주족 생활을 그만둔 것은 거의 같은 시기였다.

"이 녀석은요, 밴드 동료까지 때려눕힌 적이 있거든요."

"바보. 쓸데없는 말 좀 하지 마."

"괜찮아, 술자린데 뭐. 야마나 군, 이야기해 봐."

이모는 호기심에 눈을 반짝반짝 빛내며 야마짱 손에 잔을 쥐어 주고 화이트 와인을 따랐다.

"아, 감사합니다. 그럼 와인에 대한 보답으로 이 녀석의 난폭 스토리를 들려드리겠습니다."

이런 이런.

"도대체 뭐 하자는 거야?"

나는 한숨을 쉬었다.

"고지한테 맞은 건 쇼라는 녀석인데, 말하자면 천재성이 다분한 아마추어 뮤지션이었죠. 아무튼 괴짜라고 할까, 뭐랄까……." 야마짱의 혀는 청산유수처럼 막힘이 없다. 이렇게 되면 이제 거의 독무대다. "쇼라고 하면 예명 같지만, 본명은 가스가이 쇼이고, 우리 밴드의 보컬이었어요."

말이 끝나자마자 이모가 나를 보았다.

"아, 쇼라는 사람이 그 곡을 썼어?"

"뭐, 그렇지."

최대한 짧게 대답했다.

"그랬구나."

이모는 혼자 고개를 끄덕이더니 야마짱에게 다음을 재촉했다.

"작곡은 쇼가 맡았거든요. 어, 어디까지 이야기했더라? 아, 맞다 맞다. 성격이 특이하다고 했죠?"

거나하게 취한 듯 볼이 빨개진 야마짱이 마침내 쇼에 대해 이야기하기 시작했다.

"고지와 쇼는 첫 만남부터 예사롭지 않았어요."

쇼와 나의 첫 만남은 장난으로 하는 말이 아니라 정말로 충격적이었다.

그 당시 지역에서 제법 유명한 폭주족 리더였던 내가 공들여 개조한 바이크를 타고 주유소에 들렀을 때의 일이다. 웨이브가 살짝 들어간 긴 머리에 주유소 모자를 거꾸로 쓴 남자가 내 앞에 훌쩍 나타나 "휘발유 넣으면 되죠?"라고 무뚝뚝하게 말했다. 연필처럼 여윈 데다 피부도 하얀 미남이었다.

묵묵히 고개를 끄덕이자 그 친구는 익숙한 손놀림으로 바이크 탱크에 휘발유를 넣기 시작했다. 그리고 갑자기 얼굴을 들고 나를 정면으로 바라보는 것이다.

"너, 이런 바이크를 타면서 안장을 낮추다니 촌스럽지 않아? 이 집합관도 소리가 탁하잖아. 지난주에 왔을 때는 이것보단 낫던데."

안장을 낮췄다는 말은 안장 속의 스펀지를 빼내고 납작하게 만들었다는 뜻이고, 집합관은 쉽게 말해 소음기를 개조한 것이다. 내가 타고 있던 바이크는 왕년에 이름을 날렸던 가와사키 사의 모델이다.

그 당시 비슷한 또래의 인간 중에 나한테 반말을 쓰는 녀석은 한 명도 없었다. 게다가 처음 보는 녀석이 내 소중한 바이크를 두고 트집을 잡으니 한순간 어안이 벙벙했다.

"야, 너 어디 소속이야?"

그렇게 말하면서도 나는 이 녀석이 폭주족일 리 없다고 생각했다. 어느 파 소속이든 이 부근에서 나를 모르는 녀석은 없을 테고, 알면서 나한테 이런 말투를 쓰는 바보는 없을 테니 말이다.

"어디 소속이라니, 폭주족 말이야?"

"그래."

"헤헷. 설마. 나는 너희들과 달리 좀 더 대단하고 재미있는 걸 하거든."

대단하고 재미있는 것?

주유를 마친 그 녀석은 노즐을 배 앞으로 가져와 기타 치는 흉내를 냈다.

"기타?"

"본격 로큰롤이야. 바보야."

손님한테, 게다가 다른 누구도 아닌 나에게 '바보'라고?

무심코 미간에 주름을 잡았지만, 그 녀석의 얼굴에 담긴 애교가 듬뿍 묻어나는 웃음 탓에 나도 그만 "헤헷" 하고 웃어 버렸다. 그러다 분위기에 이끌려 생각지 못한 말을 입에 담게 되었다.

"이 집합관, 역시 안 될까?"

"으응. 로큰롤로 치면 지난번 게 단연 좋은 소리야."

그 녀석은 대답하면서 영수증을 내게 건넸다.

요금을 지불하고 바이크에 걸터앉았다. 그리고 또 물었다.

"너, 이름이 뭐야?"

"쇼."

나는 웃었다.

"까불지 마. 네가 요코하마 긴바에＊냐?"

그러자 쇼는 눈을 반짝반짝 빛내며 호탕하게 웃었다.

"바보. 여기 명찰 봐. 내 이름은 가스가이 쇼. 엄연히 본명이라

＊ 일본의 로큰롤 밴드. '쇼'라는 이름의 멤버가 있다.

고. 앞으로 몇 년 후면 모든 일본인이 내 이름을 알게 될걸? 너
도 기억해 둬."

쇼는 내 어깨를 가볍게 치고는 다음 손님을 맞았다.

그다음 주 저녁에 집합관을 원래대로 되돌린 나는 다시 그 주
유소를 방문했다. 그러나 직원 옷을 입은 사람들 중에 쇼는 없
었다. 나는 내 바이크에 기름을 넣어주러 온 연약해 보이는 아
이에게 물었다.

"쇼라는 친구, 오늘 안 나왔어?"

"예? 아, 죄송합니다. 가스가이 군은 조금 전에 사장님한테 잘
려서."

"잘려?"

"아, 예. 지금 막 역 쪽으로 걸어갔어요."

왠지 유쾌해져서 혼자 크크크 하고 웃었다. 손님한테 "바보
야"라고 하니 잘리는 게 당연하다.

터벅터벅 걸어가고 있는 녀석의 뒷모습을 찾아서 놀려 줘야
겠다고 생각한 나는 주유가 끝나자마자 바로 역을 향해 달렸다.
그러자 만화에 나오는 뤼팽 3세 같은 가녀린 사람이 밤바람에
긴 머리를 휘날리며 안짱다리로 걷는 뒷모습이 금세 눈에 띄
었다.

나는 길을 걷는 쇼 앞을 가로막듯 바이크를 세우고 조롱하는
말투로 말했다.

"어이, 들었어. 너 잘렸다며?"

쇼는 청바지 주머니에 양손을 찌른 채 싱긋 웃는 듯하더니 갑자기 눈을 번쩍이며 이렇게 말했다.

"바보. 그따위 주유소, 자르든 말든 상관없어. 그보다 내가 아르바이트하면서 엄청난 곡을 만들었거든. 그게 히트 치면 아르바이트로 버는 돈의 백만 배는 벌 수 있단 말씀이지."

울트라맨과 괴수가 싸우는 장면을 열심히 설명하는 어린아이 같은 표정을 보고 있자니 웃음이 나왔다.

"너 사람한테 바보 바보 하는데, 정말로 바보는 너 아니야?"

"뭐라고? 지금 내 곡을 의심하는 거야?"

"바보. 꿈에서 헤어 나오지 못하는 네 모자란 뇌를 비웃는 거거든."

나보다 두 뼘 이상 덩치가 작고 예쁘장한 쇼는 나를 매섭게 노려보며 미동조차 하지 않았다. 그런데 그다음 순간 놀랄 만한 행동을 취했다. 멋대로 내 바이크 뒷자리에 걸터앉은 것이다.

"야, 너 뭐 하는 짓이야?"

"내가 만든 곡 들려줄게. 그러니 우리 집까지 태워 줘."

"이 바보야, 웃기지 마. 빨리 내려."

뒤를 돌아보며 고함을 질렀다.

"집합관도 로큰롤로 바꾼 모양이네. 이 바이크, 한번 타 보고 싶었어."

"멋대로 지껄이지 마. 야, 빨리 내려."

"안 내려. 아니, 제발 태워 줘. 부탁해."

쇼의 목소리 톤이 갑자기 바뀌어서 나도 모르게 입을 닫아 버렸다.

이 녀석, 뭐야…….

그 순간 쇼는 나를 올려다보며 작은 목소리로 말했다.

"전철 탈 돈이 없어. 오늘 아르바이트비 못 받았거든."

"뭐?"

"우리 집까지 전철로 세 정거장인데……."

나는 손뼉을 치며 웃고 말았다. 그리고 웃으면서 생각했다.

이렇게 속이 시원해지도록 웃은 게 대체 몇 년 만이지?

쇼의 집은 낡은 단층집이었다.

그리 유복해 보이지는 않았다. 쇼는 부지 내의 낡은 별채에서 생활하고 있었다. 겉보기에는 일본식 다다미방 같았지만, 막상 안으로 들어가니 방음을 위해 개조한 벽이 보였고 어디다 쓰는지도 모르는 음악 기기들이 꽉 들어차 있는 서양식 구조였다.

"뭐랄까, 굉장한 방이야."

나도 모르게 속마음이 흘러나왔다.

네 평 정도의 비좁은 공간에 여태까지 내가 본 적 없는 별세계가 펼쳐져 있었다.

"제법 로큰롤 분위기가 나는 방이지? 나는 밥 먹을 때 말고는 저쪽에 안 가."

쇼가 '저쪽'이라 말하며 손가락으로 본채를 가리켰다.

"왜 안 가?"

"할망구가 있으니까."

"뭐야, 너, 엄마랑 사이가 안 좋구나."

크크크 하고 놀리듯 웃었지만 쇼는 웃지 않았다.

"엄마 아냐."

"그럼 할머니?"

"바보. 계모라고 하나? 우리 엄마는 어릴 때 죽었어."

"……."

마음이 자갈에 걸려 넘어진 듯 덜컥 할 말을 잃었다.

"어릴 때 계모 할망구한테 지독하게 학대당했거든. 어서 빨리 록으로 성공해서 자립할 거야."

"와아."

태연한 표정과 목소리가 나오도록 무진 애를 썼다.

"엄마 없다고 위에서 내려다보는 표정으로 동정하면 내 꼴이 참 우습겠지. 나를 동정하는 녀석들에게 조만간 내가 만든 곡으로 입이 떡 벌어지게 해 줄 거야."

쇼는 그렇게 말하고 활짝 웃었다.

녀석의 천진난만한 미소를 보고 있으니, 내 마음도 왠지 물결치는 듯했다.

"네 엄마, 왜 죽었어?"

무례한 줄은 알지만 굳이 직구를 던졌다.

"병으로. 암이었어. 초등학교 4학년 때. 죽었을 때 정말 엄청나게 울었지."

"아아."

"무덤이 너무 초라해서, 록으로 성공하면 큰 무덤을 만들어 줄 거야. 언젠가 나도 거기 들어갈 테고. 록 스타 무덤이 시시하면 체면이 안 서잖아."

웃으며 일어선 쇼는 방구석에 있는 작은 냉장고에서 캔 커피 두 개를 꺼내 그중 하나를 나에게 던졌다.

"오우. 땡큐."

나는 당장 캔을 따서 단맛을 줄였다는 그 커피에 입을 댔다. 보통의 캔 커피인데 왠지 무게감이 느껴졌다. 그때 나는 무심코 엄마의 자살에 대해 이야기할 뻔했다. 하지만 그 말은 커피와 함께 삼켰다. 묻지도 않았는데 일부러 이야기할 필요는 없으리라.

쇼의 방 가장 안쪽에는 검정색 드럼 세트가 놓여 있었다. 커피를 다 마시고 할 일이 없어 따분해진 나는 침대 위에 아무렇게나 놓여 있는 스틱을 손에 들고, 선 채로 북을 퉁퉁 두드려 보았다.

"오, 드럼 쳐 볼래? 한번 빠지면 못 헤어 나올걸."

쇼는 커피를 단숨에 들이켜고는 내 등을 밀어 거의 강제로 의자에 앉힌 뒤 스틱을 잡는 법부터 가르쳐 주었다.

"로큰롤의 기본은 8비트거든. 우선 발로 베이스 드럼을 둥, 둥, 둥 치는 거야. 그리고 심벌즈를 칭칭칭칭 빠르게 두드리면서 스네어 드럼을 세 번째 리듬 때 이런 식으로 톡, 톡 치는 거지."

쇼가 가르쳐 주는 대로 두드려 보았다.

처음에는 손발을 따로따로 움직이는 게 익숙하지 않아서 제대로 된 리듬을 만들어 내지 못했지만, 몇 분간 집중해서 연습하니 그럭저럭 칠 수 있게 되었다.

"오오오, 바이크 개조하는 센스는 별로였는데 이쪽은 제법 솜씨가 좋네."

겉치레인지도 모르고 그 말을 그대로 믿은 단순한 나는 아주 흥이 나서 형편없는 실력으로 쉬지 않고 드럼을 치며 놀았다.

"어이, 이거 치다 보면 스트레스가 다 풀리겠는데?"

"그렇지? 생각나면 언제든지 놀러 와."

"진짜로?"

"응. 진짜야. 그리고 보니 아직 이름도 모르네."

다카다 고지가 내 이름이다. 다카다라고 하면 이 부근의 불량배 사이에선 너무나 잘 알려진 이름이라, 나는 쇼와 마찬가지로 성은 빼고 이름만 말했다.

"고지라고 해."

"고지? 고지츄工事中✦할 때 고진가?"

"바보, 그건 더 드리프터즈The Drifters✦✦의 나카모토 고지잖아."

"그렇지?"

둘이 웃음을 터뜨렸다.

마음을 다 열어젖히고 누군가와 함께 시시한 잡담을 나누며 큰 소리로 웃은 게 얼마 만인가? 왠지 가슴 안쪽이 근질거리는 신비로운 쾌감에 싱글벙글 웃고 있으니 쇼가 날카롭게 한마디 던진다.

"뭘 그렇게 히쭉히쭉 웃고 있는 거야? 고지, 징그러워 죽겠어. 바보."

고지…….

쇼가 이름을 부르니 더더욱 낯간지러워서 양쪽 볼이 아까보다 조금 더 풀어져 버렸다.

"쇼도 히쭉히쭉 웃고 있잖아."

"내가 언제, 바보."

"바보."

바보라는 단어가 이렇게 상쾌하고 편안하게 들릴 수 있다는 걸, 나는 쇼를 만나고 처음 알았다.

✦ '공사중'이라는 뜻의 일본어
✦✦ 1970년대에 인기를 끌었던 일본의 유명 콩트 그룹

그 이후로 쇼의 방에 뻔질나게 드나들며 드럼을 쳤다. 근처 악기점에서 드럼 교본과 스틱을 사고, 쇼가 추천한 뮤지션의 CD를 닥치는 대로 들었다.

쇼는 내가 치는 형편없는 드럼에 맞춰 늘 즐겁게 기타나 베이스를 연주해 주었다. 그럴 때는 초보자 주제에 제법 뮤지션이라도 된 듯한 기분이 들어 황홀감을 맛보곤 했다.

그렇게 나는 음악에 푹 빠져들었다. 그리고 그만큼 폭주족 생활에 싫증을 느끼기 시작했다. 누가 누구와 싸워서 어느 쪽이 이겼는지, 누가 바이크를 잘 개조하는지, 어느 파 대원이 톨루엔과 마리화나를 더 싸게 파는지, 그런 건 이제 아무래도 좋았다.

이 더러운 인생의 '운명'에서 나를 풀어 줄 수 있는 건 폭주족 따위가 아니라 로큰롤이라는 사실을 다름 아닌 쇼가 가르쳐 주었다.

"우리, 언젠가는 프로가 돼서 이 썩은 세상을 로큰롤의 힘으로 뿌리째 뒤엎어 버리자."

그런 유치한 쇼의 대사에 내 꿈을 완전히 맡겨 버렸다. 실제로 쇼가 만드는 곡은 정말로 세상을 바꿔 버릴 것만 같았다. 녀석이 만들어 내는 멜로디는 늘 나를 전율케 했고, 녀석이 쓰는 가사는 내 심장을 움켜쥐고 세게 흔들었다. 쇼는 바보 같은 녀석이지만 음악에 관해서만큼은 천재가 틀림없었다.

특공복*을 벗고 바이크를 처분한 나는 이삿짐 센터에서 아르바이트를 하며 번 돈을 모아 중고 드럼 세트를 구입했다.

내 드럼 실력이 어느 정도 수준에 오르자 쇼는 근처 라이브 하우스에서 야마짱과 도시와 가나에라는 인재를 찾았고 각각 다른 밴드 소속인 그들을 스카우트하는 데 성공했다. 작업 멘트 는 물론 '세상을 로큰롤의 힘으로 뒤엎어 버리자'였다.

밴드 이름도 쇼가 정했다.

세븐 시즈Seven Seas.

일곱 개의 바다, 즉 세계를 두루 돌아다닌다는 장대한 의미가 담긴 너무나 쇼다운 이름이었다.

밴드를 결성한 후 우리는 당장 쇼가 만든 곡을 하나씩 작품으로 다듬기 시작했다. 편곡은 쇼와 가나에가 공동으로 맡았는데, 날카롭고 예민한 쇼와 안정감 있는 가나에의 장점이 잘 어우러 져 예상을 훌쩍 뛰어넘는 완성도를 보이곤 했다.

스튜디오에서 연습을 반복할 수록 우리는 '세븐 시즈'의 가능 성을 확신했다. 라이브를 열 때마다 팬도 꾸준히 늘었다.

특히 미남인 데다 왠지 위험한 분위기를 확확 풍기는 쇼는 길 잃은 암컷 양들을 모조리 매혹 시켰다. 무대 위의 녀석은 서 있 는 것만으로도 관객의 심장을 뚫을 듯 카리스마 넘치는 아우라 를 발산하곤 했다.

✦ 폭주족이나 불량배, 일본의 우익단체가 착용하는 옷

하지만 그런 쇼에게도 결정적인 결함이 있었다.

그 결함은 썩은 세상이 아니라 우리 밴드의 운명을 뒤엎어 버렸다.

"쇼 군의 결함이라……."

줄곧 아무 말 없이 야마짱의 열변에 귀를 기울이고 있던 에쓰코 이모가 오랜만에 입을 열었다.

"그랬어요. 녀석에게는요, 정말 어떻게 해도 고쳐지지 않는 나쁜 버릇이 있었어요. 그렇지 고지?"

이야기를 나에게 넘기고 야마짱은 마지막 와인을 마셨다.

"뭐, 그랬지."

쓴웃음을 지을 수밖에 없었다.

"나는 늘 생각해. 인간이란 참 신기하게도 평등하게 만들어져서, 천재는 자신의 능력만큼 결함을 가지고 있다고. 아, 술은 이제 그만 마시고, 커피라도 한잔 할까?"

에쓰코 이모가 야마짱과 나에게 물었다.

"아, 그럴까요? 감사합니다."

"고지는?"

"그럼 나도."

이모는 천천히 일어나서 온화한 눈으로 우리를 바라보았다.

"너희들은 참 좋겠다. 한 번이라도 음악으로 연결된 적 있는 친구는 몇 살이 되든 스스럼없이 이야기를 나눌 수 있는 사이가 되나 봐."

그런 말을 남기고 주방으로 사라졌다.

갑작스레 단둘이 남게 된 나와 야마짱은 무심히 얼굴을 마주 보았다가 겸연쩍어 살짝 쓴웃음을 지었다.

가게 안에는 조용한 음악이 흐르고 있다. 한 번도 들은 적 없는, 허스키한 목소리의 블루스였다. 포크 기타 하나로 소곤소곤 나쁜 추억을 토로하는 고독한 느낌이 나쁘지 않았는데, 갑자기 음악이 딱 멈췄다.

이모가 안에서 CD를 끈 것이다.

그 순간 벽에 걸린 낡은 시계 소리가 재깍 재깍 재깍 하고 크게 울렸다.

나와 야마짱은 다시 서로 마주 보았다.

다음 순간, 아름다운 피아노 전주가 흐르기 시작했다.

"우와, 옛날 생각 난다. 명곡이지."

야마짱이 즉시 반응했다.

"어, 무슨 곡이지? 이거."

"고지, 너 몰라?"

야마짱이 어색한 표정으로 미간에 주름을 잡았을 때, 뮤지컬 여주인공을 떠올리게 하는 힘찬 노랫소리가 흘러나왔다. 그 소리를 들으니 나도 알 것 같았다.

"아, 알겠어. 아바ABBA지?"

"정답. '아바'의 〈땡큐 포 더 뮤직Thank You For The Music〉이야."

땡큐 포 더 뮤직.

음악에 감사한다는 건가.

역시 에쓰코 이모다운 선곡이다.

야마짱과 나는 잠시 그 오래된 명곡에 가만히 귀를 기울였다. 중심에 당찬 에너지가 있으면서도 부드러움을 겸비한 여성 보컬의 목소리. 클라이맥스 부분은 웅장한 제창으로 채워졌다.

문득 이모가 가르쳐 준 '블루 문'이라는 칵테일이 떠올랐다.

있을 수 없는 일.

쇼는 그날 〈블루 문〉이라는 신곡으로 우리에게 자신의 마음을 호소하고 싶었던 걸까?

"저기, 고지."

멍하니 있다가 야마짱의 목소리에 정신을 차렸다.

"응?"

"쇼가 자주 이런 말을 했었지?"

"응?"

"'음악 덕분에 너희랑 만나 함께 밴드를 만들 수 있어서 난 정말 행복해'라고 말이야."

"아아."

쇼는 분명 입버릇처럼 그렇게 말하곤 했다.

그렇게 생각하니 '아바'의 이 곡은 그야말로…….

"그 친구 말이야, 정말 이 곡에 딱 어울리는 녀석이었어."

야마짱은 내 마음을 그대로 대변하며 가게 천장 구석에 설치된 값비싼 스피커를 바라보았다. 멀리 시선을 던지는 걸 보니 아마도 쇼의 얼굴을 그리며 추억하고 있는 것이리라.

야마짱의 눈초리에 새겨진 몇 줄의 주름과 조금 지친 듯한 옆얼굴을 보고 있으니 왠지 한숨이 나왔다. 지난 20년간 우리는 대체 어떻게 변했고, 무엇이 변하지 않은 채 살아왔을까?

주방 쪽에서 달콤한 커피 향기가 흘러나왔다. 이모는 지금 '맛있어져라, 맛있어져라' 하고 열심히 염원하며 커피를 내리고 있을 것이다.

〈땡큐 포 더 뮤직〉이 끝나자 '아바'의 베스트 앨범이 계속 흘러나왔다.

재떨이를 앞으로 끌어당기고 담배에 불을 붙였다. 찰칵 하고 지포 라이터 뚜껑이 닫히는 금속음에 야마짱이 이쪽을 처다보았다.

"그립다, 정말."

나는 보랏빛 연기를 토해 내며 "으응" 하고 대답했다.

"고지, 우리 말이야, 그때 그 에너지는 다 어디로 가 버린 걸까?"

야마짱은 짧고 굵은 팔로 팔짱을 끼고서는 조금 피곤한 듯 탄식했다.

그 질문에는 대답하지 않고 그저 살짝 고개를 저었다. 누구보다도 에너지가 넘쳤던 쇼의 뜨거운 눈빛이 떠올랐다. 그 당시 쇼가 발산한 성가실 정도로 넘치던 에너지도 지금은 다 말라 버렸을까.

"아마 쇼도 이제는 보통 아저씨가 되었겠지?"

야마짱은 또 내 뇌리에 떠오른 이미지를 그대로 입에 담았다. 하지만 왠지 나는 그 이미지를 지워 버리고 싶었다.

"그런가."

"그렇겠지. 우리 벌써 40대야."

"그 녀석, 뼛속까지 바보였어. 지금도 나이 따위 상관없다면서 혼자 허세 부리고 있을지도 몰라."

"아하하. 설마." 야마짱은 어이없다는 듯 웃더니 "아직도 록으로 세상을 뒤엎겠다는 둥 그런 말 하고 다니면 이쪽 병원에 데려가 봐야지"라고 말하며 자기 관자놀이 부근을 손가락으로 가리켰다.

야마짱의 지당하신 의견에 나는 또 쓴웃음을 지을 수밖에 없었다.

"아무튼 고지랑 이렇게 차분히 추억을 곱씹을 수 있어 기쁘네. 그게 가능하다는 건 우리가 청춘을 충분히 사랑한다는 증거겠지?"

야마짱이 화제를 긍정적인 방향으로 바꾸었을 때 에쓰코 이모가 은색 쟁반에 커피 세 잔을 담아 가지고 나왔다. 이모는 조심스러운 몸짓으로 테이블 위에 컵을 내려놓으며 나 대신 대답해 주었다.

"과거를 그리워할 수 있다는 건 너희 둘이 현재의 자기 자신을 충분히 소중히 여기고 있기 때문이야."

"무슨 말이야?"

내가 물었다.

이모는 조용히 의자에 걸터앉아 이쪽을 바라보았다.

"과거를 그리워한다는 건 자신이 살아온 여정을 받아들였다는 증거잖아. 괴로웠던 일까지 포함해서 여태까지의 인생을 통째로 긍정하기 때문에 너희들은 그리워하는 마음으로 그 당시를 추억할 수 있는 거야. 말하자면 겹겹이 쌓아 온 과거의 시간들이 지금의 너희들이니 자신을 긍정하고, 받아들이고, 소중히 여기고 있는 거지."

"그렇군요. 분명 과거의 시간들이 지금의 나를 만들었어요. 왠지 에쓰코 이모닌, 철학자 같다."

커피에 우유와 설탕을 듬뿍 넣고 은 숟가락으로 휘휘 저으며 야마쨩이 납득했다. 나 역시 이모의 말에 천천히 고개를 끄덕였다.

생각해 보면 언제부턴가 나의 '운명'이나 성장 환경을 있는 그대로 받아들일 수 있게 되었다. 가족을 남기고 자살한 엄마를

원망하기는커녕 오히려 불쌍히 여길 여유까지 생겼다. 그 당시, 밴드 멤버들과 꿈을 좇기 시작한 뒤로 내 인생은 확실히 바뀌었다. 불우하다고 생각했던 소년 시절의 '운명'은 록으로 비약하기 위한 계기로 삼았고, 늘 따라다니던 정신적 고통도 음악을 표현하는 거대한 에너지로 탈바꿈시켰다.

음악과 동료를 만남으로써 내 인생은 순식간에 척척 앞으로 나아갔다.

"내가 쌓아 온 것을 소중히 여기고, 타인이 쌓아 온 것도 소중하게 생각한다면 틀림없이 그 사람은 어른이 되어 있을 거야."

커피를 맛있게 마시며 에쓰코 이모가 부드러운 목소리로 말했다.

"그렇다면 과거를 그리워하는 우리는 적어도 반은 어른이 된 거네요?"

야마짱이 몸을 앞으로 내밀며 묻자 에쓰코 이모가 후후후 하고 웃었다.

"너희들은 이미 최고의 어른이잖아."

"야호! 나는 인정받았어."

야마짱은 엄지손가락을 세우고 싱긋 웃었다. 나도 그에 이끌리듯 웃으며 엄지손가락을 세워 보였다.

"자, 그럼 에쓰코 이모한테 인정도 받았고, 이제 그다음 이야기를 이어 가 볼까?"

야마짱은 뜨거운 커피를 모두 들이켜고 컵을 테이블에 내려 놓았다.

쇼에겐 밴드 멤버로서 치명적인 결함이 있었다.

그 녀석은 모든 일에 있어서 병적일 정도로 느슨했다.

그 당시의 우리는 늘 돈이 궁했기에 예산을 확보하기 위해 분주히 움직였다. 아마추어 밴드를 운영하는 데에도 나름대로 돈이 들기 때문이다. 예를 들면 악기 구입 대금과 그 유지 비용, 스튜디오 임대료를 비롯하여 음향 기계나 각종 케이블류, 그 외의 다양한 기자재 구입비와 운반 대금……. 물론 기자재를 운반하려면 차가 필요하고 차가 있으면 주유비와 차량 검사비와 주차료도 든다. 라이브 공연이라도 잡히면 의상비도 있어야 한다.

우리는 각자 아르바이트를 열심히 하고 번 돈의 일부를 매달 리더인 도시에게 주었다. 성실한 도시는 '밴드금'이라 불리는 그 돈을 너덜너덜한 공용 지갑에 넣고 지출 하나하나 장부에 기록하며 관리했다. 밴드 운영에 돈이 필요할 때는 그 지갑에서 공평하게 지불했다.

그 공평함을 계속 무너뜨린 멤버가 있었으니, 그게 바로 쇼였다.

쇼는 어디에 가든 싸구려 펜과 노트를 들고 다녔다. 길을 걷다가도 문득 멜로디나 가사가 떠오르면 그 자리에 주저앉아 음표나 글자를 갈겨썼다. 거기가 공중화장실 안이든, 길 한가운데든, 전철 안이든, 영화관이든, 한창 섹스를 하는 도중이든, 상관하지 않았다. '순간적으로 생각난 것을 기록하는 행위'는 쇼에게 그 어떤 것보다도 우선시되었다. 게다가 일단 창작을 시작하면 한 시간이고 두 시간이고 집중하여 자기만의 세계에 틀어박혀 버려서 아무도 감당할 수가 없었다. 아르바이트 시간이 되어도 전화 한 통 없이 마음대로 빠지니 무슨 일을 하든 보름도 지나지 않아 잘렸다.

당연한 말이지만 그 당시 우리는 아르바이트로 돈을 벌 수밖에 없었다. 돈이 없으면 '밴드금'을 낼 수 없기 때문이다. '밴드금'을 모으기 위해 모두 필사적으로 일했지만, 쇼만은 달랐다.

쇼의 '밴드금' 체납액은 장부를 쓰는 도시에 의해 매달 소상하게 밝혀졌고, 점점 그 금액이 늘어나자 멤버들 사이에서 불만의 목소리가 높아졌다.

스튜디오를 빌려 연습할 때에도 쇼는 태연하게 한 시간이고 두 시간이고 지각을 했다. 그 녀석은 헛되이 낭비되는 스튜디오 임대료나 취소 수수료 따위는 조금도 생각하지 않았다. 게다가 보컬 없이 미적지근하게 연습을 하고 있는 우리 앞에 불쑥 나타나 미안하다는 말 한마디 없이 이런 소리를 내뱉었다.

"뭐야 벌써 연습 끝났어? 내가 오늘 정말 굉장한 곡을 써왔는데 말이야."

그럴 때면 늘 음표나 글자가 빽빽하게 적힌 종이 다발이 둘

둘 말린 채 그의 손에 들려 있었다. 막 완성된 따끈따끈한 신작이었다. 녀석은 우리의 냉담한 눈빛은 안중에도 없이 그 종이를 펼쳐서 보여 주고는 침을 튀겨 가며 열변을 토했다.

"이 곡 한번 봐 봐. 이 정도면 최고 아니냐? 특히 클라이맥스 부분 코드 진행이 훌륭하지? 어이 뭐야, 너희들. 로커라는 녀석들이 왜 이렇게 반응이 굼떠?"

도시와 가나에는 그런 쇼를 보고 깊은 한숨을 쉬었고, 야마짱과 나는 "지금 장난하냐?"라며 불평했다.

그래도 쇼는 끝까지 자기 멋대로였다.

"아, 시끄러, 시끄러. 아무튼 우리 밴드에 명곡이 하나 늘었잖아. 오늘은 밴드금으로 파티라도 하자."

"야, 그 밴드금은 누가 번 돈인 줄 알아?"

내가 그렇게 말해도 쇼는 가볍게 웃어 넘겼다.

"바보. 앞으로 2년 후면 그런 푼돈은 백만 배로 갚아 줄게. 그보다 가나에, 어떻게 편곡할까? 베이스 라인도 근사한 걸로 메모해 뒀어."

그럴 때마다 어린아이처럼 기뻐하는 쇼의 얼굴과, 가끔씩 내뱉는 "음악 덕분에 너희들을 만나 함께 밴드를 할 수 있어서 나는 정말 행복해. 우리를 연결해 준 음악에 감사해야지"라는 솔직한 표현에 혹하여 우리는 그만 몇 번이나 그를 용서하고 말았다.

그러나 멤버들의 선의도 결국 한계에 이르렀다.

도쿄의 유명한 클럽에서 라이브를 하기로 결정하고, 그 라이브에 대형 LP 회사의 프로듀서가 보러 오기로 했는데도 쇼는 그 직전의 연습을 세 번이나 연속으로 빠졌다.

프로 데뷔를 간절히 바라던 우리는 절호의 기회를 망치려 하는 쇼의 행동에 결국 극에 달하는 분노를 느끼고 말았다.

라이브를 일주일 앞둔 어느 봄날 저녁. 스튜디오 연습 시간을 5분 남기고 불쑥 나타난 쇼에게 나는 멤버를 대표하여 '강퇴'를 선고했다.

"우리는 이제 너랑 같이 안 해. 미안하지만 나가 줘."

그렇게 말하면서 나는 내 몸이 떨리고 있음을 느꼈다. 떨림의 원인은 분노가 아니었다. 쇼라는 친구를 잃는다는 사실이 두려웠다.

"바보. 하찮은 농담이나 듣고 있을 시간 없어. 일단 이것 좀 봐! 엄청난 곡이 또 완성됐어. 고지가 좋아하는 느린 템포의 발라드야. 여러 장 복사해 왔으니, 한번 봐봐."

쇼는 늘 그렇듯 미안한 기색도 없이 복사한 악보를 하나하나 건네주었다. 드럼 세트 의자에 앉아 있는 나에겐 복사물이 아니라 손으로 적은 원본을 내밀었다.

나는 받지 않았다.

"나가 달라고 말했잖아."

나는 다시 한번 선고했다. 차가운 시선으로 노려보았지만 몸이 가늘게 떨렸다.

하지만 쇼는 오선지를 스네어 드럼 위에 올리고 뻔뻔하게 웃었다.

"그만해. 그만하고, 일단 그 곡을 봐. 그러면 나가 달라는 말이 쏙 들어갈 테니, 이 바보야."

이런 순간에 바보라고?

나는 벌떡 일어나 힘으로 쇼를 스튜디오에서 밀어내어 길가에 내동댕이쳤다.

가로등 아래에서 요란하게 엉덩방아를 찧은 쇼는 그제야 비로소 깜짝 놀란 얼굴로 나를 쳐다보았다.

"어이, 장난이지……."

"장난 아니야. 이미 모두 같이 결정한 사항이야."

내 뒤에 나머지 멤버 세 사람이 잠자코 서 있다는 것이 느껴졌다.

쇼는 천천히 일어나서 더러워진 엉덩이를 툭툭 털더니 뉘우치는 기색도 없이 싱긋 웃으며 이야기하기 시작했다.

"뭐야. 장난하지 마. 같이 하자. 프로가 돼서 세상을 뒤엎어버리자고."

"안 돼. 이미 결정된 일이야."

나는 쇼의 말을 끝까지 듣지 않고 도중에 끊어 버렸다.

쇼의 얼굴에서 웃음이 싹 사라지고 날카로운 눈빛만 남았다.

묵묵히 서로 노려보는 나와 쇼 사이로 팽팽한 긴장감이 소용돌이쳤다. 그 틈을 마치 일부러 방해라도 하듯 시시덕거리는 고등학생 커플과 술 취한 직장인이 유독 천천히 지나갔다.

남쪽에서 촉촉한 봄날의 미지근한 밤바람이 불어와 머리 위의 가로수를 살랑살랑 흔들었다.

"왜 내가 쫓겨나야 하지? 설마 돈 때문에 그래?"

말을 잇는 쇼의 눈에 힘이 들어갔다.

그 뻔뻔스러운 태도가 나를 화나게 했다.

"우리는 말이야, 돈도, 시간도, 전부 너 때문에 허비하고 있어."

"바보야. 그런 건 나중에 다 갚으면 되잖아."

"우리는 지금 열심히 일해서, 바로 지금 돈과 시간을 만들고 있어."

"고지."

"왜."

쇼는 갑자기 표정을 지운 채 차갑게 내뱉었다.

"너, 덩치는 산만한 게 정말 쩨쩨한 놈이네."

그 말이 끝나기도 전에, 내 몸이 반사적으로 앞으로 움직였다.

야마짱이 즉시 허리를 붙잡았지만 나는 몸을 흔들어 풀어 버리고 쇼에게 덤벼들었다. 내가 주먹을 크게 휘둘러 펀치를 날린 순간 재빨리 방어했음에도 불구하고 쇼는 그대로 넘어졌다. 하지만 곧 일어나 나에게 돌진해 왔다.

"까불지 마, 이 쓰레기 같은 자식!"

작고 하얀 주먹으로 반격하는 쇼의 얼굴과 배를 묵직한 주먹으로 가격했다.

싸움에 익숙한 덩치 큰 나와 연필처럼 가녀린 쇼의 싸움이니 승부는 처음부터 정해진 셈이었다. 그래도 쇼는 몇 번이고 다시 일어나 나에게 덤벼들었다. 녀석의 얼굴은 순식간에 피투성이가 되었다.

태어나서 처음으로 내가 '친구'라 불렀던 남자는 울고 싶어질 정도로 허약하고 비참했다. 누군가를 때리는 주먹이 그만큼 아팠던 적은 이전에도 이후에도 없었다.

"그 녀석, 약하긴 했어도 근성은 있었어."

"으응."

중얼거리면서 에쓰코 이모가 내려 준 커피를 단숨에 들이켰다. 완전히 식은 후라 마른 목을 축이기엔 충분했다.

"그 이후로 우리 중 아무도 쇼를 만나지 못했지?"

"그렇지."

"그날 밤 이후로 우리도 서서히 열정을 잃어 갔고. 그렇게 갈망했던 라이브에도 결국 안 나갔지. 그리고 한 달쯤 후에 해산했던가?"

"아마, 그랬을 거야."

셔츠 가슴 주머니에서 빛바랜 종이 조각을 꺼내어 테이블 위에 살짝 펼쳤다. 〈블루 문〉이라는 제목의 그 악보를 보고 에쓰코 이모가 입을 열었다.

"마지막 날에 쇼 군이 두고 간 것이 그 곡이라는 거지?"

살짝 고개를 끄덕였다.

야마짱은 암갈색 악보를 손에 들고 감개무량한 듯 한숨을 흘렸다.

"이거……. 고지, 아직도 갖고 있었어?"

"분하지만 참 좋은 곡이야."

"나도 좋은 곡이라고 생각했어."

악보를 조용히 테이블에 올리고 야마짱이 나를 보았다. 그 당시와 조금도 다르지 않은 장난기 가득한 웃음을 머금은 채.

"알겠어. 그러니까 고지는 이 곡을 연주하고 싶은 거지?"

콧등을 긁으면서 "뭐, 그렇지"라고 대답했다.

"뭐랄까, 고지답다."

야마짱은 헤헤 하고 웃으며 말을 이었다.

"그런데, 정작 중요한 쇼하고는 연락이 됐어?"

"아니."

"왜?"

"전화번호가 바뀌었네."

"그래서?"

"그래서라니? 그게 끝이야."

연락처를 모르면 어찌할 도리가 없다.

"이것 봐, 야마짱. 최악의 경우, 쇼가 없어도 나는 이 곡을 꼭 한번 해 보고 싶어."

"으응. 최악의 경우. 그래도 쇼가 있는 게 아무래도 좋겠지?"

당연하다. 나는 묵묵히 야마짱을 보았다.

야마짱이 의미심장한 표정으로 히쭉히쭉 웃는다.

"왜 웃어?"

"너, 쇼하고 연락하고 싶지?"

옛날부터 야마짱이 이렇게 거드름 부릴 때는 뭔가 '서프라이즈'가 있었다.

"뭐, 숨기는 거 있지?"

"사실은 말이야……."

"……."

"나, 쇼의 연락처를 알고 있어."

"어?"

"너한테 연락받고 왠지 자꾸 신경이 쓰여서 그 녀석 이름을 검색해 봤거든. 그러다 쇼가 경영하는 회사 블로그를 발견했어."

"저, 정말이야?"

사실은 나도 과거에 몇 번인가 쇼의 이름을 검색해 본 적이 있었다. 그때는 아무것도 뜨지 않았었다.

"지난달쯤에 새로 개설한 블로그 같더라고. 그 녀석, 홍차를 수입해서 판매하는 작은 회사 사장이야. 세계를 돌아다니면서 원하는 물건을 사들이는 모양이던데."

할 말을 잃었다. 하지만 그건 불과 3초간이었고, 나는 곧 일어나서 야마짱의 머리카락을 마구 헝클며 이렇게 말했다.

"야, 당장 연락해 봐!"

완공 기념일 날 하늘은 아침부터 잔뜩 흐렸다. 그러고 보니 벚꽃이 슬슬 피기 시작할 무렵의 오늘 같은 하늘을 '하나구모리✦'라고 부른다고 예전에 에쓰코 이모가 가르쳐 준 적이 있다.

오후 4시부터 시작된 파티는 꽤 북적였다. 적당히 술을 마시고 쾌활해진 친구들이 내가 만든 작은 무대 앞에 모여 있다.

창밖에는 이미 부드러운 봄날 저녁 풍경이 펼쳐져 있다. 멋진 블루 문에 비친 초원은 아련한 꿈처럼 푸르렀다.

무대 위에서 손님들을 둘러본다. 다양한 시절에 알게 된 친구들의 얼굴이 옹기종기 모여 있는 걸 보고, 나는 정말 행복한 사람이라는 걸 절감했다.

가장 뒷자리에 아버지와 에쓰코 이모도 있다.

✦ 벚꽃이 필 무렵의 흐린 날씨

"이제 마지막 곡인데요."

마이크에 대고 야마짱이 이야기했다.

짝짝짝 하고 박수 소리가 들린다.

"고지가 지은 이 가게 이름의 유래가 된 곡을 선보이겠습니다. 사실 이 발라드는 발표되지 못한 채 10년 이상 창고에 처박혀 있었습니다. 오늘 밤, 그 곡에 생명을 불어넣겠습니다. 곡명은 〈블루 문〉입니다. 들어 주세요."

사회자의 말이 끝나자 우리는 서로 얼굴을 마주 보았다.

도시, 가나에, 야마짱…… 한때 바람을 가르며 함께 달렸던 친구들의 얼굴. 연주 직전의 긴장된 분위기. 견딜 수 없이 그리웠다. 또 함께 모인 모습이 사랑스러웠다. 멤버가 다 모이지 못했다는 사실에 그만큼 안타까움도 치밀어 올랐다.

그날 당장 야마짱이 쇼의 회사 블로그로 메일을 보냈는데, 다음 날 회사 직원이 간략한 답변을 보내왔다. '사장님은 한동안 해외에서 상품 매입과 농원 견학으로 바쁜 일정을 소화 중이고, 귀국 후에도 스케줄이 다 잡혀 있어 대단히 죄송하지만……' 하는 내용이었다고 한다. 그래도 야마짱은 오늘 파티가 열리는 시간과 장소를 전달해 둔 모양이다. 밑져야 본전이라는 생각이었지만, 역시 쇼는 오지 않았다.

한번 심호흡을 하고 마음속으로 중얼거렸다.

자, 이 곡, 해 볼게, 쇼.

좌우 스틱을 탁, 탁, 탁 하고 천천히 세 번 치고 연주를 시작했다.

보컬 대신 가나에의 키보드가 잔잔한 아침 바다 같은 멜로디를 연주했다.

천천히 리듬을 새겼다. 안단테…… 천천히.

클라이맥스에 이르기 전에는 조금 간격을 두고, 충분히 천천천히 연주한다. 그 당시 우리의 시간을 1초라도 더 오래 맛볼 수 있도록.

조용한 공간에 평온한 연주가 녹아든다. 가게 안의 공기가 조금씩 촉촉해지면서 손님과 우리 사이의 경계선이 서서히 허물어지며 달콤한 기운이 올라왔다.

눈앞에 발라드를 부르는 쇼의 뒷모습을 상상해 보았다. 그러자 왠지 그 당시의 라이브 모습과 겹쳐지는 듯한 착각이 들었다.

있을 수 없는 일.

쇼는 누구보다도 느슨한, 대신 음악에 관해서만큼은 엄격한 사람이었다. 로큰롤에 인생을 모두 바칠 각오가 되어 있었다. 당장의 돈을 위해 그 자세를 바꾸는 건 녀석에겐 도저히 '있을 수 없는 일'이었는지도 모른다. 게다가 그렇게 심하게 싸우고 헤어진 밴드 친구가 다시 만나자고 갑작스레 메일을 보내는 것 역시 '있을 수 없는 일'이 아니었을까? 설사 일본에 있었다고 해도…….

〈블루 문〉은 매우 짧은 곡이었다.

그 곡이 끝을 향해 다가가고 있었다.

환상 속 쇼의 뒷모습이, 연필처럼 가냘팠지만 무대 위에서는 그 누구보다 의지가 되었던 그 뒷모습이 무지개처럼 서서히 사라져 간다.

나는 심벌즈를 조용히 연타했다.

야마짱의 기타가 마지막 음표를 연주했다.

그대로 가게 안에서 소리가 서서히 소멸해 간다.

연주가 끝났다.

손님들의 박수 소리가 없다. 아직 멜로디의 여운이 모두의 가슴속에서 찰랑찰랑 물결치고 있는 것이다.

짝, 짝, 짝……

제일 먼저 박수를 친 사람은 가장 뒷자리에 앉은 아버지였다. 그리고 에쓰코 이모.

그 소리에 이끌려 손님들이 한 사람, 두 사람, 박수를 치기 시작했다. 박수가 점점 커졌고 누군가 휘익 하고 휘파람을 불기도 했다.

멤버들도 일찍이 본 적 없었던 누긋하고 충실한 미소를 짓고 있다.

네가 만든 곡, 역시 최고였어.

나는 마음속으로 중얼거리며 스틱을 내려놓았다.

다음 날 저녁까지 나는 하루 종일 혼자서 파티 뒷정리를 했다.

정리가 모두 끝나고 2층 방에 캔 맥주를 들고 올라가서 바다 쪽의 큰 창문을 열어젖혔다.

멀리서 들려오는 파도 소리와 봄날의 부드러운 바닷바람이 너풀거리며 밀려들었다.

평소와 다르게 온화한 기분을 느끼며 살짝 한숨을 쉬었다.

창틀 선반에 걸터앉아 엷게 낀 구름 때문에 희미해진 달을 올려다보며 캔 맥주를 땄다. 지난밤 라이브의 여운에 잠긴 채 첫 한 모금을 꿀꺽하고 목으로 흘려보낸 순간 바지 뒷주머니에 있던 핸드폰이 울렸다. 문자 메시지다.

화면을 보니 야마짱에게 온 것이었다.

안녕. 어제 수고 많았어! 멋진 라이브였지? 밴드를 또 하고 싶어졌어! 쇼 회사 블로그, 조금 전에 갱신된 것 같던데, 한번 봐 봐. 마지막까지 꼭 스크롤해 봐. 제법 좋았어. 우후후♪

우후후♪ 라니, 뭐야?

야마짱의 메시지를 마지막까지 읽고, 맥주를 단숨에 들이켰다. 그러고는 테이블 위에 놓여 있는 오래된 노트북을 켰다. 이미 북마크해 둔 쇼의 회사 블로그를 열었다.

새 글의 제목은 '최고의 하이그론티High-grown Tea 입고'였다.

당장 본문을 읽는다.

실론티 찻잎을 생산하는 스리랑카에서는 해발 1200미터 이상의 고지에서 재배되는 것을 '하이그론티'라 부른다는데, 그중에서도 쇼가 최고의 홍차를 재배하는 농원을 방문한 일에 대해 적혀 있었다. 전망 좋은 농원의 풍경이나 농장주의 미소 사진을 첨부해 정성껏 소개하는 글이었다. 하지만 정작 궁금한 쇼의 얼굴은 어디에도 나와 있지 않았다.

게시글은 마지막 한 줄까지 모두 홍차 이야기로 채워져 있었다. 별로 특별할 것도 없는 '일'에 관한 글이었다.

마지막 한 줄을 다 읽은 다음, 그보다 더 아래에 넓은 여백이 있음을 발견했다. 야마짱이 마지막까지 스크롤해 보라고 가르쳐주지 않았다면 아마 눈치채지 못했을 것이다.

야마짱이 알려준 대로 게시글의 화면을 아래로 아래로 스크롤했다.

공백이 끝없이 이어졌다.

어이 어이, 대체 어디까지 스크롤하게 만들 셈이야?

작은 소리로 투덜거린 순간, 별안간 파란색 문자가 나타났다.

본문보다 훨씬 작은 크기로 몰래 적은 문자였다.

SS팀은 이곳을 클릭

SS, 세븐 시즈다.

침을 꿀꺽 삼키며 그 파란색 문자에 마우스를 올리고 조심스럽게 클릭했다.

그러자 모니터에 다른 페이지가 열렸다.

장식이라곤 전혀 없는 무미건조한 하얀색 페이지였는데, 한 가운데에 몇 줄의 문장이 아담하게 적혀 있었다.

화면에 얼굴을 갖다 대고 그 문장을 읽었다.

이 페이지, 잘도 찾았네(웃음).

틀림없이 한가한 야마쨩이 찾았겠지 뭐.

그보다, 이것들아!

우리 소중한 초등학생 아들 운동회 날에

너희 마음대로 라이브를 하다니!

또 나만 따돌릴 셈이냐!

이……

마지막 한마디는 더 아래쪽으로 스크롤해야 보이는 곳에 적혀 있었다.

엄청 크게.

바다 같은 푸른색 글자로…….

이, 바보♪

바보 뒤에 붙은 기호.

내 눈은 한동안 그 푸른색 '♪'에 못 박혀 있었다. 곧 그 글자가 어른어른 흔들리기 시작하자 같아 당황하여 위를 쳐다보았다.

만든 지 얼마 안 된 새하얀 천장이 눈에 들어왔다.

그 천장을 향해 가만히 중얼거렸다.

"아이 운동회였다면 미리미리 알려 줬어야지. 이……."

거기서 멈추고 잠시 숨을 들이마신다.

물방울이 넘쳐흐르기 직전에 들이마신 숨을 목소리로 만들었다.

"바─보♪"

6장

바닷바람과
파도 소리

오후 4시가 지났는데도 절벽 끝을 뒤덮은 여름풀들은 여전히 농밀한 열기를 훗훗하게 내뿜고 있다. 한여름의 태양은 영원히 쇠퇴하지 않겠다는 듯 쨍쨍하다.

저 멀리 벼랑 아래에서는 평온한 파도 소리가 기어오르고, 등 뒤 산에서는 무수한 유지매미들의 노랫소리가 몰려온다.

이마에 맺힌 땀방울을 손수건으로 닦은 후 아무도 없는 가게 앞에서 "후우" 하고 숨을 내뱉었다.

젊을 때부터 좋아하던 여름이지만, 무더운 날씨가 연일 이어지니 늙은 몸에는 제법 타격이 된다.

테라스의 고타로에게 "잘 있었어?"라고 인사하고는 '금일 휴업' 팻말이 걸린 문을 열었다. 순간 후텁지근한 가게 안의 열기가 쏟아져 나와 숨이 막힐 듯했지만, 큰마음을 먹고 신발을 벗은 뒤 안쪽 방으로 들어갔다.

목이 말랐으나 아이스커피를 만들 만한 여력이 남아 있지 않아 냉장고에 넣어둔 보리차를 마셨다.

창문을 열어젖히고 선풍기의 '미풍' 스위치를 누른다. 그리고 녹초가 되어 바닥에 주저앉았다.

반으로 접은 방석을 베개 삼아 낡은 돗자리 위에 눕는다.

이런 이런.

지난 몇 년 사이에 쉽게 피로를 느끼게 되었다. 연중무휴로 운영했던 가게도 이젠 일주일에 이틀을 쉰다. 화요일과 금요일을 정기 휴일로 정했다. 그렇게라도 하지 않으면 피로가 풀리지 않는다.

창문에서 창문으로 바람이 지나가자 벽에 걸린 달력이 펄럭였다. 농밀한 바다 냄새를 품은 바람이었다. 북쪽 창가에 매달아 둔 풍경이 딸랑 하고 운다.

결혼하기 직전에 남편에게 선물 받은 풍경이다. 보통의 풍경과는 달리 테두리가 다섯 등분으로 불룩 솟은 독특한 모양이다. 꼭 용담이나 초롱꽃을 거꾸로 매달아 놓은 것처럼 귀엽다.

맑고 투명한 풍경 소리에 귀를 기울이며 가만히 눈을 감았다. 잘하면 이대로 잠시 낮잠에 빠질지도 모른다.

선풍기가 고개를 흔들며 내뿜는 미풍은 비단처럼 부드럽고 상쾌했다. 호흡이 차분해지면서 피로의 침전물이 서서히 돗자리 속으로 녹아들어 가는 듯했다.

오늘은 남편의 기일이다.

아침부터 멀리 성묘를 다녀왔다. 정류장까지 걸어가 버스를 타고 전철도 세 번이나 갈아타야 하는, 편도 약 3시간 반의 장거리 여행이었다. 가까스로 묘에 도착했을 때 이미 무더운 햇빛이 내리쬐고 있었지만, 상관하지 않고 열심히 묘비를 닦았다. 바가지로 물을 뿌리니 열을 품은 묘비에서 수증기가 살짝 피어올랐다.

묘비가 반짝반짝해지자 그다음엔 주변의 잡초를 베고 가볍게 쓸었다. 그렇게 청소가 다 끝난 후에야 꽃과 향을 바쳤다.

현기증이 날 정도로 요란하게 울어 대는 매미들의 울음소리 속에서 덜 마른 묘비를 향해 가만히 눈을 감았다.

양손을 모으고 보이지 않는 남편에게 마음으로 말을 건다.

…… 여보, 언제쯤 나한테도 보여 줄래요?

물론 남편은 '대답'해 주지 않았다.

그 대신 가게 창가에 매달린 풍경이 딸랑 딸랑 하고 운다.

꿈결에 먼 과거와 현실 사이를 넘나들기 시작했다.

남편은 세상이 알아주지 않는 화가였다.

미우라반도의 바다 바로 옆에서 나고 자란 탓인지 그는 파도 소리를 들으며 그림을 그리는 순간을 더없이 사랑했다. 그 당시는 푼돈밖에 없었던 시절이었기에 내가 남편의 여행을 따라갔던 건 고작 몇 번뿐이었다. 나는 늘 이제나저제나 남편이 돌아오기를 기다렸다. 남편이 귀가하면 그가 그린 그림을 바라보며 여행지를 상상하는 것이 삶의 큰 즐거움이었다. 게다가 그의 실감 나는 해설이 더해지면 마음에 날개가 돋아나 머나먼 여행지로 날아갈 수 있을 것만 같았다.

남편은 원래도 온화한 사람이었지만 그림을 그릴 때는 더욱 그랬다. 내가 연주하는 피아노 소리를 들으면서 색을 칠하면 신기하게도 투명감 있는 그림이 완성된다면서 늘 다정하게 웃어주었다.

남편이 서른 살이 된 해, 경추에 악성 종양이 생겼다는 사실을 알게 되었다. 발견했을 때는 이미 수술이 불가능할 정도로 전이가 되어 결국 남편은 오른쪽 손목부터 손끝까지 마음대로 쓸 수 없게 되어 버렸다.

오른손으로 그림을 그릴 수 없게 된 남편은 왼손에 붓을 들고 다시 캔버스 앞에 앉았다.

예전처럼 섬세한 작품은 그릴 수 없었지만 그 대신 붓이 닿은 곳마다 용맹스러움이 느껴지는, 아주 독특한 터치의 그림을 그리게 되었다.

하지만 본인은 만족하지 못했다. 왼손으로 그린 작품은 단 한 점도 화랑에 내지 않았다. 남편이 그리고 싶었던 것은 보는 사람을 압도하는 그림이 아니라 오히려 마른 모래에 떨어진 한 방울의 물처럼 사람들의 마음 사이사이에 살며시 스며들어 흔적 없이 사라지는 듯한 작품이었다.

결국 남편은 서른둘이라는 젊은 나이에 세상을 떠났다.

그가 건강한 오른손으로 그린 마지막 작품은 지금 우리 가게에 장식되어 있다. 저녁놀에 물든 바다와 무지개가 그려진 바로 그 그림이다.

남편이 영원한 잠에 빠져들기 전날, 나는 병원 침대 옆에서 움직일 수 없게 된 그의 앙상한 손을 잡고 있었다. 그때 남편이 천장을 응시하며 조금 쉰 목소리로 나에게 이야기해 주었다.

"그 무지개 그림을 그릴 때, 찰랑찰랑하는 파도 소리와 벼랑 아래에서 불어오는 바람 소리가 어우러져서, 마치 피아노 반주를 듣고 있는 듯한 기분이었어. 오렌지색으로 물든 하늘에서 솔개의 노랫소리가 내려오는데, 정말이지 멜로디 같았어."

"응."

"하늘도, 바다도, 내 주위도, 모두 투명하고 따뜻한 색으로 변해서…… 왠지 꿈같다고 생각했는데, 갑자기 눈앞에 무지개가 떠올랐지. 정말로 굉장한 무지개였어."

남편의 시선은 병실의 하얀 천장보다 더 높고 먼 곳을 향하고 있었다. 그의 눈가에서 물방울이 흘러내렸다. 똑바로 내려오던 물방울이 그의 귓가에 떨어지기 시작했다.

"에쓰코한테 그 무지개, 보여 주고 싶었는데……. 아니, 에쓰코랑 같이 보고 싶었는데……."

"응. 같이 보자. 언젠가."

웃는 얼굴로 말했지만 내 볼에도 눈물이 흐르고 있었다. 양손으로 감싸 쥔 남편의 오른손이 마치 나뭇가지 같았다. 하지만 그 온기를 지금도 잊을 수 없다.

남편을 잃은 후 도쿄에 있던 집과 땅과 피아노를 팔고 이곳으로 이사했다. 다행히 땅값이 오른 시기에 팔렸기 때문에 사치만 하지 않는다면 카페를 하며 버는 푼돈으로 어떻게든 생활이 가능하겠다고 계산했다.

남편의 그림과 똑같은 풍경을 늘 바라볼 수 있도록 크게 창문을 크게 만들었다. 그리고 해 질 녘 하늘이 오렌지색으로 변할 때마다 창밖을 바라보며 살아왔다.

아무도 없는 해안가 절벽의 끝자락에서 홀로 사는 것에 대한 공포는 몇 개월 지나니 어느 정도는 익숙해졌다. 그렇지만 때때로 누군가에게 매달려 울고 싶을 정도로 쓸쓸한 적도 많았다.

인간은 그렇게 강하지 않다는 것을 이곳에 살면서 깨달았다.

외톨이가 된 후 내 마음의 밑바닥은 늘 실체를 알 수 없는 그림자로 뒤덮여 있었다. 그림자에겐 두께도 없고 온도도 없었다. 실체가 없으니 떼어 낼 방법을 찾을 수 없었다. 물론 마음먹기에 달렸다고 나 자신을 다독여도 봤지만, 그래 봐야 단순한 허세에 불과하다는 사실을 스스로가 가장 잘 알고 있었다.

그리고 그 그림자 한가운데로 쏟아져 들어온 한 줄기 빛이 바로 고타로였다.

고타로를 처음 만난 건 벌써 15년 전의 일이다.

어느 비 내리는 날의 해 질 녘, 장을 보러 나갔다가 돌아오는 길에 국도 옆에 쓰러진 채 움직이지 않는 하얀 개를 발견했다. 그 개는 차에 치였는지 미지근한 봄비를 맞아 온몸이 검붉은 피로 물들어 있었다. 눈을 감은 채 마지막 숨을 할딱이고 있었다. 나는 서둘러 그 개를 담요로 감싸안고 동물병원까지 달렸다. 그리하여 개는 간신히 목숨을 건졌다. 하지만 목숨의 대가로 오른쪽 앞다리를 절단해야만 했다.

오른손을 못 쓰게 된 끝에 생명을 잃은 남편과, 오른쪽 앞다리를 잃었지만 살아남은 하얀 개. 내가 구하지 못한 자와 구해낸 자. 그런 비교는 아무 의미 없다는 걸 알지만 그래도 그 개와 함께 살기로 했다.

이름은 '고타로'라고 지었다. 내가 잃은 남편의 이름, 고타로에서 따온 것이었다.

>>

"할머니, 고타로 데리고 산책 다녀와도 돼요?"

"돼요?"

어린아이의 새된 목소리에 문득 눈을 떴다.

목소리는 가게 쪽에서 들려왔다.

고지의 딸들이다.

나는 "그래 그래"라고 대답하면서 천천히 일어났다.

시계를 보니 오후 5시 조금 전이다. 30분 정도 잔 모양이다.

고작 몇 분 깜빡깜빡 존 것 같기도 하고 깊이 잠들었던 것 같기도 한, 신비한 기분을 느끼며 잠에서 깼다. 하지만 머리는 비교적 개운했고 눕기 전의 피로감이 많이 해소된 걸 보니 푹 잘 잔 모양이었다.

가게에 나오니 입구 문 앞에 마리와 미호가 서 있었다. 여름 방학을 맞은 해변의 소녀들답게 햇볕에 그을린 얼굴과 뒤에서 하나로 묶은 머리 모양이 귀엽다. 티셔츠와 반바지 밖으로 뻗은 팔다리에 발랄한 젊음이 넘쳐흘렀고, 발에는 내가 사준 비치 샌들을 똑같이 신고 있었다.

나를 보자마자 초등학교 3학년인 큰딸 마리가 "할머니, 자고 있었어요?"라며 고개를 갸우뚱한다.

"응, 조금 잤어, 낮잠." 대답하고 자매를 손짓으로 불렀다. "바나나 아이스 만들었는데, 먹고 갈래?"

"와, 신난다."

천진난만하게 기뻐하는 건 올봄에 유치원생이 된 미호다.

자그마한 두 자매가 가게 의자에 마주 앉아 유리 접시에 놓인 바나나 아이스를 먹기 시작했다.

"언니, 맛있지."

"응. 미호, 흘리지 말고 먹어."

다섯 살 위인 언니 마리는 꼬마 엄마 역할을 똑 부러지게 소화해 내는 똑순이다.

가게의 커다란 창문으로 해 지기 전의 하얀 햇살이 쏟아져 들어온다. 그 네모난 빛 속에 사랑스러운 자매의 실루엣이 있다.

은혜로운 기분에 감싸인 채 눈을 가늘게 뜨고 미소 지었다.

손녀들의 탄생으로 나의 노년이 얼마나 풍성하고 아름다워졌는가? 고지에게 감사해야지……. 새삼스레 생각한다.

고지가 몇 년을 들여 직접 만든 가게는 안타깝게도 그다지 번창하지 못한 채 결국 2년을 채우지 못하고 폐점하고 말았다. 하지만 지금은 예쁘고 상냥한 부인, 두 딸과 함께 가게 2층에서 행복하게 살고 있다. 1층은 때때로 라이브 장소로 임대하거나 친구들을 불러 파티할 때 사용하는 모양이었다. 원래 하던 일을 다시 시작하여 지금은 직장에서도 완전히 자리 잡았다.

"있잖아요, 할머니."

은 스푼을 손에 쥔 채 언니 마리가 이쪽을 돌아보았다. 포니 테일이 획 흔들린다.

"응?"

"어젯밤에 천체 망원경으로 달 봤어요. 여름방학 자유 탐구 숙제하려고요. 그런데 아빠가요, 달에 할머니 땅이 있다고 하던 데요?"

후후후.

"그래. 할머니 말이야, 달에 땅을 갖고 있어. 마리랑 미호가 나중에 커서 우주여행을 할 수 있게 되면 그 땅 마음대로 써도 돼."

"와! 언니, 달에 가면 뭐 할 거야?"

"글쎄. 할머니처럼 가게 차릴까?"

"응! 바나나 아이스도 만들자."

"응. 할머니, 만드는 법 가르쳐 줄 거예요?"

"물론이지."

"할머니, 굉장하다. 달에 땅을 갖고 있다니."

총명한 마리가 시선을 멀리 던지며 창밖을 올려다보았다. 미호도 따라서 같은 쪽을 본다.

그 사랑스러운 몸짓에 나도 모르게 웃고 있는데 문득 머릿속으로 〈러브 미 텐더〉가 흐른다. 그와 동시에 심장 부근을 짓누르는 듯한 열기가 느껴졌다.

다니 씨의 부음이 도착한 것은 재작년 겨울이었다. 단골 손님 중 한 명이 가게에 와서 그 사실을 알려 주었을 땐 이미 사십구 재도 끝난 후였다. 여객선 위에서 손을 흔들며 오사카로 가 버린 다니 씨는 퇴직한 후에도 그대로 혼자 살다가 자택에서 아무도 모르게 저세상으로 떠났다고 한다.

그렇게 건강했던 사람이 설마 나보다 먼저 떠나리라고는 생각도 하지 못했다. 게다가 밝고 인기 많았던 사람이 이른바 '고독사'를 당했다고 하니, 더 이상 참지 못하고 손님 앞에서 그만 눈물을 흘리고 말았다.

만약 그날 밤, 다니 씨가 달을 선물해 준 그 생일날 밤, 그의 마음을 모른 척하지 않고 나의 모든 것을 다 내맡겼더라면 지금쯤 어떻게 되었을까? 솔직히 말하면 그런 생각을 머릿속에 그려 본 게 한두 번이 아니었다.

하지만 그때 내 안에 강한 예감이 들었다. 다니 씨의 마음을 받아들이면 틀림없이 앞으로 절대 그 무지개를 만날 수 없으리라는, 확신과도 같은 믿음이 내 안에서 부풀어 오른 탓에 도저히 다니 씨의 고백에 응할 수 없었다.

벽에 걸린 무지개 그림을 본다.

내 마음의 그림자가 무지개 빛을 받아 약간이지만 옅어진 듯한 느낌이 들었다.

남편의 무지개 그림은 내 인생의 쇠사슬이자 위안이었다.

"잘 먹었습니다!"

천진난만한 미호의 목소리에 퍼뜩 정신이 들었다.

"저도 잘 먹었습니다. 그럼 할머니, 고타로 데리고 다녀올게요."

자매가 힘차게 의자에서 내려온다.

"고마워. 그런데 고타로는 이제 할아버지니까, 너무 달리게 하지는 마."

"네."

"네."

두 개의 작은 실루엣이 동시에 대답하자 두 개의 포니테일이 획 튀어 올랐다.

가게를 나선 자매는 당장 고타로의 집이 있는 테라스로 달려 갔다. 마리가 빨간색 리드줄을 오른손으로 붙잡고 왼손으로는 미호의 손을 잡았다. 그리고 남쪽을 향해 초원 위를 걷기 시작 했다. 고타로도 즐거운 듯 꼬리를 흔들며 자매와 나란히 걷고 있다.

조금씩 따스한 색을 띠기 시작한 여름의 엷은 석양이 멀어져 가는 두 사람과 한 마리 개의 뒷모습을 부드럽게 감싼다. 밖은 어느샌가 쓰르륵쓰르륵하는 쓰르라미의 구슬픈 노래로 채워 졌다.

영화의 한 장면 같은 그 뒷모습을 넋을 잃은 채 가만히 창가에 서서 바라보고 있었다. 자매가 갑자기 이쪽을 돌아보고 크게 손을 흔든다. 나도 볼 옆으로 손을 올려 살짝 흔들어 주었다.

둘이 다시 손을 잡고 걷기 시작한다.

신이 난 듯 나란히 걸어가는 두 개의 작은 뒷모습을 보니 어릴 적 나와 동생 쇼코가 생각났다. 나는 축축한 한숨을 흘렸다. 쇼코만 생각하면 늘 이런 한숨을 쉬게 된다.

앞으로 30분 후면 여름의 저녁 하늘이 투명한 오렌지색으로 채워질 것이다. 서쪽 하늘에 비구름은 보이지 않는다. 아쉽지만 오늘도 소나기는 내릴 것 같지 않았다.

자매와 고타로의 모습이 사라지자 바나나 아이스가 담겼던 유리 접시와 스푼을 주방으로 가져가서 씻었다. 문득 오랜만에 칼이나 갈아 볼까 생각했지만 역시 오늘은 그만두기로 했다. 힘들 것 같았다.

다시 거실로 올라가 바닥에 누웠다.

아이들에게 아이스를 내준 것만으로도 이렇게 피곤해지는 늙은 몸이 한심하다.

쓰르라미의 구슬픈 노래가 열어젖힌 창문으로 몰래 들어와 한여름 해 질 녘의 적막감을 부채질한다.

풍경도 딸랑, 하고 운다.

슬슬 때가 오려나…….

소리 내어 중얼거리려다 목에서 꼭 억눌렀다.

말을 해 버리면 정말로 이 가게를 접어 버릴 것 같다.

그 대신 "이런 이런" 하고 중얼거리자, 풍경이 또 딸랑, 하고 운다.

-»

그로부터 이틀 뒤, '곶 카페'가 음산한 하늘로 뒤덮였다.

낮게 깔린 먹구름이 무시무시한 속도로 머리 위를 이동한다. 끝없이 몰려오는 난폭한 파도가 마치 천둥과도 같은 노성을 요란하게 내지르며 벼랑으로 달려든다. 풀과 나무를 세차게 흔드는 바람은 습기를 듬뿍 머금고 있어 섬뜩할 정도로 미적지근했다.

남쪽 바다에서 태풍이 다가오고 있다.

폭풍에 대비하여 일찌감치 가게를 닫고 테라스에 꺼내 둔 화분과 가벼운 접이식 의자, 그리고 고타로를 가게 안으로 들여놓았다. 거실과 침실 덧문도 단단히 닫아 두었다.

해가 떨어지고 하늘이 어두워지자 서서히 비가 내리면서 바람이 세차게 불기 시작했다.

뒤편의 소나무 숲이 휘잉휘잉 슬픈 듯이 울고, 덧문이 없는 가게 유리창은 마치 누가 억센 주먹으로 두드리기라도 하는 듯 텅 텅 흔들렸다. 건물 자체도 삐걱거리고, 이따금 바다 쪽 지붕이 덜컥덜컥하며 큰 소리를 냈다.

나는 거실 탁자 앞에 앉아, 선반에 올려 둔 작은 라디오에서 흘러나오는 FM 방송을 듣고 있었다. 젊은 남녀 DJ의 쾌활한 대화와 웃음소리가 폭풍우 치는 밤의 불안감을 조금은 잊게 해 줄 것 같았다.

라디오에서 광고가 흐를 때 별안간 가게 전화가 울렸다.

천천히 일어나서 수화기를 드니 남자의 굵은 목소리가 뛰어든다.

—이모, 괜찮아?

고지였다. 믿음직한 조카가 옆에 있어 주니 큰 위안이 된다.

"어린애도 아니고, 괜찮아."

—하지만 앞으로 더 심해진다잖아. 이쪽으로 건너오는 게 낫지 않을까?

"후후후. 괜찮다니깐."

—알았어. 근데 정말 굉장한 바람이네, 이번 태풍.

"응, 오늘 밤에 여길 지나간다는데."

고타로가 내게 바짝 다가왔다. 여기에도 불안한 나를 지켜 줄 존재가 있다. 나는 고타로의 빨간 목걸이 주변을 쓱쓱 쓰다듬어 주었다.

—무슨 일 있으면 언제든 연락 줘.

"고마워. 고지는 참 착한 아이야."

―어이, 이모, 나도 이제 중년 아저씨야.

고지는 멋쩍은 듯 헤헤 하고 웃었다.

내 입에서 나온 말에 묘한 그리움이 느껴져 왠지 모르게 벅찬 심정을 억누르기 힘들어졌다. 고지가 불량한 짓을 하고 다닐 때 비슷한 말을 자주 했던 기억이 떠오른 것이다.

"중년 아저씨라도 내 눈엔 아이야."

―거 참 미안하네, 우리 마리나 미호처럼 귀여운 아이가 아니라서.

"팔불출 아빠는 용서해 줄게. 그래도 다음 세상에는 귀엽게 태어나."

―최대한 노력해 보지.

웃고 있는 고지에게 애써 밝은 목소리로 다시 한번 "전화 고마워"라고 말하고 수화기를 내려놓았다.

검은색 전화기가 떵 하고 울린다.

그 순간 우웅 하면서 바람이 세게 부딪혀 유리창이 큰 소리를 냈다.

"조금 무섭네."

중얼거리면서 고타로의 목을 안았다.

밤이 깊어지자 바람이 점점 더 사나워진다.

천장과 벽이 삐걱삐걱 격렬한 소리를 내는가 싶더니 거실의 찻장까지 흔들흔들 흔들린다. 바다 쪽 지붕은 벗겨지려는지 타닥타닥하고 심상치 않은 소리를 낸다.

거실 TV로 태풍 관련 뉴스를 들으며 몇 번인가 전화기 쪽을 쳐다보았다. 하지만 전화를 걸지는 않았다. 고집을 부리는 건 아니고 단순히 사양하고 싶을 뿐이다. 고지 가족에게 걱정을 끼치는 것도 폐를 끼치는 것도 왠지 미안했다.

옛날에는 태풍이 와도 태연하게 넘길 수 있었다. 지붕이 날아가면 날아간 대로 단골 손님이 왔을 때 재미있는 이야깃거리로 삼을 수 있었고, 천장에서 비가 새도 '비에 젖는다고 죽진 않아'라며 대담한 척할 수 있었다. 젊다는 건 자기 몸만 버텨낸다면 어느 정도 선까진 무엇이든 가능하게 만들 수 있다는 뜻이다. 하지만 지금은 다르다. 불가능한 것이 너무나 많아졌다. 가게의 사소한 수리는커녕 청소조차 힘들다. 최근 들어 그런 내가 한심하기도 하고 비참하기도 했다.

또 집이 삐걱거리고 찻장이 달그락달그락 소리를 냈다. 거의 지진과도 같은 흔들림이다. 천장 형광등까지 흔들린다.

문득 결심하고 일어섰다.

커피를 마실까 싶었다.

오래 써서 이미 익숙할 대로 익숙해진 주방에 서서 심호흡을 한다. 그리고 자그마한 주전자에 커피 두 잔 분의 물을 붓고 가스에 올린다. 몇 종류나 되는 원두 중에서 강배전으로 볶은 스페셜티 커피를 골라 커피밀에 넣는다. 그리고 정성껏 핸들을 돌린다.

맛있어져라, 맛있어져라.

내 마법에 걸린 채 원두가 조금씩 분쇄된다. 드르륵드르륵하는 기분 좋은 소리와 감촉, 구수하고 풍부한 향기. 커피를 만드는 작업에 오감을 모두 맡긴다.

수십 년간 익숙해진 동작을 반복하고 있으니 조금씩이긴 하지만 마음이 가라앉는 것 같았다.

그런데 마침 원두를 다 갈았을 때…….

"아……."

주변이 갑작스레 암흑에 감싸였다. 정전이었다.

컹, 하고 고타로가 애달픈 소리를 낸다.

"괜찮아, 괜찮아."

고타로의 소리가 들린 쪽을 보고 말했다. 하지만 왠지 나 자신을 향한 격려의 말 같기도 했다.

두두두둥! 하는 소리와 함께 공기 덩어리가 가게 벽에 부딪혀 유리창이 심하게 진동했다. 지붕이 또 타닥타닥하고 불길한 소리를 낸다. 유일한 빛이 되어 버린 가스의 푸른색 불꽃도 그 진동으로 흔들린다.

살금살금 거실로 돌아와서 바닥을 더듬어 손전등을 찾아냈다. 그리고 불단의 촛대에 양초를 세우고 불을 붙여 주방으로 가지고 나왔다.

전기가 없어도 커피는 내릴 수 있다.

이윽고 물이 끓었다. 촛불 옆에서 정성껏 커피를 내렸다.

맛있어져라, 맛있어져라.

우웅우웅 하며 위 속까지 울리는 바닷소리. 산에서 들려오는 바람의 비명. 지붕에서 떨어져 나가는 천장의 판자. 맛있어져라. 유리창을 때리는 공기 덩어리. 덜컹덜컹 떨리는 찻장. 흔들려 꺼질 듯한 촛불. 맛있어져라. 불안한 고타로의 한숨. 지붕을 두드리는 억수 같은 비…….

내 마법이 뭉개진다.

그래도 어떻게든 커피는 완성되었다. 내가 좋아하는 무지개색 손잡이가 달린 컵에 따라서 굳이 가게의 손님 자리에 앉는다. 테이블 한가운데에 촛대를 두니 컵의 금색 라인이 아련하게 반짝여 무척이나 예뻤다.

"폭풍우 치는 밤에 작은 촛불 옆에서 커피를 마시다니, 제법 멋지지 않니?"

고타로에게 말을 걸어 본다. 그러나 고타로는 내 발밑에 엎드린 채 아무 대답도 해 주지 않았다.

직접 내린 커피 향기를 맡으며 컵에 입을 댔다.

그러자 바로 그때, 주방 쪽에서 형광등 불빛이 새어 나왔다.

전기가 들어온 것이다.

하지만 가게 조명은 꺼 두었기 때문에 내가 앉은 공간은 여전히 어둑어둑했다.

나는 딱 한 모금 커피를 마시고 마음에 쏙 드는 그 컵을 살짝 테이블 위에 올렸다.

"고타로. 이 커피, 마법에 안 걸렸어⋯⋯."

바로 옆의 커다란 유리창이 콰콰콰쾅 하고 세게 흔들렸다. 누군가가 밖에서 창문을 두드리는 것 같아 오싹했다.

가게 벽이 삐걱삐걱 소리를 내는가 싶더니 덜컥하는 소리가 나면서 무지개 그림이 오른쪽으로 조금 기울어졌다. 어쩐지 오래된 고정 도구가 빠져 버린 모양이다.

어스레한 공간 속에서 기울어진 무지개 그림을 멍하니 바라보고 있으니 내 안에서도 덜컥 하는 희미한 소리가 울린 듯했다. 그건 평소에는 느끼지 못할 만큼 사소한 것이었지만, 사실은 무척 중요한 마음의 테 하나가 빠지는 소리였다.

이제, 쓸쓸한 건 싫어.

내 안에서 마치 어린아이처럼 약하고 불안한 마음이 얼굴을 내밀었다.

"고타로."

그다지 맛있지 않은 커피를 또 조금 마셨다.

"이제⋯⋯."

천천히 숨을 들이마시고 컵 속의 흔들리는 커피를 응시하며, 아주아주 작은 소리로 중얼거렸다.

"닫아도 되겠지, 이 가게……."

떨면서 말했는데, 역시 고타로는 아무 대답도 해 주지 않았다.

그리고 또 무자비한 바람이 가게를 후려갈기며 촛불을 흔들어 놓았다.

누구 탓도 아닌데, 나는 울고 있었다.

→》

이상하게도 고타로가 짖었다.

그것도 두 번 연속으로.

그 소리에 잠에서 깨어난 나는 엎드려 있던 테이블에서 얼굴을 들고 "이런 이런" 하고 혼잣말을 했다.

지난밤, 가게 의자에 앉은 채 잠들어 버렸다.

덕분에 목도 등도 심하게 뻐근하다.

그래도 태풍이 무사히 지나가 신비로울 만큼 고요한 아침이었다.

머엉.

가게 입구 문 앞에서 고타로가 나를 불렀다.

"그래, 그래."

분명 화장실에 가고 싶어서일 것이다. 그렇게 생각하고 입구 문을 열어 주었다. 고타로는 세 발로 타박타박 테라스 쪽으로 걸어가더니 도중에 멈추고 내 쪽을 돌아보았다.

그리고 다시 짖는다.

평소에 손님을 가게로 안내할 때와 완전히 똑같은 몸짓이었다.

"어, 왜 그러니?"

나도 문밖으로 나가 테라스 쪽으로 걸어갔다.

늙은 애견이 혀를 늘어뜨린 채 이쪽을 가만히 보고 있다.

태풍이 지나간 아침의 공기는 뭐라 표현할 수 없이 상쾌했다.

"으—응."

기분 좋게 기지개를 켜면서 고타로 쪽으로 걸어간다.

그러자 고타로가 가게 모퉁이에서 오른쪽으로 꺾어 테라스로 연결되는 계단을 오르기 시작했다. 보이지 않는 곳에서 또 머엉 하고 짖으며 나를 부른다.

"네, 네, 지금 갑니다."

말하면서 계단에 발을 올린 순간, 서쪽 풍경에 이변을 느끼고 깜짝 놀랐다. 아니, 서쪽만이 아니었다. 지금 내가 서 있는 이 세상 모두가 투명한 오렌지색으로 채워져 있었다.

이토록 장엄한 아침놀을 본 적이 있었던가?

고타로는 테라스 한가운데에 얌전히 앉아 가만히 서쪽 바다를 응시하고 있었다.

나도 그 옆에 천천히 주저앉았다.

테라스 밖으로 두 다리를 뻗고 앉아 오렌지 맛 젤리 같은 잔잔한 바다를 바라본다.

"예쁘다……."

나도 모르게 숨 막힐 정도로 아름다운 풍경을 향해 중얼거렸다.

동쪽 하늘로 솟아오르는 여름 태양의 투명하고 따뜻한 햇볕이 바다 위로 쏟아지고, 또 넓은 바다를 뒤덮은 오렌지색 하늘에서는…… 그랬다. 소나기가 내리는 게 분명했다.

태양과,

소나기와,

나의,

위치 관계.

나는 왜 이렇게 바보였을까?

지난 수십 년간, 내가 매일 찾아야 했던 것은 저녁놀이 아니라 아침놀이었다.

"고타로, 이리 와……."

곁에 있던 애견이 내 가슴 부근에 노쇠한 얼굴을 가까이 댄다.

고타로의 목을 살짝 끌어당겨 안았다.

그는 내 손짓에 얌전히 몸을 맡겼다.

고타로의 귀를 심장 부근에 대고 지그시 누른다.

"들리니? 행복의 두근두근."

그는 기분 좋은 듯 눈을 감았다.

먼 파도 소리.

벼랑을 따라 올라오는 바람의 속삭임.

상공을 선회하는 솔개 무리에서 높은음의 음표가 내려온다.

지금 이 순간, 음악은 필요 없었다.

그 사람이 사랑했던 이 해안가 절벽이 배경 음악을 연주해 주고 있었다.

나이 들어 축 처진 내 눈꺼풀 아래에서 물방울이 기분 좋게 주르르 흘러내린다. 지난밤 폭풍우 속에서 흘린 것보다 몇 배는 더 따뜻한 물방울이었다.

꿈같은 광경을 앞에 두고 나는 입가를 위로 살짝 끌어 올렸다.

"자, 이제 가게 열 준비해야지."

고타로의 목을 가만히 놓아주고 천천히 일어난다.

양팔을 벌려 반짝반짝 눈부시게 빛나는 아침 공기를 깊이깊이 들이마셨다.

내 안에 채워지는 신비한 힘.

"후우" 하고 기분 좋게 숨을 내뱉었다.

"고타로, 마법을, 또 쓸 수 있을 것 같아. 한번 시험해 볼까? 너는 조금 더 바라보고 있어도 돼."

리드줄을 고타로의 집에 묶었다.

기적이 사라지는 모습을 보지 않고, 사랑스러운 찻집으로 들어간다.

조금 낡긴 했지만, 오래 써서 익숙한 주방에 섰다.

오늘 새로 태어난 나를 위해 어젯밤과 똑같은 커피콩을 갈기 시작한다.

맛있어져라, 맛있어져라.

행복하게 울고 웃으며, 또 마법의 주문을 외면서.

옮긴이의 말

시간 속에서
건져 올린 위로

: 《바다 끝 카페에 무지개가 뜨면》의 재발견

    모리사와 아키오의 《바다 끝 카페에 무지개가 뜨면》(원제《무지개 곶의 찻집虹の岬の喫茶店》)이 한국에서 처음 출간된 지 벌써 13년이 흘렀다. 그동안 세상은 참 많이 변했다. 디지털 기술의 급속한 발전과 함께 우리의 일상과 소통 방식은 완전히 변했고, 글로벌 경제의 불안정성은 많은 이들에게 재정적 어려움을 안겨 주었다. 특히 팬데믹은 우리의 삶을 근본적으로 변화시켰다. 사랑하는 사람들과의 거리 두기, 불확실한 미래 전망은 모두를 심각한 스트레스로 몰아넣었다. 이러한 시기에 각자가 겪은 고통과 슬픔은 말로 표현하기 어려울 정도로 깊었을 것이다.

    그런 중에 나는 이 소중한 작품을 다시 번역할 기회를 얻었고, 시대를 초월하는 문학작품의 가치에 대해 생각하게 되었다. 소설이 지니는 힘은 과연 어디까지일까? 고립과 분열로 가득한 이 현대 사회에《바다 끝 카페에 무지개가 뜨면》이 어떤 위안과 통찰을 줄 수 있을까? 지난 13년간 우리는 대체 어떻게 변했고, 또 무엇이 변하지 않은 채 살아왔을까? 이러한 질문을 던지는 동안, 이 작품이 여전히 우리에게 필요하다는 걸 알았다. 이 소설의 인물들이 바로 '나' 자신이거나 내 주변의 가까운 '누군가'이기 때문이다. 우리는 등장인물들이 겪는 갈등과 감정을 시대에 관계없이 동일하게 경험한다. 그들의 이야기를 통해 인간의 다양하고 복잡한 처지에 공감하고, 현재의 어려움을 헤쳐 나가는 방법에 대한 실마리를 찾을 수 있을 것이다.

아무리 생각해도 격려의 형태를 띤 불합격 통지였다. (p.86)

한국 청년들이 직면하는 구직 활동의 현실이다. 경쟁이 치열한 취업시장에서 청년들은 수많은 문을 두드리지만, 대부분의 경우 격려와 위로의 말 뒤에 숨겨진 거절의 메시지를 받는다. 고용시장은 혹독하기만 하여, 젊은이들이 소위 '스펙'을 쌓기 위해 끊임없이 자격증을 취득하고 어학 점수를 향상시키는 데 수년을 소비하지만, 개인의 꿈과 열정은 종종 현실의 벽 앞에서 좌절한다.

내 인생에서 '회사'가 사라지면 나는 순식간에 고독하고 한가한 노인이 된다. (p.205)

은퇴를 앞둔 중년의 고민을 직접적으로 표현한 문장이다. 회사는 단순한 일터가 아닌, 사회적 관계와 정체성의 근원지로서 중요한 역할을 한다. 정년퇴직은 이러한 일상의 중심이 사라지는 것을 의미하며, 이로 인해 많은 이들이 새로운 삶의 방향을 모색해야 하는 도전에 직면하게 된다. 이 변화의 순간은 단순히 경제적인 영향을 넘어서, 심리적이고 정서적인 변화를 가져온다. 일생 동안 쌓아 올린 경력과 사회적 역할이 갑자기 중단되면서 '무엇을 해야 할지', '어떻게 시간을 보내야 할지' 불안해진다.

아이들에게 아이스를 내준 것만으로도 이렇게 피곤해지는 내 늙은 몸이 한심하다. (p.291)

노년을 맞이한 이들은 인생의 황혼기에 서서, 자신의 존재가 점차 희미해지는 것을 목도한다. 가족 구성원의 변화, 예를 들어 자녀의 독립, 배우자의 사망, 친구와의 이별은 고립감과 외로움을 증폭시킨다. 이 시기에 사람들은 자신의 일생을 되돌아보며 무엇이 진정으로 중요했는지, 어떤 흔적을 남길 것인지를 고민한다. 죽음에 대한 두려움은 단지 끝나는 것에 대한 공포가 아니라 미완성의 꿈, 그리고 더 많은 시간을 보내지 못한 사랑하는 이들과의 이별에 대한 슬픔이다.

이렇듯 살아가는 동안, 우리는 끊임없는 불안감을 경험한다. 20년 전의 내가 겐이었다면 지금은 다니, 또 20년이 흐르면 에쓰코 할머니가 될 것이다. 이 변화와 세월의 흐름을 받아들이는 것 자체가 때로는 큰 불안을 야기할 수 있다. 하지만 인생에서 불가피하게 마주치는 변화를 유연하게 받아들이고, 그 과정에서 발생하는 불안감을 효과적으로 관리한다면, 조금은 더 풍부하고 의미 있는 삶을 살아갈 수 있지 않을까? 그런 의미에서 이번 재출간은 시대의 흐름에 관계없이 영속적으로 빛나는 가치를 전달한다는 점에서 반갑다.《바다 끝 카페에 무지개가 뜨면》속 곳 카페는 단지 커피와 음악을 제공하는 곳이 아니라, 인생의 굴곡에서 잠시 멈춰 서서 자신을 돌아보고, 상처받은 마음을 어루만지며, 삶의 새로운 의미를 발견할 수 있는 곳이다. 에쓰코 할머니가 각 손님에게 맞춤형 커피를 제공하듯, 이 책을 읽는 이들도 각자의 삶에 맞는 메시지를 제공받게 될 것이다.

모리사와 아키오의 작품에서 공통적으로 발견할 수 있는 것은 삶의 다양한 양상을 폭넓게 포착한 작가의 다정한 시선이다. 작가의 섬세한 감성과 인간 심리에 대한 깊은 이해는 독자로 하여금 자신의 감정을 성찰하게 하며, 때로는 위로를 받게 한다. 독창적인 스토리텔링과 캐릭터 개발이 이야기를 실감 나게 만들고, 덕분에《바다 끝 카페에 무지개가 뜨면》은 〈이상한 곳 이야기〉라는 제목의 영화로 만들어지기까지 했다. 책을 통해서 혹은 영화를 통해서, 우리는 각 인물에 몰입하고 그들의 여정을 함께하며, 복잡한 인간관계, 삶과 죽음, 사랑과 용서를 경험하게 된다. 모리사와 아키오의 작품이 단순한 이야기를 뛰어넘어 독자들의 삶에 실질적인 영향을 미치는 이유가 아닐까?

2012년, 나는 치바현에 실제 존재하는 '곶 카페'에 방문한 적이 있다. 바닷가에 자리한 이 찻집은 소설 속에서 묘사된 것처럼 조용하고 고즈넉했다. 바다를 향해 열려 있는 창가 자리에 앉아, 그날 나는 창밖으로 펼쳐진 바다를 바라보며 커피를 마셨다. 가게 안의 온기가 부드러운 파도 소리와 조화를 이루었다. 이곳의 모든 요소가 소설 속 풍경과 완벽하게 어우러지며, 작가가 어떻게 이 장소에서 영감을 받을 수 있었는지 깊이 납득했다.

카페 사장님은 에쓰코 할머니가 연상되는 인물이었다. 따뜻한 미소와 친절한 말투로 손님을 맞이하며, 각 손님의 기분에 맞춘 커피를 정성껏 준비하는 모습은 소설과 현실 사이의 경계를 허물었다. 그녀의 손길에서는 오랜 세월 동안 닦아 온 장인정신이 느껴졌으며, 커피 한 잔에도 삶의 철학이 담겨 있는 듯했다.

이러한 경험을 통해, 이 찻집이 단순한 픽션을 넘어서 어떻게 누군가의 삶 속에서 실제로 존재감을 발휘할 수 있는지 확인했다. 찻집에서 보낸 그 하루는 나의 두 번째 번역 작업에도 영향을 미쳤고, 소설의 메시지를 더욱 깊이 이해하고 전달하는 데

도움이 되었다고 생각한다.

　이를 통해 깨달은 것은, 나에게 어떤 어려움과 고민이 있을지라도, 주변을 둘러보면 위로와 희망을 주는 사람이나 순간이 늘 존재했다는 사실이다. 《바다 끝 카페에 무지개가 뜨면》이 여러분의 삶의 무게도 조금이나마 가볍게 해 주었기를 진심으로 희망한다. 그리고 에쓰코 할머니의 찻집처럼 현실 세계에도 각자의 삶에 그런 따뜻한 공간이 존재하기를 바라며, 이 책을 여러분에게 보낸다.

2025년 봄, 이수미

지은이

모리사와 아키오 森沢明夫

1969년 치바현 출생. 와세다 대학교 인간과학부 졸업. 출판사에서 일하다가 프리랜서 작가가 되었다. 다정하고 섬세한 문체로 평범한 이들의 이야기를 통해 희망과 용기를 전하는 일본의 대표 감성 작가다.《쓰가루 백년 식당》,《반짝반짝 안경》등 여러 작품이 일본에서 영화, 드라마, 코믹으로 만들어졌다. 특히 대표작인《바다 끝 카페에 무지개가 뜨면》은 일본의 국민 배우 요시나가 사유리 주연의 영화 〈이상한 곳 이야기〉로 개봉되어 몬트리올 국제영화제에서 2관왕에 올랐으며, 라디오 드라마 및 코믹으로도 제작되어 큰 사랑을 받았다. 최근 저서로는《수요일의 편지》,《맛있어서 눈물이 날 때》,《롤캐베츠ロールキャベツ》등이 있다.

옮긴이

이수미

일본 문학 전문 번역가. 일본 외국어 전문학교 일한 통역번역과정을 수료한 후, 일본에서 직장생활을 하며 번역을 시작했다. 지인에게 자신 있게 권할 수 있는 책만 번역하려 애쓰고 있다. 옮긴 책으로는《쓰가루 백년 식당》《사망 추정 시각》《어젯밤 카레, 내일의 빵》《당신에게》《소년, 열두 살》《나쓰미의 반딧불이》,《여섯 잔의 칵테일》,《사랑의 갈증》등이 있다.

바다 끝
카페에
무지개가 뜨면

바다 끝 카페에 무지개가 뜨면

초판 1쇄 인쇄 2025년 4월 15일
초판 1쇄 발행 2025년 4월 23일

지은이 　모리사와 아키오
옮긴이 　이수미

책임편집 　이현지
디자인 　어나더페이퍼
책임마케팅 최혜령, 박지수, 도우리
마케팅 　콘텐츠 IP 사업본부
해외사업 　한승빈
경영지원 　백선희, 권영환, 이기경, 최민선
제작 　제이오

펴낸이 　서현동
펴낸곳 　㈜오팬하우스
출판등록 　2024년 5월 16일 제2024-000141호
주소 　서울시 강남구 테헤란로 419, 11층(삼성동, 강남파이낸스플라자)
이메일 　info@ofh.co.kr

ⓒ 모리사와 아키오

ISBN 979-11-94654-08-7(03830)

모모는 ㈜오팬하우스의 출판브랜드입니다.